鼻荊郎

비형랑의 낮과 밤

작가 김인배

경남 삼천포(현 사천시) 출생.
동아대학교 대학원 국문과 졸업.
1975년 계간《문학과지성》에 중편소설로 등단.
1987년 소설집『하늘궁전』(문학과지성사) 출간.
1992년 소설『후박나무 밑의 사랑』(문학과지성사) 출간.

비형랑의 낮과 밤

김인배 소설집

•

초판 1쇄 발행일   2008년 3월 8일

•

지은이 · 김인배
펴낸이 · 김종해
펴낸곳 · 문학세계사

•

주소 · 서울시 마포구 신수동 345-5(121-110)
대표전화 702-1800   팩시밀리 702-0084
mail@msp21.co.kr www.msp21.co.kr
출판등록 · 제21-108호(1979.5.16)
값 9,800원

ISBN 978-89-7075-420-8   03810

鼻荊郎
비형랑의 낮과 밤

문학세계사

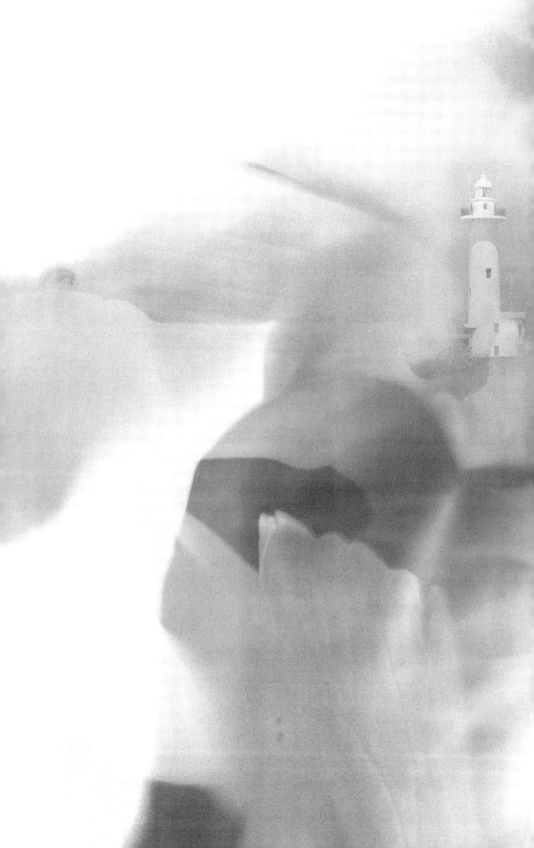

비형랑의 낮과 밤

김인배 소설집

* 차   례

물   목

마포나루에서 강을 거슬러온 상선들이 남한강 최상류
의 포구인 이 말밭마을에 닻을 내리게 되면서부터 어느새
은성한 저잣거리로 변한 요즈음엔 객주집과 주막들이 맨
먼저 흥청거렸다.

물 목

　밤이 되자 풀벌레가 울기 시작한다. '말밭나루'에 낮에 소금배가 닿았다. 이제부터 우다위가 설치는 시기다. 밤의 식은 땅에서 짓밟힌 잡초의 비리치근한 풀밭 냄새 같은 것이 끈질기게 울어대는 밤벌레 소리에 실려 온다. 서해 명산 새우젓 항아리와 소금 가마니를 잔뜩 실은 상선(商船)에 알곡과 바꾸려고 몰려든 바꿈이들이 종일 들끓더니, 지금은 관솔불을 치켜든 뱃사람이 두엇 파수를 보고 있다. 저녁 안개가 흐름을 이룬 채 강기슭에 뻗친다. 동강(東江)과 옥동천(玉洞川)을 흘러온 뗏배들이 그 기슭에 매이기 시작하고, 이제부터 밤이면 뙤창 너머 풀벌레는 내내 울어댈 것이다.
　객주집 봉놋방엔 뜨내기 장사치들로 우꾼했다. 거느림채까지 군불이 지펴지며 등잔불이 밝혀진다. 상선들에 묻혀온 한양 소식이 봉놋방 화제로 떠돌았다. 소금 배에 얹혀온 남사당패거리가 한바탕 펼치는 공연장의 소란이 멀리서 들린다. 전쟁판 같은 희미한 그 고함 소리와 함께 짓밟힌 잡초 덤불섶에서 우는 찌르레기 울음이 마치 사람이 하듯이 봉창문을 흔들고선 밀려드는 추억 같은 그 끝없는 회한을 간단없이 불어넣어 준다.

객주집 마나님 묘련은 줄창 그녀의 귀밑에서 들끓는 풀벌레 소리를 듣고 있었다. 그리곤 열여섯 해 전 이맘때 겪은 밤의 식은 흙냄새를 생각했다. 얼추 벗긴 하반신 밑으로 짓눌린 잡초의 상한 조개같이 시큼하고 역겨운 풀밭 냄새. 지금 여기서 옛날 그 밤의 풀냄새로 젖은 제 머리카락과 은비녀를 만져보며 묘련은 지며리 앉아 있을 수가 없다. 얹은머리에 비녀를 꽂는 일은 부녀자에겐 타고난 운명이었다. 문짝에 빗장을 지르듯 쪽찐 머리에 꽂힌 비녀를 잠자리 외엔 빼놓지를 않는 법이었다. 그런데 열여섯 해 전 여름철에 정암사(淨巖寺) 계곡의 폭포로 물맞이를 갔다 돌아오던 해거름녘의 어느 지레목에서 정체 모를 치한에게 붙잡혀, 골짜기를 휩싸는 유난히 축축한 안개와 어둠 속에 벌러덩 나자빠진 채 트레머리에 꽂았던 오두잠(烏頭潛)을 잃어버리자, 저절로 머리가 치렁치렁 풀려 헝클어졌던 것이다. 안개와 어둠을 운반하는 저녁 바람이 그렇게 하듯이 덧문을 흔들고선 빗장 지른 문짝 밑으로 그 다급한 걸음걸이로 다가와서, 어떠한 현실성도 없는 어둠 그 자체 같은 사내가 그녀의 내부에다 취하는 술과 같이 뜨거운 입김을 불어넣었었다. 그녀의 생애에 관한 결정적인 운명을 바로 이 안개나 어둠처럼 정체 없는 사내의 손아귀에 내맡기고 있는 동안, 그녀에겐 이미 자기 안에 이제부터 은밀한 장소도 없고 몸을 숨길 구석도 없었던 것이다. 그날 밤 그녀를 능욕한 것은 '사내'가 아니라, 어둠과 안개였다.

　영혼처럼 생동하는 이 저녁 안개를 운반하는 서늘한 공기를 다시 한 번 마신다면, 숲속에서 그녀를 취하게 만든 그 관능의 도취 밑으로 본의 아니게 빠져들었던 수치스런 기억과 함께 새삼 산꼬대의 한기를 섬뜩하게 느낄 것 같았다.

　그녀는 머리를 풀어 은비녀를 베갯머리 방바닥에 내려놓는다. 그리곤 말없이 한숨지으며 고개를 떨어뜨렸다. 자신의 마음과 삶의 방향까지 바꿔놓은 잃어버린 비녀를 생각할 적마다 그녀는 짓눌린 잡초 덤불 위에서 맡았던, 상한 조개같이 시큼하고 풋풋한 그 풀밭 냄새를 맡는 기분이다. 손바닥으로 두 귀를 막는다 해도, 풀섶에서 요란스럽던 그날 밤의 발정(發情)한 땅벌레 소리가 시간을 꿰뚫고 울려와, 그녀의 뇌수를 저릿저릿하게 만들고 있다. 묘련은 그 소리를 언제까지나 귀로 추적하며 귀밑에서 마치 어둠이 들먹거리듯 사내의 심장도 역시 뛰고 있었던 것을 지금 듣는다. 어둠 속에서 느닷없이 뻗쳐와 그녀의 입을 틀어막던 손에 의해 차츰차츰 살갗을 애무당하는 듯한 근지러움이 피와 함께 살 밑을 달음질친다. 그러자 전신의 맥이 풀리며 사지가 께느른하였다.

뜻밖에 외간 남자에게 난질당한 수욕(羞辱)을 참고 산비탈의 가풀막을 허든거리며 내려오던 그날 밤, 묘련은 한차례 산돌림이라도 실컷 뒤집어써야 후련해질 것 같았다. 덴덕지근한 느낌으로 산 밑의 개울에 이르렀다. 온몸의 마디마디가 뻐근했다. 그녀는 갱신 못하도록 짓눌린 풀밭에서 얼룩이 졌을 항라적삼을 벗어 물갬나무 가지에 걸쳐놓고, 다음엔 속곳을 벗어 가까운 여울목의 바위 위에 얹었다. 안개는 벋어서 흐름을 이루고, 그녀는 개울가에 무성한 관목 숲에 가려지게 몸을 웅크린 채 걷어 올린 치맛자락을 한 손으로 말아 쥐곤 차고 시원한 산간물에 아랫도리를 잠갔다. 뒷물질을 하는 동안 관목 숲 너머 이 고장 특산종인 소루쟁이 우거진 저쪽 습지에서 엉머구리(맹꽁이) 떼가 줄기차게 울었다. 누가 엿보는 것도 아닌데 여울목을 빠르게 흐르는 물소리에 놀라기나 한 듯 묘련은 공연히 수꿀해진다. 이 어이없는 산벼락 같은 수욕을 씻기 위해 언젠가 다시금 그녀는 정암사 계곡의 폭포로 물맞이를 가야 하리라고 생각는다. 물에는 몸과 마음을 깨끗이 하는 힘이 있다 하여 예부터 이 물맞이 풍습은 의식적(意識的)으로 종교화해서 전해 내려오던 것인데, 이날부터 묘련에겐 일종의 침례(浸禮)행사와 같은 보속(補贖)의 뜻으로 받아들여졌던 것이다. 세례 받는 사람이 물에 온몸을 담그듯이 이 몸은 죄에 죽어 장사 지내고, 의(義)의 몸으로 거듭난다고 그녀는 믿는 것이었다. 외간 남자와 간통한 속내평을 오로지 마음속에서만 적바림해둔 채 묘련을 이후로 자주 부질없는 날밤을 새우며 악몽과 외로움으로 갱신을 못했다.

그녀로선 운명처럼 불가항력적인 이 안개와 어둠! 저녁이 오면, 어둠 속에 풀리는 안개가 강 쪽으로 불어내리는 신선한 산바람에 흐름을 이루고 살아 있는 요귀처럼 말밭마을을 덮는다. 가마니 속에 든 곡식이나 소금을 찔러서 빼내 보는 간색대[兌籤]같이 예사롭게 그녀의 내부를 찌르고 달아난 사내, 도무지 형체도 없이 안개 같고 어둠 같은 몸피가, 갱신 못하도록 그녀를 짓누르곤 사라져버린 것이다.

동강의 본류와 정암사 계곡을 쓸며 흘러내리는 옥동천의 합수지대(合水地帶)—바로 그 언저리 삼각주에 위치한 말밭마을로 시집오기 전까지 묘련의 고향은 탄전(炭田)과 석회석으로 유명한 영월 읍내였다. 시집이라고 온 이곳 말밭의 객주집 살림은 거늑했으니, 시어머니 되는 영춘댁은 워낙 깐깐하고 야무진 할미여서 묘련은 대하기가 거북살스러웠다. 갈쭘한 턱에 얼굴이 까마무트름하고 몸피는 작았어도 영춘댁은 꽤 정갈스럽고 강팍했다. 할끔한 그 눈매와 매초롬한 인상 그대로 살림을 꾸려 나가는 솜씨가 걸싸서 허투루 거둠새를 낭비하는 일도 없었고, 무슨 일에든 강단 있게 끝갈망을 해내는 데는 사내 못잖은 수완을 발휘했다. 객주집 중노미들도 이 강파리한 주인 마나님 앞에서는 기를 못 폈다.

묘련이 이 작달막하고 다부진 시어머니를 덧들이지 않으려고 스스러워하며 그저 곰바지런하였다. 수더분한 그런 며느리의 성미가 눈에 들었던지 영춘댁은 곧잘 살림은 어떻게 건사해야 하며 아랫것을 부릴 때는 또 이래야 하느니라 저래야 하느니라, 하고 건잠머리를 할 양이면 그 할끔한 눈매가 의외로 서글서글해지던 거였다.

　서방이라고는 있으나 걸쌍스런 데가 없는 허릅숭이여서 묘련은 애시당초 서방복은 글렀다고 생각했었다. 몸집은 어미를 닮아 좀씨였다. 성질이 쾌활한 구석은 있어도 깝신거리길 잘하며 쾌꽝스러워, 사람이 신실하지 못했다. 외동아들로 자란 탓인지 메꿎게 몽니를 부리며 거추없이 나부대는 변덕스러움에는 정나미가 떨어질 지경이었다. 영춘댁은 이들의 부부금실이 좋지 않을 것을 거니채고 가끔 엉뚱한 노파심에서 일부러 스스럼없는 농지거리로 이를 빗대어 훈계할 때마다 묘련은 점직해서 낯이 붉어졌다. 시어머니가 눈에 띄게 자상해진 것도 어쩜 며느리의 불만을 눙치려는 의도였을지도 몰랐다. 이따금 고부간에 마주앉아 풀 센 다듬이감을 잡아당기어 숯불을 얹은 다리미로 스루는 동안 영춘댁은 타이르길, 사내를 다루는 것도 빨랫감의 풀기 스루듯이 해야 하는 법이니라, 하고 짐짓 시침을 뗀 채 얼버무린다. 아무튼 고부간에 드물게 이런 스스럼없고 정겨운 시간이면 영춘댁은 간혹 지난날의 자랑스럽던 당신의 망부(亡夫) 얘기로 주체할 수 없는 감동에 사로잡히며, 눈빛이 이상해지고 입에 침이 마르도록 수떨었다.

　말밭과 접경한 영춘(永春)마을 태생인 그녀는 본디 도사공의 딸이었다. 혼기가 되자 말밭 삼각주에서 물길 따라 나룻배로 반 시간 남짓 거리에 있는 가파른 '우여울'의 오른쪽 강 건너에 솟은 대화산(大華山) 기슭의 양지바른 각동리(角洞里) 중말부락으로 시집을 갔었다. 마포(麻浦)에서 남한강을 거슬러 올라오는 경강선(京江船)이나 서해안 소금배가 들이닿는 상포(商浦) 나루터인 말밭 삼각주를 무대로 거간꾼의 우두머리였던 남편을 따라 영춘댁은 시집살이 이태 후엔 말밭으로 나와, 여기서 눌러앉을 터를 잡고 객주업을 시작했다. 경기가 좋아 영업이 성행하고 거둠새도 많아서 쏠쏠하게 재미를 보았다.

묘련은 시아버지 되는 그 자를 본 적이 없었지만, 시집와서 들은 얘기로는 근동에선 그를 모르는 자가 없을 만큼 호탕한 사내였다는 것이다. 기운차고 덩치 큰 그이 몸집에서 어떻게 그런 걸싼 행동이 나오는지 알 수 없었노라는데, 일하는 솜씨도 거룩지거니와 먹새도 푸짐하고 의리도 있어, 매나니로 한몫 잡으려고 이 저자포[市場浦]로 몰려드는 건깡깡이 건달들도 경우 바르고 강직한 그의 눈에 벗어나면 깝살리기 마련이어서, 모두 그를 우두머리로 추앙했었다. 질탕하게 놀땐 한없이 호쾌하다가도 한 번 눈썹 끝을 곤두세우고 냉갈령을 부릴라치면 깽비리 마빡 치듯 종주먹대어 마구 조져댔다는 것이다. 이처럼 걱실걱실하고 엄격한 반면에 곰살궂은 구석도 있어, 한마디로 강유겸전한 그를 떠받드는 우다위들은 일사불란하게 그를 중심으로 조직을 형성하고 아무 말썽 없이 사업을 운영해갔다. 일종의 시장번영회의 발족이었다.

그러던 어느 해, 이 우다위의 조직에 불만을 품은 일본인 장사꾼이 왜놈 주재소에 이들을 가리켜 상인들을 등쳐먹는 불량집단이라고 고발을 하고 나섬으로써 말썽이 생겼었다. 왜놈 순사들이 조직에 간섭하려 들었다. 어떤 일을 매듭짓고 썰레놓는 데는 이미 이력이 나 있는 그들인지라, 순사들도 이들의 엄펑소니와 너름새를 당할 재간이 없었다. 수완 좋은 거간꾼 하나를 내세워 적당히 엉구고 돈푼이나 쥐어주면서 아귀를 지었는데, 결국 고자질했던 그 일본인은 밤중에 어떤 우다위의 손에 유인되어 나루터 근처의 기슭에 매인 뗏배 위에서 살해된 뒤, 그 시체는 거적때기에 말려 몽깃돌과 함께 조거(漕渠)의 밑바닥에 가라앉았다. 그런데 홍수가 나자, 물 밑의 시체가 떠올랐다는 소문이 퍼졌다.

　냄새를 맡고 주재소에서 나온 왜놈 순사들이 강변 나루터 옆에 거간꾼의 사무실로 세운 외주물집으로 들이닥쳤다. 진상조사차 온 것이다. 적잖은 거금으로 그들의 입을 막고 증거가 없다는 핑계로 손을 떼게 하였으나, 이번 일을 빌미잡아 왜놈 순사들은 공돈이 생기는 쏠쏠한 재미에 걸핏하면 찾아와 이물스럽게 굴었다. 이들 우다위의 손에서 아편 밀매가 이뤄진다는 제보를 받고 조사하러 왔다느니, 조직을 파헤쳐 보겠다느니 하여, 언죽번죽 터무니없는 까탈을 부리며 뒷전으로 은근히 정기적인 상납을 요구해왔다. 아무리 속내 사정을 설명해도 놈들은 트레바리로 나오며 태깔스럽게 으름장만 놓았다. 하루는 참다못한 그가 분김에 그만 지분거리는 왜놈 순사의 낯짝을 후려갈기고 태질을 쳤다. 그러자 일시에 우꾼하면서 둘러섰던 패거리들이 주먹을 불끈 쥐곤 죽이라고 고함을 지르며 금방이라도 우르르 달려들어 그자를 패죽일 듯이 발길로 걷어차고 을러댔다. 좀 전까지 거드름을 빼던 왜놈 순사는 이들의 위협에 대질린 채 단박에 낯빛이 새파래졌다. 이를 계기로 잠시 후엔 말밭 마을은 무장한 일경(日警)들에 의해 쑥밭이 되었다. 미처 피할 겨를도 없이 도파니 주재소로 붙들려간 사람들은 곤죽이 되도록 얻어터져서 운신을 못할 만큼 초주검이 되어 며칠 만에 풀려났다. 그러나 사건의 장본인이었던 거간꾼의 우두머리, 그 객주집 주인은 아예 풀려나질 않았다. 이 때문에 조직은 무너지고, 어디선가 흘러온 왜놈 '야쿠자'가 주재소의 끄나풀이 되어 새로운 조직을 형성해 나갔다. 등뒤에 든든한 배경을 업고 있던 그 왜놈 왈패는 껍신거리며 저자포를 휘젓고 다녔다. 그 행패가 말이 아니었다. 묘련이 이곳 말밭으로 시집오기 무려 십 년 전의 일이었다.

시어머니 영춘댁이 세상을 떠난 것은 며느리의 뱃속에 여덟 달 찬 태아가 들었을 때였다. 이즈막엔 이미 남편의 내침(內寢)은 커녕 서로의 사이가 버성기어 묘련은 매일 빈방에서 날밤을 새우다시피 승청보 같은 나날을 보낼 무렵이었다. 시어머니의 별세 후로 서방이란 자는 꾀꾀로 주막집을 들락거리며 갈수록 행실이 빙퉁그러졌다. 꽁지 갈보들을 두엇 거느리고 옥호(屋號)만 붙인 외주물집들이 늘어선 주막거리에서 고주망태인 그를 모르는 자가 없었다. 묘련의 짐작으로는, 그 옛날 거간꾼의 우두머리였던 시아버지 밑에서 풋내기 우다위로 지냈던 한 건달사내가 그녀의 남편을 부추겨, 유곽거리 술집이나 투전판으로 끌고 다니는 모양이었다. 지나간 좋은 시절에 선친께서 지녔던 그 의젓하고 훌륭한 기백이 그에겐 한 군데도 없었다. 그런데도 그 건달사내는 선친의 과거 행적들을 들먹이며 그분의 호탕한 기질을 물려받은 아들로선 마땅히 '사내답게' 놀아야 한다고 희떠운 소리로 농간을 부렸다. 공연히 추켜세우는 공치사를 곧이곧대로 믿고 허룽거리는 남편의 갱충맞은 꼴을 보고 있노라면 묘련은 한심한 생각이 들었다. 아버지의 호탕한 기질을 아들은 단지 난봉과 방탕으로 물려받았을 뿐이었던 것이다.

날이 갈수록 거덕치는 남편을 그녀로서도 자연 매몰차게 대했다. 부부간에 애정의 끈이 곰삭은 지는 오래였다. 남편의 거추꾼 노릇이나 하는 그 건달의 꾐에 빠져 노름에 미쳐서 걸핏하면 손찌검으로 욱대기어 노름 밑천을 뜯어가더니, 기어이 한 살림 날리고야 말았다. 더 이상 두고 볼 수 없어 맞대고 대어드는 묘련을 그는 마구잡이 두들겨 패고는 휑하니 집을 나가선 고작 어디서 꿰어찬 논다니와 함께 날밤 집에 들어박혀 농땡이나 부렸다. 선친에 비해 형편없는 이 개망나니

새 주인의 행실을 두고 행랑채의 늙은 중노미들은 귀엣말로 속삭이며 혀를 찼다.

묘련의 뱃속에 들었던 항아가 태어나던 날도 서방이란 자는 사흘째 투전판에 들어박혀 있었는데, 객주집에서 허드재비 일이나 거들며 더부살이로 지내던 과부댁인 거꿀네의 도움으로 산후 몸조리가 끝나갈 무렵쯤엔 종내 꽁지갈보와 배가 맞아 날바람잡고 한양으로 함께 줄행랑을 놓았다.

열여덟 해 전의 일이라, 그때 태어난 항아의 나이도 꼭 그만큼 되었다. 오늘 저녁, 거꿀네를 따라 남사당패의 재주놀이를 구경 간 항아가 벌써 열여덟 난 처녀가 됐으니 참 오래된 옛일이건만, 당시의 일을 회상하면 옷자락에 달라붙는 도깨비바늘 같은 영겁이 주체스럽게 그녀의 뇌리에 끈적끈적한 실감으로 엉겨붙는다. 지금 객주집 들창 너머 묘련의 귀밑에서 들끓는 밤의 풀벌레 소리와도 같이…….

이제 뜬쇠들의 묘기 자랑인 버나(대접 돌리기)와 살판굿(땅재주)도 끝나 바야흐로 공연의 절정이기도 한 줄타기가 한창인 모양이다. 흥을 돋우는 징이며 꽹과리의 갱연(鏗然)한 소리가 멀리서 구경꾼의 환호성에 섞여 어둠속으로 번져가듯 어렴풋이 들려온다.

마포나루에서 강을 거슬러온 상선들이 남한강 최상류의 포구인 이 말밭마을에 닻을 내리게 되면서부터 어느새 은성한 저잣거리로 변한 요즈음엔 객주집과 주막들이 맨 먼저 흥청거렸다. 먼 강길을 타고 온 서해 명산 소금이랑 새우젓, 다시마 따위를 알곡과 바꾸려고 몰려드는 산협 사람들, 태백산을 분수령으로 영(嶺)마루의 동서 지방을 번갈아 넘나드는 등짐장수들, 방방곡곡을 누비며 일용잡품을 주민들에게 공급하는 방물장수들도 때맞춰 강을 거슬러 올라오는 상선들을 기다렸다. 포구의 객(客)이 된 이들은 물물교환이 이뤄지는 이 시기엔 온통 바꿈이가 되는 것이다. 이때를 노려 몰려온 남사당 패거리가 낮엔 풍물을 잡고 앞장선 상쇠를 따라 공연을 예고하는 농악을 울리며 저잣거리를 떠들썩하게 해 놓았다.

영월 읍내를 감돌아 흐르는 동강의 본류를 타고 온 소규모 뗏배들이 곁줄기인 주천강(酒泉江)과 합류되는 지점에서 만나는 다른 뗏목과 어울려 한참을 흐르다가, 정암사 계곡밑을 쓸며 같은 형태의 뗏목을 싣고 온 옥동천과 몸째로 뒤섞이는 합수지대—삼각주 같은 그 언저리에 자리잡은 말밭마을은 이른바 뗏목의 정류장이었다. 겹겹이 산과 계곡뿐인 이곳은 길을 내려 해도 여간 힘들지 않았다. 그래서 오로지 강에 의존하였으므로 언제나 강기슭 나루터엔 여러 척 매여 있는 배들과 산판에서 발매한 뗏목들이 산적해 있었다. 여기서 일단 집결되는 뗏목들은 다시 마포로 흘러갈 큰 뗏배로 묶여진 채 한 줄에 십여 척씩이나 되는 줄을 이어 큰물 진 뒤 불어난 강물을 탔다. 영월에서 한양까지 반출되는 석탄선도 이때를 기다렸다. 순조로운 항해를 위한 홍수가 필요했으므로, 큰 비가 오기를 기다리는 동안 말밭은 그야말로 산협치고 꽤 번성한 항구였다.

오르내리는 범선과 뗏배들로 수운(水運)이 융성하던 시절, 춘궁기의 긴긴 해를 죽치고 들앉아 선하품만 해쌓던 주막거리 꽁지갈보들도 바야흐로 한천(旱天) 불볕이 내리쬐는 이때가 오히려 한밑천 잡는 시기였다. 뗏배와 소금배, 바꿈이와 남사당, 짠지패와 날피까지 두루뭉수리로 들끓는 저자포—한양의 문물이 가장 빨리 전달되는 강원도의 초입인 이 물목 언저리에 위치한 말밭마을은 이래서 긴긴 여름 한철 파시(波市)를 이루는 것이다.

개개비가 물가 갈밭에 와서 울던 첫여름, 한양서 온 한 낭인(浪人)이 묘련의 객주집에 머물렀다. 열여섯 해 전 이맘때였으니, 개개비가 나루터의 갈밭에 날아와 우는 이런 첫여름이면 으레 한양에서 올라오는 돛배가 강구(江口)의 선창에 들이닿고, 깊은 산협 쪽에선 건목 친 뗏목들이 내려와 저목장(貯木場)에 임시로 쌓이거나 몽깃돌을 달아 강기슭에 띄워놓은 채 한여름에 큰물 지기를 기다리기 시작할 무렵이었다.

그냥 첫눈에 예사로 보매 낭인은 어수룩한 내미손 같기도 했지만, 조금만 자세히 관찰하면 차림새는 거년스러워도 이목구비가 반듯한 용모 때문에 전체적인 인상이 끌밋하여 도통 장사꾼 티가 없었다. 자청하여 강 쪽으로 면한 거느림채의 객방에 투숙한 그 나그네를 처음 본 순간에, 묘련은 그가 뭣 하는 자인가를 알고 싶은 호기심이 부쩍 당기면서 공연히 건몸 달아오르는 묘한 심사를 주체할 수가 없었다. 남한강을 거슬러 올라오는 상선의 시창 바닥에 쭈그린 채 실려 온 장사치들이 포구의 객이 되어 투숙하는 해거름이면, 행랑채의 중노미들이 봉놋방이나 뜰아래 딴채의 빈 객창에다 등잔불을 밝히고 부엌에선 행랑어멈들이 손님상에 오를 전(煎)을 부치거나 갱지미에 담을 거리며 거섶을 장만하는 동안 묘련은 평소엔 냅뜨게 건잠머리를 하던 것도 그날따라 굴침스레 건성으로 하였고, 괜스레 마음이 팔랑거리며 전신이 부다듯했다.

대체 그 사나이는 어디로부터 흘러온 것일까? 시골뜨기 같잖은 헌칠민틋한 생김새며 부드럽고 정확한 말씨에다, 그날 오후 남한강을 거슬러 오르는 장삿배에 실려온 것만 보더라도 마포나루를 떠난 서울 사람으로 짐작은 가되, 확실한 정체가 잡히질 않았다. 으레 하는 관례였지만 묘련은 그가 뭐하는 객인지 알아보라고 거꿀네더러 짐짓 빗새는 어투로 일러두었다. 나그네의 거처방에 객금(客衾)이며 베개 밑의 자리끼 따위를 나르느라 들락거린 끝에 거꿀네는 그자가 금광 기사로 몇 년째 사금강(砂金江)의 원맥을 찾아 헤매는 노다지꾼임을 알아냈다.

그날 밤, 그 나그네가 버리고 떠나온 고향 쪽에 뜻밖에 묘련의 마음 이 결박당한다. 허랑방탕한 제 서방이 날바람을 잡고 달아나버린 그 곳이 한양이라서가 아니었다. 객주집 업저지의 등에 업혀 애비의 얼 굴도 모른 채 자라던 딸아이 항아가 두 살이 된 그때까지 허울 좋은 하눌타리로 승청보같이 우두커니 마음의 촉수를 곤두세워 더듬이질 을 해온 방향이 그쪽 하늘이었다. 불확실한 허공을 더듬는 곤충의 촉 각처럼 마음의 촉수로 허황한 꿈결을 더듬어 허위단심 기어오르던 허우룩한 세월. 저물녘 어둠과 안개가 번지는 시간이면 날지 못해 더 듬이의 혼만으로 땅 위를 기는 외로움을 맛보며, 그녀는 스스로 귀뚜 라미 또는 땅벌레나 지네 같은 운명으로 살고 있다고 생각했다. 소금 배와 석탄선, 수많은 뗏목과 상선들이 오르내리는 저 기나긴 남한강 도 그녀를 이 주변의 삶으로부터 세계의 밖으로 이끌고 갈 수 없기에 그러할 것이다.

그런데 예기치 않은 그 나그네의 출현을 보자마자 묘련은 마음의 예민한 더듬이로 그도 역시 자기와 같은 운명을 지닌 사내임을 단번 에 알아낸다. 금광의 원맥을 찾아 불확실한 공간을 더듬는 사나이. 무거운 갑각(甲殼)에 싸인 듯이 인습이 씌운 부덕(婦德)의 굴레에 얽매 여 지겹고 갑갑한 날밤을 외로이 지새우며 허공만 휘저었던 그 관능 의 더듬이—항시 곤두세운 그 예리한 더듬이에 다가와, 어떤 서광 같 은 것을 비춰오는 듯한 착각에 온몸이 부다듯해지더니 묘련은 일시 혼곤한 감정에 젖어들고 만 것이다.

손바닥으로 아무리 두 귀를 막는다 해도, 열여섯 해 전 풀섶에서 요란스럽던 그 밤의 풀벌레 소리가 암컷을 부르는 수컷의 음파로 변질되어 시간을 꿰뚫고 울려 와서는, 이 밤도 내내 그녀의 예민한 촉각을 곤두서게 하는 거였다. 헛되이 허공만 휘젓는 관능의 더듬이로 묘련은 지금 객주집 봉창 너머 어두운 덤불 속에서 밤새도록 지노귀새남 하듯 울어쌓는 풀벌레 소리에 온몸이 전율하다 못해 이제는 취한 듯 날짝지근해진다.

　한양서 온 낭인이 객주집에 묵었던 이튿날 오후 늦게, 그녀는 혼자 정암사 계곡의 폭포로 오래 별러 오던 물맞이를 떠났다. 전신에 폭포 물을 뒤집어쓰고 있노라면 뒤숭숭한 마음의 찌꺼기가 말끔히 씻겨, 심신이 가뿐해질 것도 같았다. 그녀는 항아를 거꿀네에게 맡기고 집을 비울 동안의 뒷일도 부탁해 두고는 사립문을 나섰다. 한양 손님과 눈길이 마주칠 때마다 공연히 굽죄이던 마음을 떨쳐버리고 싶은 속셈으로 집을 나서는 그 시각에, 때마침 배를 구하러 나갔다가 강나루 쪽에서 도사공과 함께 나란히 걸어오던 그 나그네와 공교롭게도 문 앞에서 마주쳤다. 사내의 바라보는 눈이 부끄러워 고개를 숙인 묘련을 산 쪽을 향하여 보리가 익은 밭둑길을 한참 걷다가, 초여름의 더위를 씻어주는 강바람에 한숨 돌리는 시늉으로 멈칫거리며 문득 뒤를 돌아보았다. 보리이삭이 강구 쪽에서 부는 바람으로 소리내어 흔들리는 밭머리 너머로 객주집 문전에 도사공과 서서 기우는 햇살을 받으며 그 낭인이 이쪽을 보고 있는 것이 그녀의 눈에 비쳤다. 괜히 속이 수꿀해지며 머릿속이 뒤숭숭하여 얼른 고개를 돌리고 다시 산길을 걷는 그녀의 발걸음이 허둥거렸다. 아직 항아에게 젖을 물릴 시간이 아닌데도 젖꼭지가 꼿꼿하게 팽창하며 묘한 응분이 아랫도리께에서부터 온몸에 번지는 듯했다. 바로 그날 밤 정암사 계곡의 폭포에서 물맞이를 하고 돌아오던 산기슭의 지레목에서 봉변을 당한 이튿날 아침, 어둠과 안개가 걷혀가는 객창 너머로 멀리 갈대숲에 가려진 선창을 향해 객주집을 나선 그 한양 나그네는 교각이 붙어 있는 튼튼한 잔교(棧橋)로부터 배를 구해 타고 깊은 산협 쪽으로 금광의 원맥을 찾아 떠났다. 묘련의 집에 머문 지 불과 이틀 만이었다.

그날 이후로 하룬들 그 사내를 잊어본 적이 있었을까? 초여름 물가 갈밭에 개개비가 날아와 울 때마다 묘련은 자기의 영혼이 갈증을 느끼고 있는, 저 어둠 같고 안개 같은 몸피가 운명처럼 자기를 덮어 누르던 무성한 풀밭으로 마음이 달음쳐서 그만 꼼짝없이 그 어떤 나무의 밑둥에 결박당한 양, 부근의 부드러운 양탄자 같은 풀밭 언저리에 어느 틈에 자신이 소속돼 있는 것을 느낀다. 밤인지라 어둠 속에서 사내의 얼굴을 확인할 겨를조차 없었을 뿐더러 워낙 느닷없이 벌어진 일인데다 나중엔 저항할 힘조차 잃고 자포자기한 채 나자빠진 그녀에게 한마디 말도 건네잖고 사라져버린 그자의 정체를 도저히 알 길이 없었다. 누군지도 모를 외간 남자에게 봉변을 당한 수치스런 속내평을 적바림해둔 채 혼자서만 끙끙 앓아대던 처음 얼마간은 그 밤의 기억이 견딜 수 없었지만, 차차 세월이 가면서 묘련은 스스로 그 기억을 아름답게 채색하는 법을 익혔다. 그것은 이 말밭나루에 이틀을 머문 뒤 금광을 찾아 떠나간 낭인과 어둠 속의 사내를 연관시켜 생각하며 자위할 줄 알게 되면서부터였다. 그러자 그녀의 마음도 이후론 한결같이 어디선가 산줄기나 동굴 속을 뒤적이며 금광의 원맥을 더듬는 그 사나이에게 소속돼 있었다. 그리고 밤에 잠자리에 들 때마다 쪽머리에 꽂는 비녀를 풀어 베개맡에 놓는 동작을 취하는 순간이면 으레 그녀는 옛날 그 밤의 풀이슬에 젖었던 제 머리칼을 새삼스레 매만지며 그 한양 나그네를 떠올리곤 했다. 그다지 소중한 것은 아니더라도 오래 몸에 간직했던 뭔가를 놓쳐버린 아쉬움으로 그 옛날 풀밭에서 잃어버린 오두잠을 가슴 속 어디선가 더듬어 찾듯, 그녀는 가뭇없이 사라진 낭인의 행방을 별 뜻 없이 어림잡아 보는 것이었다. 물가 갈밭에 개개비가 날아와 우는 이런 여름엔, 더더구나 밤만 되면 한결 극성스러워지는 풀벌레 소리가 그녀의 기억 속에 그런 아련한 생각을 떠올려준다.

갑자기 마당께가 시끌짝해졌다. 봉놋방에 투숙한 뜨내기 장사치들이 남사당 패거리의 공연을 구경하고 이제 막 숙소로 찾아들며 아직 덜 식은 홍취의 연장으로 묻혀오는 소란이었다.

항아와 거꿀네도 그즈막엔 구경에서 돌아와, 묘련이 거처하는 안채로 건너와서는 좀 전에 신바람나게 홍청대던 광대들의 놀이를 본 대로 이것저것 흉내내며 지껄였다. 그런데 항아는 오늘따라 이상할 정도로 눈을 반짝이며 흡사 마을의 축제에서 돌아온 양 상기도 들뜬 표정이다. 사당패 놀음에 대해 대단한 관심을 보이는 그녀는 놀이 중에서도 특히 덧뵈기(탈놀음)할 때가 제일 신났다고 말했다. 이 후텁지근한 여름밤 하늘에 수없이 반짝이던 별들과 사방에 넘치던 들뜨고 홍거운 공기로부터 그 무슨 힘찬 생의 부추김이라도 받은 모양이었다. 반면, 거꿀네는 오히려 혀를 끌끌 차며 사당패의 잔인함을 못마땅하게 여겼다. 동니받기할 때 새미 역을 맡았던 어린 삐리가 불쌍해 못보겠더라고 거꿀네는 공연히 자탄까지 하더니

"꼭두쇠나 뜬쇠들이 그 어린 새미에게 무등을 설 때 무거울까봐 일부러 밥을 굶겨 곰사등이처럼 만들어 놓았더라니까."
하고 사뭇 식둑거렸다. 새미란 건, 사내아이가 여장을 하고 분 바르고 머리 땋고 고깔 쓰고 무등의 제일 꼭대기에 올라가는 역할인데, 이를 동니받기라 한다.

주막거리 공터에서 한바탕 공연을 벌인 남사당패가 말밭마을에 머문 지 나흘째 접어드는 날 아침에 항아의 몸치장을 시키며 새앙머리를 땋아주던 묘련은 깜짝 놀랐다. 소나무의 마른 바늘침 잎새와 실오라기 같은 시든 풀잎이 몇 가닥 항아의 뒤통수에 엉겨 붙어 있었다. 풀밭에 드러눕지 않고선 꼭뒤 머리칼에 이런 검부러기가 묻어 있을리가 없다. 열여섯 해 전, 어두운 숲그늘에서 느닷없이 봉변을 당하던 일의 기억이 이 순간 섬뜩하게 묘련의 가슴에 닿는 느낌이었으나, 그녀는 짐짓 시치미를 떼고 물었다.

"너 요새 남사당 패거리에 미쳐서 사뭇 며칠 밤을 주막거리 장터로만 뻔질나게 나도는데, 웬일이냐?"

어머니의 말이 떨어지는 순간, 딸의 뒷덜미가 움찔했다. 그러나 그녀는 고개도 돌리지 않고 대꾸도 아니 했다. 주막거리 빈 장터에서 연일 계속된 광대패의 저녁 공연을 구경한다는 핑계로 항아는 간밤에도 이슥해서야 돌아왔었다. 이튿날 아침에 딸의 뒷머리께에서 가닥난 머리칼과 함께 참빗에 묻어나는 뾰족한 바늘잎새를 손으로 훑어내다 멈칫한 묘련은 아무래도 수상쩍은 느낌을 지울 수 없어 또 한 번 말했다.

"거꿀네랑 함께도 아니고 혼자서만 나도는 게 왠지…… 좀 이상해진 것 같구나."

"아무 일도 없었어요."

여전히 뒤도 돌아보지 않고 고개만 몇 번 휘저으며 항아는 시치름하게 대꾸하였다.

"그냥 구경을 갔을 뿐인데요 뭐……."

머리칼에 묻어 있던 마른 솔잎과 실오라기 같은 검부러기에 신경이 쓰였으나 묘련은 굳이 입 밖에 내어 곰파고들진 않았다. 괜히 자신의

옛일을 미루어 건혼난 과잉반응이지 싶었지만, 그래도 미심쩍어

"설마…… 이 에미한테 말 못할 무슨 심적 변화라도 생긴 것은 아 니렸다?"

하고 슬며시 다짐을 놓았다.

"그러믄요…… 어머니도 참!……"

항아는 시큰둥한 채 고개를 떨구고 어쩜 겸연쩍기라도 한 양 괜스레 실팍진 어깨를 약간 비트적거리며 껄끄러워하였다. 그러나 묘련은 그 말을 듣고 안심이 된다기보다 오히려 암담한 기분에 잠겨 있었다. 뭔가가 자꾸 마음에 걸려서 그녀는 종일 심사가 야릇했다. 마음속에 품은 이상한 예감을 아직 아무한테도 말하지 않고 있다가 마침내 그날 저녁 무렵에야 거꿀네한테 털어놓았다.

"이보게, 거꿀네. 나랑 좀 긴히 할 이야기가 있는데 안으로 잠깐 들어오게."

마님의 부름을 받고 방 안으로 들어온 거꿀네는 처음엔 약간 어리둥절하였다. 아닌게아니라 마님의 얼굴에 지금 되우 귀살쩍은 표정이 역력하였으므로 영문을 알 수 없는 그녀는 공연히 염려스러워 햄끔거리며 반응을 살폈다. 그러자 이내 마님은 귀엣말로 요새 늘 안쫑잡고 있던 속내평을 털어놓으며 사정이 이러저러하니 항아의 행동거지를 뒤밟아 보라고 지시를 내렸다. 귀담아들은 거꿀네는 항아를 감시할 목적으로 그날 밤 즉각 실천으로 옮겼다.

저녁나절에 농악장단의 화랭이춤에서부터 시작된 사당패놀음은, 해가 지고 어둑해지면서 벌어진 살판굿, 버나재비들의 접시돌리기, 그리고 어름사니들의 줄타기를 최절정으로 일부를 끝내고, 이어서 탈판이 벌어진 이부로 접어들어 바야흐로 한창 신명이 날 무렵이었다. 모닥불이 활활 타오르는 공터의 구경꾼들 틈에서 시종 항아의 동

정을 살피던 거꿀네는 방금 막 군중들로부터 살그머니 빠져나가는 그녀의 뒤를 약간 뒤처진 채 따라갔다. 따르며 자세히 살피는 거꿀네의 눈에 비친 항아는 혼자가 아니었다. 꽤 멀찍한 거리를 두고 항아를 인도하며 앞서가는 사내의 시커먼 그림자가 시방 막 숲속으로 접어드는 길목에서 멈칫거리고 있는 것이 보였다. 사내는 서서 항아가 가까이 다가오기를 기다려주는 모양이었다.

나무 뒤에 잠깐 몸을 숨긴 거꿀네는 두 사람이 가까이서 만나 손을 잡고 숲 속으로 사라지는 광경을 엿보았다. 그녀의 가슴이 까닭없는 두려움으로 콩닥콩닥 뛰기 시작했으나, 그들을 놓칠세라 조급한 걸음걸이로 뒤쫓아 숲길로 들어갔을 땐 벌써 두 사람은 숲을 빠져나가 강변으로 이르는 샛길로 꺾어들고 있었다. 얼마 후 그들은 강둑에 이르자 걷기를 멈추고, 부드러운 둑의 풀밭 위에 나란히 앉는다.

거꿀네는 살그머니 다가가서 그들의 말소리가 들리는 근처에 이르자 우묵한 숲의 어둠 속에 몸을 숨기고서 강둑을 내려다보았다. 귀뚜라미가 끊임없이 울었다. 머잖아 닥칠 월출(月出)의 전조로서 눈앞에 드러누운 남한강의 검고 질긴 살갗이 희끄무레한 밝음 속에 무수한 너울의 잔주름을 접으며 유장하게 굽어져 꿈지럭거리고 있었다. 강기슭의 으슥한 곳에 우거진 왕골풀과 갈대의 실루엣이 사선을 긋고 있는 그 너머, 저쪽 나루터의 강기슭에 비끄러매어진 여러 척의 뗏배에 잇대어 떠 있는 소금배나 야거리의 횃불이 대안의 짙은 어둠을 배경으로 수면 위에 묘한 영상을 얼비춘다. 그리고 거기엔 지금 형용키 어렵도록 아름다운 물댕기가 늘어져 쉴새없이 일렁이고 있었다.

옷자락에 달라붙는 도꼬마리 가시에 찔린 듯 모기가 가끔씩 거꿀네의 드러난 살갗을 따끔하게 쏘아서 근지러웠다. 반짝이는 수면에 부각된 두 사람의 검은 윤곽이 뚜렷하게 드러난 강둑 너머로부터 눅눅

한 여름밤의 강바람이 불어왔다. 그 바람결을 타고 항아를 유인해 온 사내의 목소리가 시방 희미하게 들려온다. 거꿀네는 귀를 바싹 기울였다.

"우리 아버진 원래 일정한 직업도 없이 금광에 미친 노다지꾼이었지. 내가 어렸을 때부터 가족을 버려둔 채 이 산 저 산을 헤매고 다니시며 일 년에 한두 번, 집엔 올까말까 했어. 고작 집에 돌아오시면 방안에 들어박혀 금 채굴의 연구만 하셨지. ……그새 많은 금도 발견했지만 돈이 없는 아버지는 약은 덕대에 속아 넘어가곤 해서 우리 집은 언제나 가난할 수밖에 없었어."

이제 막 떠오르는 희붐한 달빛을 받고 있는 강물은 체온이 없는 비정의 광물성 몸뚱이를 희멀겋게 드러낸 채 번들거리고 있었다. 밤에 우는 부엉새 소리가 멀리 맞은편 강의 대안 너머 어둠이 엉긴 산그늘에서 음산하게 들려온 사내의 목소리가 이어졌다.

"한 번씩 집으로 돌아오시곤 하던 아버지는 불과 몇 달을 넘기지 못하시고 훌쩍 떠나버리기가 예사였어. 내 기억으론 아버지가 최후로 집을 떠나신 때가 내 나이 열 살. 어머니의 얘기로는 사금강의 원맥을 발견하러 나섰다는데 이 남한강을 거슬러 오르는 상선을 타고 가신 것을 마지막으로 십 년 가까이 소식이 없었어. 그동안 어머니는 기다림 속에서 세상을 떠나시고, 나는 남사당 패거리에 끼어 아버지의 행방을 수소문하고 다니던 끝에 재작년 가을 강원도의 어느 산협에서 우연히 만난 덕대로부터 아버지의 소식을 들었지. 아버진 이미 죽은 거야. 옛날 우리 집에 드나들던 그 덕대 영감이 우리 가족을 찾아 그 사실을 전하려 했지만, 그땐 이미 우리 집은 탁방이 나버린 뒤 끝이었지. 부득이 그분이 손수 장례를 치렀는데, 내게 들려준 사연인즉 마침내 금광의 원맥을 찾은 아버지를 살해하고 노다지를 가로챈

자가 있었다더군. 그자는 일확천금을 꿈꾸며 조선으로 건너온 마쓰모토라는 왜놈 '야쿠자'라고 일러주던데, 무일푼의 뜨내기였던 마쓰모토놈은 금광의 채굴권을 그 방면의 터줏대감인 또 다른 왜놈 광산주에게 비싼 값으로 넘겨주고 당시엔 벌써 어디로 행방을 감췄는지 알 수가 없다는 얘기였어. 하여간 그때부터 난 아버지 대신 복수를 결심하고 놈을 찾아 떠돌았지. 나로선 놈의 얼굴을 직접 본 적은 없지만 왼쪽 뺨에 칼 흠집이 있다던 녀석의 인상 하나만을 목표로……."

사내의 말소리가 끊어지고, 부엉새 우는 소리가 뒤를 이어 그 밤의 고요를 확인시켜 주는 듯했다. "부우―부우―" 음산한 부엉새의 간헐적인 울음이 여운을 끌며 강물 위로 잦아들었다.

떠나간 임에 대한 줄기찬 그리움에 의해 한 여인의 가슴 안쪽에로 보이지 않게 스며 흘렀던 강. 그 남한강의 본류가 지금 그들의 눈앞에서 유장하게 굽어지고 있었다. 그 강은 또 다른 한 여인에게 있어 난봉꾼인 서방이 꽁지갈보와 눈이 맞아 한양으로 줄행랑을 쳤던 불행한 과거에 대한 회한의 의미로서 흐르는 강이기도 했다. 그런가 하면 다른 한편으로 이 고장의 꽃다운 처녀들에겐 불만스런 이승의 삶에서 행복할 수 있는 딴 세상으로 흘러드는 강일 수도 있었다. 제가끔 경험에 따라 사람마다 다르게 느껴지는 그 강은 인간의 역사와 삶의 양태가 드러나는 상징의 강이었다. 시야의 한쪽으로 멀리 바라다뵈는 산모롱이의 어딘가로 행방을 감추며 묘연히 사라져 버리는 저 강물은 온갖 슬프고 괴로운 사연에도 불구하고 그래도 이곳이 아닌 딴 세상, 행복할 수 있는 객관적 조건이 좋은 딴 세상을 희구하여 실제로 그곳으로의 이주도 가능한 번화한 수도 한양을 거쳐 서해까지 무사히 흘러들 수 있는 행복을 누리고 있었다.

풀벌레가 줄기차게 울었다. 그때, 다시 이어지는 사내의 목소리.

"그런데…… 아버지와 헤어진 지 꼭 열여섯 해 만에……"

하고 잠깐 끊겼다가, 이내 그 목소리는 예사롭지 않은 감정을 실은 채 거꿀네의 귀에도 분명하게 들렸다.

"드디어 난 마쓰모토놈을 찾아냈어. 놈은 바로 이 말밭마을에서 거간꾼의 우두머리 행세를 하고 있더군."

"어떻게 하실 작정이세요?"

항아의 걱정스런 목소리가 황급히 뒤를 이었다.

"죽여야지."

사내는 짧고 단호하게 받았다.

"그 길밖에 다른 도리가 없어. 복수심으로 들끓는 내 가슴을 잠재우지 않고선 한이 남을 테니까. 그 한 많은 이승을 떠나 영혼의 이주가 가능한 저승이 따로 있는지를 나로선 알 수가 없어. 그게 한낱 인간의 소원이 만들어낸 상상적 세계일 바엔 복수의 일념만으로 놈을 찾아 헤매고 다닌 그 삶이 내겐 차라리 구원이었어. 복수는 내 운명이었고, 나는 목숨을 걸고 그 운명을 사랑해온 거지. 악을 짓쳐부수고 징벌하지 않는다는 건 악을 그냥 방관하고 동조하는 것과 다름없다니까."

평화를 위장한 알 수 없는 고요 속에 풀벌레 소리만이 가득했다. 주위의 초목과 강물까지 숨을 죽인 채 소리 없이 그것들은 천천히 움직여, 그 심부(深部)에 숨겨진 죽음 같은 어둠에게로 떠밀어보낼 음흉한 유혹의 손짓을 보내고 있는 듯이 보였다. 그 고요함은 꿰뚫어볼 수 없는 의도를 감추고 복수심으로 도사리고 있는 거대한 함정과도 같았다. 사내의 목소리는 마치 그 함정 속에서 울려 나오는 듯이 들렸다.

"하기야, 아무리 그렇더라도 내 인생을 복수라는 딴 목적을 위해 허비해야 옳은가 하고 참 많이도 생각해봤지. 산다는 게 뭔데? 삶이란 고통일 수만은 없어. 일상의 소소한 기쁨, 사소한 욕망까지도 포기한다면 남는 건 고통과 한밖에 더 있겠어? 남사당 패거리를 따라다니며 풍물을 잡고 탈춤을 익히고 하는 동안 인생은 딴 목적을 위한 준비가 아니라 그 자체가 하나의 탈놀이, 광대놀이로 여겨지게 되더군. 애당초 아버지의 복수를 위한 수단으로 시작한 광대란 별 게 아니라 즐거운 축제여야 한다고 말이야. 사람들의 몸속에 들어 있는 신명을 솟구치게 하는 마당판을 떠돌면서 그런 눈으로 다시 세상을 보게 되자 모든 게 달라지더군. 지나고 보니, 아버지의 삶에도 역시 방랑 속에서 경험할 수 있는 낙이 그의 가치로서 작용하고 있었을 게라고 문득 깨달아진 거야. 사금강의 원맥을 찾아 강줄기를 따라 그가 떠돌아다닌 세상이 극락이요, 그가 헤매고 다닌 삶 자체가 구원이었음을 말이야…… 어쨌든 새로운 관점으로 세상을 보지 못할 땐 자연스레 흐르는 저 강물도 새로운 세계에 대해 나를 차단시키는 고통의 흐름으로밖엔 여겨지지 않아."

사내는 달빛을 받고 눈앞에서 징그러운 비늘을 번득이며 길게 사행(蛇行)하는 강줄기를 손가락질하며 그렇게 말한다.

그때 항아가 묻는다.

"그렇다면 이제 복수는 단념하겠단 뜻이에요?

"아니지. 복수는 해야 돼. 하지만, 그건 이제 내 삶의 수단도 목적도 아니고, 악은 타도돼야 한다는 실천적 주장이지."

지금쯤은 탈마당의 모닥불도 바야흐로 사위어지기 시작할 무렵이었다. 이곳에선 놀이터의 여흥의 광경도 소리도 짐작으로 알 수 있을 뿐이지만, 흐른 시간은 꽤 되었다.

거꿀네는 강둑에 앉은 두 사람의 모습을 훔쳐보길 단념하고선 쪼그려 앉았던 자세를 일으켜 막 그 자리를 떠나려 할 즈음이었다. 둑 위의 두 사람이 서로 얼싸안듯 하며 풀밭 위로 드러눕는 것을 짐짓 외면한 채 들키지 않으려고 조심스레 그곳을 떠났다. 숲을 헤치고 나오면서 한 번 더 뒤돌아본 저 아래 강물 위로 내리비치는 달빛이 미끄러지듯 수면을 어루만지고 있었고, 숲 사이로 희멀겋게 그 형체를 드러내는 긴 강줄기는 거뭇거뭇한 숲을 끼고 가랑이를 벌리고서 번듯이 드러누운 골짜기 아래로 천천히 꿈틀거리고 있었다.

그날 밤 늦게 거꿀네의 보고를 다 들은 묘련은 항아가 밖에서 돌아오자마자 마침내 더 이상 참을 수 없어 빼물던 노여움을 터뜨리고야 말았다.

"요새 매일 밤마다 벼름벼름 반죽거리고 마실 댕기는 꼴이 필시 무슨 변이 생기지 싶어 내 늘상 안쫑잡고 있었는데, 옘집 규수가 가리사니 없이 무슨 꼴이야? 솔직히 이 에미한테 다 말해 봐. 밖에서 무슨 탈이 났는지 숨김없이 얼른 말해!"

눈을 지릅뜨고 다짜고짜로 다그치며 딱장받듯 욱대기는 어머니의 서슬에 항아는 덴겁을 하였다. 단박에 지질린 낯빛으로 굽잡혀서 감히 가까이 다가앉지도 못하고 고개를 떨군 그녀는 말문이 막혀 내처 바슬거렸다. 엄절하게 채근하는 어머니의 닦달에 부개비잡혀서 항아는 띄엄띄엄 곧은불림을 마지못해 주워섬겨야 했다. 자초지종을 듣고 난 묘련은

"아이고, 집구석에 망쪼가 들었어!"

하고 탄식했다.

"애지중지 키워놨더니…… 에이, 지지리도 못난 가시내! 고작 조리복소니로 굴타리먹은 꼴이 됐구나. 요 망할 것아! 애면글면 살아온 이 에미 잔속도 모르고 엄발나서 기어이 바람이 나다니! 은근짜 같은 요 낯짝! 에이, 눈꼴사납다."

묘련은 스스로 분을 참지 못하여 그만 항아에게 얼뺨을 붙였다.

"다시는 집 밖엔 못 나간다! 사립문 밖으로 얼씬거리기만 해봐라, 다리몽댕일 분질러놓을 테다!"

분김에 사뭇 다지르듯 불호령을 내리는 묘련의 표정이 금세 북받치는 울분으로 일그러지더니, 시퍼렇던 서슬이 단번에 꺾이고 만다. 이제 그녀는 은결들어 아픈 속내를 풀어헤쳐 보이듯 엉두덜거리며 맥빠진 잔사설만 뽑아내고 있었다.

"애당초 서방복 없는 내 팔자에 무슨 복을 바랬던고? 어이휴! 이게 다 내가 잔질어 모지락스럽게 널 키우지 못한 죗값이지. 그저 내가 죄 많은 년이야……"

이런 말을 토하고 나자 그녀는 한없이 서글퍼서 울음을 늘키며, 자신의 마음밭에 어그름진 과거가 소생시키는 새삼스런 기억의 환기에 몸서리나게 사로잡히고 말았다.

어디서 꿰어찬 논다니랑 배가 맞아 한양으로 달아난 뒤 삼 년 동안이나 종내 무소식이던 남편이 회정(回程)에 통사정하여 간신히 시량선(柴糧船)으로 개조된 야거리의 시장 바닥에 실려서 그야말로 무일푼의 빈털터리로 껑더리되어 이 말밭마을에 다시 나타난 것은, 항아가 다섯 살 나던 그해, 들판에 메나리 소리가 높고 소소리바람이 불던 어느 봄날이었다. 앙상한 볼에 가잠나룻이 텁수룩이 자라도록 깎지 않은 얼굴에는 병색이 완연한 데다 낡고 해진 입성이며 풀죽은 그 형상은 영락없이 빌어먹는 거지꼴이었다. 그 초라한 행색을 보고 정작 놀란 것은 행랑것들인 중노미나 부엌어멈 혹은 물어미들이었다.

묘련은 반가운 내색은커녕 가슴에 맺힌 응어리가 미처 삭지도 않은 지경에 맞닥뜨린 서방의 뻔뻔스런 출현을 보자 도시 아니꼽고 시뻐서 내처 듣기 싫은 소리만 골라가며 이기죽거렸다. 처자식 팽개치고 달아날 땐 언제며 평생 안 보리라 다짐한 지금에 와서 무슨 염치로 찾아왔는지, 눈꼴 시린 그놈의 소갈머리는 예나 지금이나 맛같잖아 욕지기난다고 빈정대며 매몰게 업시름을 놓았다. 에멜무지로 짐짓 억울을 과장하듯 괜히 야나쳐보는 게 아니라 그녀는 정말로 분통이 터질 판국이었다.

울가망하던 지난 세월 동안 오래 뼈물던 화풀이를 그녀가 시시부지 넘길 속셈이 아니란 걸 눈치차린 탓인지 사내는 비열할 정도로 용서를 빌며 시르죽은 엄살을 떨었다. 야젓잖은 그런 태도가 묘련의 눈에는 여북 씨식잖게 느껴졌으면 애당초 그가 엄펑스럽게 몽짜를 치는 줄 알고 절대로 용서치 않으려 했을까! 잔생이 보배라더니, 그 뱌슬거리며 엉거능축 입에 발린 용서를 뇌까리는 엄펑소니랑 언구럭스럽게도 제가 저지른 일을 사부랑삽작 몽따고 들려는 듯 다부닐어 엉너리를 치는 비굴과 칙살맞음이 잔미워, 묘련은 다직해야 부엌어멈을 시켜 끼니만 챙겨줄 뿐 이후론 일절 본숭만숭했다.

그토록 야정 없는 묘련의 박대가 늘상 못마땅해 시우적거리는 남편의 시양이질에 걸핏하면 지청구를 먹이거나 능주지 안혹 사박스럽게 닦아세우는 바람에, 그도 더 이상 배기지 못한 듯 마침내 정암사 계곡을 쓸며 흘러내리는 옥동천이 발아래 내려다뵈는 너설 위의 소나무 가지에 튼튼한 매끼로 목을 매어, 혀를 빼물고 늘어져 죽은 것이었다.

일의 잔판머리가 이토록 가혹하게 되리라곤 전혀 예측하지 못했던 것이다. 묘련은 뒤늦게 깊은 죄책감에 빠졌다. 시신만은 정성스레 거두고 장례를 치른 뒤에는 무당을 불러 시왕 가르게 하였다. 그리하여 그녀는 구슬픈 새남 소리에 종일 눈물을 적시기도 했다. 남편의 죽음 이후로 이젠 차라리 이아칠 아무런 장애도 그녀한테 남아 있지 않았음에도 불구하고 옷자락에 검불 털어내듯 떼걸지 못하는 무거운 죄의식이 새로이 가슴에 무슨 엉겁처럼 들앉기 시작했던 것이다. 그때의 일을 회상할 적마다 묘련은 몸서리가 쳐지며 참으로 기구한 자신의 운명이 느껍게 되씹히는 것이었다.

망자의 영혼이 이를 곳에 이르지 못하고 떠돈다는 중유(中有)가 차는 날인 49일재(齋)에 묘련은 정암사를 찾아 남편의 명복을 빌고 그날은 오랜만에 계곡의 폭포에서 물맞이도 할 겸 먼 길을 다녀왔다. 몸과 마음을 깨끗이 씻고 나니 한결 가뿐해진 기분이었으니, 그날 이후로 대상 없는 그리움과 막연한 기다림은 어쩔 수 없는 그녀의 숙명이 되고 만 것이다. 오늘 밤 그녀가 항아에게 몹시 화를 낸 것도 결국은 자기와 같은 그런 삶을 딸한테만은 물려주고 싶지 않았었기 때문이다. 더욱이 거꿀네로부터 일의 대충을 전해들은 묘련의 입장에서 보면, 순진한 제 딸이 '홀려서 바람이 들게' 만든 장본인이라고밖에 여겨지지 않는 남사당패의 그 젊은이가, 열여섯 해 전 사금강의 원맥을 찾아다니며 이 말밭마을에서 이틀을 머물다 간 그 한양 나그네의 아들일지도 모른다는 인연의 기묘함에 생각이 미치자, 섬뜩하리만큼 운명에 희롱당하는 기분이었다. 여하간에 이날부터 단단히 잡도리를 하려는 묘련의 엄명으로 항아에겐 문밖출입이 금지되었다.

비가 내렸다. 바깥나들이가 금지된 다음날 아침에 후둑후둑 떨어지는 빗소리에 잠이 깨어, 항아는 옆자리에서 홑이불 밖으로 상반신을 드러내놓고 자고 있는 거꿀네를 깨우지 않도록 살그머니 뙤창문을 열고 하염없이 바깥을 내다보았다. 멀리 강을 건너 맞은편 산 쪽에서부터 먹장구름이 덮쳐오며 한차례 지나가는 산돌림이 뿌연 빗줄기를 비스듬히 내리꽂고 있었다. 아직 시커먼 구름덩이에 가려지지 않는 잿빛 하늘 아래 말밭나루의 갈밭 쪽은 는개같이 몰몰한 비안개에 휩싸인 채였고, 나루터 근처의 돈들막에 쌓아놓은 목재를 얽어맨 밧

줄을 풀어 강물에 띄울 뗏배를 엮는 인부들이 빗줄기 속에서 지금 한창 뗏목에서 뗏목으로 옮아 뛰며 활발하게 움직인다. 하늘과 땅이 거대한 화해의 목소리로 으밀아밀 지절거리는 빗소리를 들으며 항아는 줄곧 제 마음을 사로잡은 사내에 대한 가슴속의 열망을 지그시 누르고 있었다. 구름들은 더 낮게낮게 내려오고, 작달비가 하늘과 땅의 결합을 꾀하듯 비의 그물을 드리우고 있었다. 굵은 빗방울이 땅바닥에서 튕길 적마다 대지에서 솟아오르는 흙내가 뙤창으로 넘어 들어왔다. 빗소리 외에는 이제 들리는 소리라곤 아무것도 없었다. 비의 투명한 휘장 너머로 멀리 자욱한 골안개가 희끄무레한 띠를 두른 채 퍼져 흐르는 배경과, 그리고 음양의 우주적 조화가 눈앞에서 연출하는 장관에 넋을 잃은 듯 항아는 지속적인 그 빗소리에 잠겨가며 자신의 내부에 스며드는 우수를 반추하고 있었다.

비는 사흘째 계속 내렸다. 이 비가 그치는 대로 큰물 지기를 기다리며 나루터에 매였던 뗏목들이 큰 뗏배로 묶여진 채 한 줄에 십여 척씩이나 줄을 이어 불어나는 강물을 타고 마포 쪽으로 흘러갈 것이다. 비 때문에 발이 묶인 객주집 손님들이 봉놋방에서 툇마루로 나앉으며 사흘째 줄곧 뜸해졌다 거세졌다 하며 비가 내리퍼붓는 우중충한 하늘을 지겨운 듯 쳐다보고 혀를 차기도 하고 '이젠 뗏배를 띄울 만큼 강물이 불었겠군' 하는 말들을 주고받았다. 그날 오후께쯤 숙지근해지던 빗줄기가 저녁 무렵에야 겨우 그쳤다.

그 저녁때 항아가 자기 방 안에서 들창 밖을 하염없이 내다보며 남사당패가 벌써 말밭마을을 떠나버린 건 아닐까 하고 생각하고 있을 즈음 집의 뒤편 측백나무 생울타리 너머에서 인기척이 났다. 이상히 여겨 자세히 살피니 확실히 그 생나무 울타리 뒤에 누군가 숨어서 이쪽을 엿보고 있었다. 뙤창 밖으로 고개를 내어밀고 목소리를 낮추어

'누구세요?' 하며 약간 겁먹은 소리를 내자, 그 그림자가 울타리 위로 발돋움을 하며 천천히 고개를 치켜드는 모습을 보고, 아직 밖이 완전히 어둡지는 않아 쉽사리 그자가 남사당 행중의 그 사내인 것을 안 항아는 놀랐다. 그때 사내의 눈이 항아의 얼굴과 마주치자 그는 이쪽을 향해 손짓을 하며 항아를 바깥으로 불러내는 시늉을 하였다.

"좀전엔 깜짝 놀랐어요."

뜻밖에 그가 찾아온 사실도 놀랍고 게다가 식구들 몰래 집을 빠져나오면서 긴장한 탓도 있었지만, 뭣보다 이처럼 가까이서 그를 대한다는 느낌 때문에 아직도 가슴이 두근거렸다. 항아는 그동안 무척이나 보고 싶었다고 말하려 했지만, 그가 어깨에 손을 얹으며

"잠깐 할 얘기가 있어서……"

라고 앞지르는 바람에 두근거리는 가슴이 사뭇 저려오면서 그의 손길이 닿은 어깨로부터 그만 온몸의 맥이 쑥 빠져버리듯 나른한 느낌이 들었다.

그는 내일이면 이곳을 떠난다고 했다. 그래서 떠나기 전에 꼭 한 번만이라도 더 만나고 싶었다고 하더니,

"이걸 선물로 가져왔는데……"

하고 바지춤에서 은비녀 한 개를 불쑥 내밀었다.

"어마나, 난 아직……"

항아는 낯이 붉어졌다. 그가 주는 비녀가 무엇을 암시하는가를 알았기 때문이다. 하지만, 정식 혼례를 치르지 않은 처녀의 몸으로 비녀를 꽂을 처지가 아니라는 말을 그녀는 목구멍에서 삼켰다. 항아가 지금 느끼고 있는 부끄럼이나 당황함을 알고 있다는 듯이 사내는

"별다른 뜻은 없어. 남의 눈에는 혼례를 치르지 않은 처자의 신분으로 어울리진 않지만, 이별의 선물로 간직했다가 그냥 날 기억해 달

라는 뜻이야."

하고 웃음을 띠고 말했다. 항아는 그제야 끄덕이며 은비녀를 받았다.

　"또 한차례 비가 쏟아질 모양이군."

　그는 어둑어둑한 사방을 둘러보더니 어렴풋한 둘레의 사물로부터 감지되는 자연 현상에서 비의 예감을 느끼고 있는 것 같았다. 옥수수의 잎사귀들이 습기를 품은 저녁 바람에 으쓱거리며 서로 부딪치는 소리를 내고 있었다. 이젠 벌써 캄캄해졌지만 멀리 어둠이 우묵한 갈대숲 저쪽, 희미한 밝음이 있는 곳에 나루터가 있고 강이 있다는 것을 확실히 알 수 있었다. 사내에게 손을 잡힌 채 항아는 그 어렴풋이 반짝이는 강의 수면을 방향 삼아 잠깐 걸었다. 함께 걷는 동안 사내는 정작 남사당 행중은 모레쯤이면 이곳을 떠날 계획이지만, 자기로서는 이번만은 그들과 동행할 수 없기 때문에 혼자만 내일 먼저 떠났다가 다른 장소에서 패거리와 합류할 속셈이라고 털어놓았다. 그리고는 그동안에 자기가 꼭 해치워야 할 일이 있다고 그는 무뚝뚝하게 말했다. 물론 그것이 아버지의 원수를 갚는 일이라고 꼬집어 말하진 않았으나 항아는 그 순간 숨겨둔 비수의 번득임을 감지라도 한 것처럼 피비린내가 풍기는 장면을 연상하곤 섬뜩해졌다. 실제로 사내한테서는 풀밭 속을 헤매고 온 듯한, 그 어떤 형용할 수 없는 동물적인 냄새가 났고, 그것은 앞으로 일어날 어두운 사건을 암시해주는 음습한 열정이라고밖에 달리 말할 수가 없었다.

　어느덧 두 사람은 심한 비로 혼탁해진 강물이 소리 내어 물결을 쳐올리는 기슭에 이르렀다. 그때 문득 사내가 걸음을 멈추더니, 항아에게 내일 저물기 전에 나루터 근처의 갈밭 쪽으로 나올 수 없느냐고 물었다. 그 시각이면 아무도 모르게 강기슭에 비끄러매어둔 밧줄을 끊고 뗏배를 타고 달아날 수 있으리란 얘기였다. 항아가 원하기만 한다면 자기와 함께 이 마을을 떠나 한양으로 달아날 계획을 세웠다고 그는 말했다. 몹시도 절박한 음성이었다. 그 끈끈하게 속삭이는 사내의 목소리에 항아는 더럭 무서운 생각이 들고 가슴이 막혔다.

"안돼, 난 못해요. 어머니를 남겨두고 그냥 갈 순 없어요. 지금쯤 벌써 나를 찾아 야단났을 텐데…… 어머니가 우리 둘 사이를 알고 있어요. 그러니 제발…… 난 지금 가야 해."

어찌할 수 없는 불안과 낭패감에 사로잡혀 항아는 그를 밀치듯이 하며

"이젠 집에 돌아가겠어요."

하고는 뒤돌아보지도 않고 그에게서 멀어지려고 얼른 그곳을 떠났다.

"잠깐만! 항아 아가씨. 내일 날이 저물기 전에…… 이곳으로 꼭!"

항아의 등에 대고 그가 뒤에서 다급하게 소리쳤으나 그녀는 움칫 돌아서려는 몸짓으로 한순간 주춤하다 대답도 하지 않고 내쳐 걸어 왔다. 뒤에서 그가 쫓아오는 듯하여 그녀는 허겁지겁 달리듯이 걸었다. 지난 사흘간의 비로 떨어진 나뭇잎이 질컥질컥 발밑에 엉겨 붙는 진흙 덩어리와 범벅이 되어 꽃신을 신은 항아의 버선목에 묻어났다. 다행히 집에선 그녀가 바깥에 나갔다 온 줄을 아무도 모르고 있었다.

이튿날 아침도 빗소리에 잠이 깬 항아는 종일 마음이 들떠 갈피를 못 잡고 집 안을 서성거렸다. 당분간 문밖 출입을 금지시킨 어머니의 엄명이 아니더라도 비가 내릴 동안은 우울하게 방 안에만 틀어박혀 지내야 하는 항아로선 뙤창문 곁에 무릎을 꿇은 채 엉덩이를 치켜들고 바깥을 내다보고 있거나 방구석에 웅크리고 앉아 사내가 사다준 비녀를 꺼내 손에 들고 하염없이 생각에 잠기기도 했다. 낮에는 잠시 소나기가 그치고 햇빛이 들었다가 오후 늦게 다시금 개었던 하늘에

서 굵은 비가 쏟아지기 시작했다. 갑자기 마당과 지붕에 우박이 떨어지는 듯한 기세로 비가 뿌리자, 허둥지둥 밖에 널어놓은 침구나 빨래 등속을 거둬들이는 거꿀네와 행랑어멈들의 야단스런 소리가 들렸다.

항아는 방 안에서 거울을 꺼내놓고 잠시 들여다보다가 두 가닥 땋아 내린 새앙머리를 한 손으로 틀어 올리며 시험 삼아 꽂아 보았다. 그때였다. 갑자기 등 뒤에서 여닫이문이 드르륵 열렸다. 그 소리에 놀란 항아가 고개를 돌리고 들어서는 거꿀네를 보자, 한눈에 방 안의 동정을 알아챈 거꿀네는 벌써 항아의 속마음을 짐작하곤 안됐다는 듯이 눈을 가늘게 뜬 슬픈 표정으로 잠깐 바라보았다.

"항아야, 니가 괴로움 때문에 요샌 잠도 못 자는 줄은 알고 있지만 그러다간 병나겠어. 어머니 입장도 생각해서 그냥 잊어버려야지, 어쩔 수가 없잖아."

거꿀네는 그렇게만 말하고 더는 아무 말도 없이 나가더니 문을 닫고는 저쪽으로 가버렸다. 그러자 별안간 가슴을 휘몰아치는 허전함과 서글픔이 밀어닥쳐 항아는 견딜 수가 없었다. 그녀는 손에 쥐고 있던 비녀를 방바닥에 힘껏 내팽개치며 '에잇, 이까짓 것, 이까짓 게 뭔데' 하고 혼잣소리를 지르곤 손바닥으로 얼굴을 감싸며 흐느꼈다. 한참 후 고개를 들자 무심히 눈길이 가 닿은 거울 속에 팔초한 자신의 얼굴이 비쳐 보이며 대꾼한 눈언저리가 눈물에 젖은 채 빤히 자기를 응시하고 있었다. 항아는 비참한 제 모습이 보기 싫어 이맛살을 찡그리고 거울을 등지고 돌아앉았다.

어떤 참을 수 없는 충동이 그녀를 부추겨 벌떡 몸을 일으키게 한 것은 그 다음이었다. 주체할 수 없도록 긴박한 심정이 그녀의 전신을 훑어 내리는 듯 항아는 이제 가만히 있지를 못하고 방 안을 몇 번 오락가락했다. 이윽고 그녀는 굳게 결심이라도 한 양 옷매무새를 바로잡고 입술을 앙다물며 방문을 열고는 밖으로 나섰다. 댓돌 위에 놓인 신발을 신은 다음 툇마루 끝에서 지우산을 찾아들고 뒤란으로 향하다가 부엌 쪽에서 인기척이 난 것 같아 멈춰 서서 기둥에 몸을 가리고 가만히 들여다보니, 어머니와 부엌데기들이 한참 저녁동자에 열중해 있었다. 이 길로 영영 어머니와 헤어진다고 생각하자 눈물이 왈칵 솟구치려 했으나 항아는 이를 으물고 돌아서서 총총히 생울타리 틈새로 집을 빠져나갔다.

그녀가 사라지고 나서 별반 시간이 흐른 것도 아닌데 이내 그 사실이 집 안에 알려졌다. 항아가 집을 나가버린 것을 뒤늦게 알게 된 묘련은 덴겁을 한 채 어찌할 바를 몰라서 허둥지둥했다. 평소 거꿀네와 기거를 같이하는 항아의 거첫방엔 그녀의 흔적 대신 아까 팽개치고 간 은비녀 하나만 달랑 바닥에 뒹굴어 있었다. 이 방 저 방을 기웃거린 끝에 묘련은 이제 거의 미친 듯이 되어 바깥으로 달려 나갔다.

이따금 천둥이 울고 번개가 번쩍번쩍 하늘을 갈랐다. 억수 같은 비에 묘련의 옷은 금세 흠뻑 젖었다. 여느 때 같으면 여름날이 길어서 지금쯤은 사방이 훤할 터인데도 하늘을 시커멓게 휘덮은 먹장구름 때문에 온통 사위가 어두컴컴하였다. 목이 터질 듯 고함쳐 항아를 부르는 애처로운 소리는, 갈래갈래 하늘을 쪼개는 번개가 몰아오는 우레나 빗줄기의 소음에 번번이 삼켜지곤 했다.

살 속까지 파고드는 듯한 빗물에 젖어 옷이 몸에 착 달라붙고 전신이 으슬으슬 떨려왔다. 묘련은 지금 온몸에 폭포물을 뒤집어쓴다고 생각했다. 깊숙한 웅덩이에 잠기듯이 아랫도리까지 흠씬 젖어들어, 남몰래 부끄럽게 여기며 감추어야 했던 끓어오르는 정욕이 이제야 깨끗이 씻겨 내리는 기분이었다. 거뭇거뭇한 숲들과 골짜기로 웅숭한 이 삼각주 일대가 온통 폭우로 범람하는 강물에 잠겨가는 것을 보며, 묘련은 언젠가 난행당한 그 밤에 했던 것처럼 개울가에 퍼질러 앉아 아랫도리를 잠그고 지금 자기가 뒷물질을 하는 거라고 생각했다.

그녀는 어느 틈에 나루터까지 왔다. 어둡고 칙칙한 강물이 불어 넘치는 소리가 발밑에서 웅성거렸다. 야행성 동물처럼 눈알을 뒤룩거리며 넘실대는 강의 여울 쪽으로 시선이 미치는 곳까지는 좌우로 샅샅이 훑어보았다. 뇌성이 울리고 빈개가 하늘을 밝혔다. 그 순간 멀리 시선의 한 귀퉁이로 떠내려가는 한 척 뗏배 위에 탄 사람의 그림자가 장대로 물살을 헤집고 있었다. 그 광경은 하늘에서 붉고 짙푸른 번갯불이 번쩍거리며 강심을 환하게 비추는 짧은 순간마다 몇 번 그녀의 시야에 붙잡히더니, 차츰 검은 반점처럼 깜박거리면서 작아져 가다가, 마침내 사라져 버렸다. 방금 눈앞에서 강안의 한쪽 절벽 모퉁이를 돌아 가뭇없이 사라진 저 뗏배 위에 항아도 함께 타고 있었는지 묘련은 확인할 방도가 없었다. 강심을 향해 딸의 이름을 외쳐 부르며 울부짖었다.

물목 언저리의 이 제한된 삶의 공간적 폐쇄로부터 지금 범람하는 물결이 다른 고장으로까지 그 맥락을 이어─역사의 한 현장 속에 생생했던 과거의 여러 삶의 양태를 담고, 그리고 지금도 살아 있는 한 증거와도 같은 몸부림으로 울부짖는 여인의 통곡도 함께 싣고 흘러가는─소리의 거대한 강물이 되고 있었다.

사납게 쏟아지던 비의 기세가 한풀 꺾여지고 날도 완전히 저물어 칠흑 같은 어둠이 사방을 켜켜이 휩쌀 무렵에야 항아는 갈대밭으로 이르는 강기슭의 잡목 숲속에서 기절한 모습으로 발견되었다. 맨 처음 그녀를 찾아낸 거꿀네가 한바탕 고함을 질러 사람들을 불러 모은 결과였다. 이윽고 비가 그쳤다고 여겨질 만큼 누그러진 반면 오히려 물결 소리 쪽이 귀에 거칠게 느껴지던 때였다. 묘련을 뒤쫓아 항아를 찾아나선 사람들이 멀잖은 곳에서 이번에는 일제히 그녀를 찾았다고 떠들썩하게 외치는 소리가 나루터 쪽으로 들려왔으므로 묘련은 귀가 번쩍 띄어 허둥지둥 소리 나는 방향으로 달려갔던 것이다.

온몸이 비에 젖은 채 정신을 잃고 풀숲 속에 쓰러져 있던 항아가 정신을 차린 것은 폭우가 완전히 그친 바로 그 이튿날이었다. 의식은 돌아왔으나 심신의 피로와 감기가 겹쳐 며칠을 더 시난고난 앓다가 일어났다. 몸이 완전히 회복되지 않아 얼마간 더 휴식을 갖는 동안 주로 방 안에 편히 누워 지내며 그녀는 열어놓은 뙤창 밖으로 햇살이 현란하게 뒤란의 측백나무 잎사귀에서 반사되는 것을 눈을 가늘게 뜨고 바라보곤 했다. 물기에 젖은 생나무 울타리에서는 새들이 요란하게 지저귀었다. 종일 맑게 갠 하늘에서 비쳐드는 햇빛이 나뭇잎들 사이로 어른거리며 되쏘일 때마다 하늘에 구멍이 뚫린 듯 퍼붓던 그 무서웠던 비바람이 어쩐지 거짓말 같게 여겨지고 지금은 마냥 꿈결 같은 기분이었다. 지지랑물이 처마 끝에서 낙수 지는 소리를 듣고 있다가 문득 악몽 같은 광경들이 떠오를 때면 지그시 눈을 감고 자기의 눈으로 목격했던 그 끔찍스런 기억을 떨쳐버리려고 도리머리를 하는 것이었다.

그날 밤 항아가 갈대숲 근처에 도달했을 때는 벌써 일은 벌어진 뒤였다. 어떤 경위로 그 왜놈 야쿠자를 나루터까지 유인해 왔는지 자세히 알 수도 없었을 뿐더러, 남사당패의 그 사내 역시 항아 앞에서는 거기에 관해 어떤 수단과 살해의 계획을 세웠는지 따위는 일절 입 밖에 낸 적도 없었다. 다만 짐작컨대, 그 남사당 사내의 속임수에 걸려 아버지의 원수인 그자가 이 빗속을 무릅쓰고 나루터까지 따라오지 않을 수 없었던 무슨 사정이 반드시 있었겠다 싶었을 뿐, 막상 눈앞에 벌어진 그 광경을 목격하자 항아는 그때 악몽을 꾸는 게 아닌가 하고 스스로 의심할 만큼 믿어지지 않았었다. 하기야 그런 엄청난 광경에 맞닥뜨린 순간에는 필유곡절을 캐보고 따지고 할 만큼의 여유 있는 계제는 커녕 그야말로 절박한 상황이었던 것이다.

그녀가 당도했을 땐, 이미 얼굴을 가렸던 것을 풀밭 위에 벗어던진 그 남사당패의 사내가 복수의 대상인 왜놈 야쿠자의 배를 겨누고 칼 끝을 들이대고 있던 찰나였다. 두 손으로 지우산을 받쳐 쓴 그 야쿠자는 날카로운 비수 끝이 배에 들이닿자 문자 그대로 속수무책의 낭패감에 빠져 어찌할 바를 모르고 있었다.

갈대밭으로 이어지는 기슭의 잡목숲에 몸을 감춘 채 항아는 멀찍이서 벌어지는 그 광경을 보고 숨조차 제대로 못 쉴 만큼 으스스한 기분이었다. 도롱이를 걸친 남사당 사내가 겨누던 칼날이 상대의 배에 푹 꽂히는 순간, 당꼬바지 차림의 그 늙수그레한 얼굴의 왜놈 왈패는 들고 있던 지우산을 떨어뜨림과 동시에 배를 움켜쥔 채 버르적거리며 털썩 무릎을 꿇었다. 다음 순간, 상대의 그 칼흠집난 인상이 고통으로 일그러지는 것을 보며 칼을 찌른 사내가 이번엔 도로 칼을 뽑아들자 핏줄기가 허공에 좌악 뿌려졌다. 대번에 피투성이가 된 왜놈은 기를 쓰고 일어나려 했지만, 사내의 사정없는 발길질이 그를 풀더미 속으로 나뒹굴게 했다. 마지막 안간힘을 다하여 풀바탕에서 나자빠진 그 자가 허우적거리며 다시 일어서는 것을 사내는 냉혹하게 내려다보고 있었다. 빗물에 젖어 온통 전신을 흙탕물과 피범벅으로 칠갑을 한 왜놈 야쿠자의 가슴팍을 겨냥한 사내의 칼날이 최후로 꽂히는 바로 그 찰나에, 항아는 그때까지 숲속에 몸을 숨기고 우산 밑에 쪼그려 앉아 벌벌 떨고 있다가 소스라치며 기절하고 말았다. 그 다음의 일들은 전혀 기억에 없었다. 한바탕 피를 뿌린 참극이 끝난 다음 그 남사당패의 사내가 과연 자기를 기다리다 단념하고 돌아선 것인지 항아는 알 수가 없었다. 칼에 찔려 죽은 자의 시체가 그곳에서 발견되었다는 소문도 여태 들리지 않고 실제로 그런 흔적도 없는 것으로 미루어, 핏자국은 벌써 비에 씻겨 없어지고 시체는 뗏배에 실려, 몽깃돌에 매단 밧줄을 끊고 밤새 강물을 타고 달아난 사내가 물길의 어디쯤에선가 처치해 버렸는지도 알 수 없었다.

항아는 모든 것을 잊어버리고 싶었지만 몸이 완쾌되자 악몽 같은 그 밤에 한양으로 떠난 남자의 뗏배가 폭우에 조난을 당한 것은 아닐까 하는 생각이 머리를 떠나지 않아서 일부러 나루터까지 내려가 강물을 바라보았다. 큰물 진 뒤 불어난 강의 나루터와 기슭엔 이젠 매여 있던 뗏배들도 보이지 않고 그녀가 병석에 누워 있던 그 사이에 순조로운 항해를 위해 떠나가 버린 뒤인 것 같았다. 그리고 과연 엄청나게 불어난 강물은 혼탁한 흐름으로 기슭에서 소리치고 있었다. 무엇보다 그 남자가 타고 갔을 뗏배가 이러한 물너울에 시달렸으리라고 생각하면서 항아는 빗물로 질컥거리는 나루터 근처의 숲길을 쓸쓸히 돌아왔다.

그녀가 몸져누워 있을 동안만은 아무것도 묻지 않던 어머니가 딸이 완쾌되자 안심한 눈치로 하루는 항아더러 어째서 그날 밤 이곳을 떠나지 않았는지 이상하다며 저간의 사정을 물었다. 항아는 자세히 설명하기도 싫었고, 만약 그랬다간 이것저것 시시콜콜 캐어물을 일이 뭣보다 귀찮아 그냥 얼렁뚱땅,

"딸이 떠돌이 광대와 도망쳤다는 소문을 어머니께 듣게 하는 것도 싫어서요."

라고만 대답했다. 그랬으나, 실상 속으로는 그가 타고 떠났을 뗏배가 과연 무사히 그날 밤의 사나운 물길을 견디며 순항했을까, 혹은 무사했다면 지금은 어디쯤 가고 있을까, 항아는 생각하며 문득 자기가 어

머니와 흡사한 운명을 지닌 여자라는 것을 깨달았다. 그러한 깨달음 때문에 이따금씩 항아는 가슴이 떨려서 몇 번이고 자기가 남자로 태어났더라면 하고 한숨을 쉬었다.

속마음은 이렇게 떨리고 있는데, 겉으로는 어째서 그토록 예사로운 표정을 한 채 숨기고 있느냐고 자신을 책망하듯이 하루는 참을 길이 없어 눈물을 흘리며 항아는 비로소 어머니께 자기가 처한 현재의 심정을 하소연하였다. 딸의 고백을 듣고 난 묘련은 그제서야 체념한 듯 한숨을 짓고

"기어이 그렇다면……."

하고 고개를 끄덕이더니 '곧 다가올 너의 아버지 기제사를 모신 뒤라면' 이라고 조건을 건 뒤에야 적당한 배편이 있으면 그때 그걸 타고 한양으로 떠날 것을 허락해 주었다.

……그리고 그날, 부엌에선 아버지의 제사에 여느 때와는 다르게 각별히 정성스레 올려질 제상 준비가 한창 진행 중인 바로 그 시각에 항아는 처음으로 조짐머리를 틀어 올렸다. 방 한구석의 경대 앞에 정금단좌한 채로 모습을 비춰보고 있던 어머니가 뜻밖에 항아를 가까이 불러 앉히고는 '어디 보자' 하며 거울 쪽으로 향하게 한 다음, 이제껏 땋아 내렸던 딸의 머리를 틀어 올리고는 비녀를 꽂아 주었다. 언젠가 항아가 방바닥에 팽개쳐 버린 뒤로는 잊고 있었던 그것, 남사당 패의 사내가 떠나기 전 이별의 선물로 그녀에게 남겨준 바로 그 비녀였다.

등대곶

안개는 너무나 깊고 유수(幽邃)하여 등대의 불빛이 그
으늑한 안개에 가려 희미한 달무리로 보였다. 낮에는 햇살
에 반사되어 눈부실 정도로 순백의 빛깔이었던 등대 뒤로
밤엔 또 언제나 파멸을 노리는 검은 해신의 휘적대는 손길
같이 굽이치는 파도의 음산한 해조음(海潮音)과 더불어,
등대는 거대한 그림자로 어른거렸다.

등 대 곶

지예는, 등대가 있는 그 험한 바위 언덕의 가풀막을 지금 막 그 사내가 내려오고 있는 모습을 멀찍이서 보고 있었다. 해신(海神)의 거친 숨결처럼 바닷바람이 등대 저편에서 세차게 언덕을 넘어와 그녀의 치맛자락을 걷어 올릴 위세로 펄럭여댔다. 그래서 언제나 그녀는 멀찍막이 그 사내를 볼 때마다 그가 바람을 몰고 천상에서 내려오고 있다고 여길 정도였다. 옷자락을 쥐어뜯는 기세로 달려와 온몸을 노출시키려 드는 그 짓궂은 해풍의 수작에 정작 몸을 가릴 구석도 없이 사방으로 트인 갑(岬)의 등성이에 이르면, 수평선을 마주 보고 바위 언덕에 우뚝 자리 잡고 서 있는 그 등대 너머에서 마구잡이로 불어오는 바람에 의해 그녀는 ('현재와 과거'의 시간 안에서) 어지럼증을 느끼는 것이었다. 더구나 그곳 등성이 근처를 얼쩡거리다가 간혹 사내의 모습을 먼발치서 발견하는 순간이면 그녀는 추위로 얼얼해진 얼굴이 달아오르는 것 같았다.

꽤 오랜 가뭄 탓으로 식수가 부족한 모양일까. 물지게를 지고 내려오고 있는 사내의 뒤편 벼랑 위에 우뚝 솟은 흰 등대, 그 높고 육중한 모습의 건조물(建造物) 안에서 그는 등대지기 노릇을 하며 살아온 지

십 년이 넘었다. 그렇게 단정하는 것은, 처음 이곳에서 그를 본 것이 십 년 남짓 전의 일이었기 때문이다. 그 이전에는 이 섬 안에서 결코 그를 본 적이 없었다. 마을의 인가에서도 오리쯤 떨어진, 섬의 외진 남쪽 끝 절벽에 위치한 그 등대에는 세찬 바닷바람과 안개같이 흩어지는 파도의 물보라를 막기 위해 축조한 콘크리트 돌담으로 에워싸인 안뜰에 부속건물인 충전실(充電室) 한 채, 안개주의보를 알리기 위해 사이렌을 울리는 콤프레서 장치의 안개 신호사(信號舍) 한 채, 그리고 흔히 퇴식소(退息所)라 불리는 숙소 한 채가 규모의 전부였다.

그 한정된 공간 속에서 그는 늙은 등대장(燈臺長)과 함께 살고 있었다. 그 등대장은 육순을 갓 넘긴 늙은이였는데 자녀들의 교육문제 때문에 가족들을 뭍에 두고 있었으나, 그 사내는 애초부터 혼자였었다. 가뭄이 들어 저수탱크가 바닥나면 오리나 떨어진, 산등성이 아래쪽 마을로 물을 길러 오는 때를 제외하고는 사내는 한 번도 이 등대 근처를 멀리 벗어나지 않고 있었다.

어느 해 봄날이던가, 겨우내 섬 전체가 몹시 가물어서 지금처럼 뿌연 흙바람이 끼고, 그런 때면 섬 지방 특유의 수런거리는 계절풍이 사방을 에워싸고 있을 무렵이었다. 해풍에 오래 절어 찌들고 직사광선에 검게 탄 주름살투성이의 검붉은 얼굴을 한 그 늙은 등대장과는 달리 사내에게서는 왠지 세파 내음과는 먼, 설움과 고독으로 그늘진 눈동자와 그 굳은 입매에서 소속과 신분이 다른 이방인 같은 인상이 느껴져 왔다. 어딘지 모르게 비밀이 서린 듯한 분위기 같은 것을 말이다. 그녀는 난생 처음 낯선 남자 앞에서 그토록 황홀한 기분으로 마음이 달아올랐던 때를 잊을 수가 없었다. 열일곱 살 나던 그 해 봄이었고 여중학교를 갓 졸업한 뒤였으므로 그녀가 그 사내를 이 섬 안에서 처음 본 때는 벌써 십 년도 전의 일이었다.

항구에 있는 고등학교로 진학하게 된 그녀는 며칠 남지 않은 개학을 기다리며 집에서 쉬고 있을 무렵이었다. 집집마다 식수가 귀한 철이었는데, 일 년 내내 물이 마르지 않는다는 마을 앞 공동우물터엔 아낙네들이 득시글거리던 그런 봄날 하오였다.

사내는 물 긷는 동네 여인들이 뜸해진 틈을 기다려 주춤거리며 다가오더니, 서둘러 할 일을 끝내고는 묵묵히 물지게를 지고 도로 오렸길의 그 바위언덕 쪽 등대로 돌아가고 있었다. 그녀는 공연히 애잔하고 막막하여서 어느 틈엔지 먼발치로 물지게를 진 사내의 뒤를 따라나서며 동구를 벗어났다. 그리고는 진달래와 동백꽃이 한창인 해변 등성이를 오르는 소나무 숲길로 접어들었다.

스물 대여섯은 되었을까? 아니, 그보다는 몇 살 더한 것 같아……. 그녀는 등대로 향하는 곶[岬]의 등성이 길까지 따라가는 동안 사내의 나이를 어림잡아 보았다. 어느새 마을에서도 훨씬 벗어나, 섬의 남쪽 절벽 쪽으로 향하는 비탈길의 재 몬다위로 더위잡고 있었다. 사방으로 트인 산등성이엔 줄기만 앙상히 시든 억새풀들이 해풍에 어지럽게 떨면서 물결쳤다. 내처 앞서 가던 사내는 남쪽 절벽 위의 등대가 맞바로 우뚝 솟아 보이는 가풀막의 오솔길 밑에 이르러서야 비로소 물지게가 무거운 듯 다시 추스를 양 내려놓고 잠깐 멈춰서는 것이었다. 그리고는 그제야 겨우 알아챈 것처럼 뒤따르는 그녀를 돌아보고는 웃는 것도 아닌 묘한 표정을 지었다. 그녀는 갑자기 잘못을 저지르고 들킨 것처럼 얼굴이 달아올라 엉거주춤 섰다가, 사내가 뒤쫓아 오지 않는데도 도망치듯 허겁지겁 오던 길로 되돌아 뛰었다. 곤두박질하듯이 달리며 심장이 할딱거려 그냥 숨이 멎는 기분이었다. 달아오른 열기로 진땀이 솟는 그녀의 얼굴에는 봄날 아지랑이 같은 희뿌연 흙바람이 마구 일고 있었다.

그 뒤로 지예는, 그 사내가 감히 자기로선 발길이 가 닿지 못하는 멀고도 높은 절벽 꼭대기에서 산다는 것을 알았으며, 이따금 꿈속에서뿐 아니라 현실에서도 물지게를 지고 지금처럼 곶의 등성이를 따라 그 비탈진 오솔길을 내려오는 모습을 멀찍이서 만나곤 했다.

정확히 말하면, 그녀는 그 사내를 본 뒤부터 그 등대에 대한 관심도 함께 마음속에 키워 갔던 것이다. 그녀로선 그 근처만 궁싯거리며 맴돌다 되돌아오곤 했던 그 등대는, 황혼녘이면 불그스름하게 물든, 어두워 가는 하늘을 배경으로 거무칙칙한 무슨 거대한 남근(男根) 같은 형상을 띠었다. 그리고 그것은 바위 둔덕에서 바닷바람에 하늘거리는 억새덤불의 그림자 사이로 우뚝 솟아보였다. 그 장대하면서도 기괴한 형태가 연상시켜 주는 망측한 생각에 지예는 종종 낯이 달아오르곤 하였다. 사람들의 마음속에 항상 어딜 가나 따라다니는 어떤 존재를 지니고 있다는 게 사실이라면, 그 무렵 그녀의 행동과 욕망은 사춘기 소녀다운 특성으로 모두 그 등대를 지향하는 것 속에 있었다. 여고 진학을 위해 항구로 나온 뒤에도 그녀는 그것이 상기시키는 것을 꿈꾸어 보는 것만으로 얼굴이 붉어지며 황홀해졌다.

그러고 보면 그 등대는 곧잘 환상적인 것과 혼동되지만 결코 안개 낀 어느 도서(島嶼) 지방의 가공적 구조물이 아니라, 바로 그녀의 마음속에 도사리고 있는 어두운 힘의 상징처럼 존재했었다. 또는, 그 반대로 현실의 어둠을 밝혀주는 어떤 대상——언젠가 그녀를 그리로 이끌던 야릇한 힘을 지닌 손길이거나 어디선가의 느닷없는 귀띔같이 여겨졌다. 아니, 솔직히 말하면, 그것은 그저 일상적 감정의 가장 노골적인 성적 욕구였던 것이다.

거친 해신(海神)의 손바닥에 얹힌 배들의 안전을 지키는 그 빛기둥 아래서, 매일 밤 저 등명기(燈明器)를 통해, 때로는 짙은 안개 속에 울려대는 사이렌을 통하여 외부와 교신하며 대화를 나누고 있을 그 사내의 수수께끼 같은 과거를 그녀는 요모조모 따져 보았다. 그 모습에서 마침내 가장 먼 곳의 부르는 소리 같은 것을, 신비에의 매혹 같은 것을 읽게 되는 것이었다. 남자란 무엇이며, 여자란 무엇일까? 또, 그 둘의 존재를 결합시키는 성(性)의 본질은 무엇인가? 인간의 삶에 상당히 중요한 몫을 차지하고 있고, 또한 삶을 위해 그것이 존재하는데도 어째서 사람들은 그 문제를 추하게만 여기고 드러내놓고 말하길 꺼리는 것일까? 그런 사실이야말로 놀라운 일이라고 남몰래 생각하며 그녀는 종종 낯을 붉히는 것이었다.

열여덟 살 되는 그해 여름방학을 맞아 고향인 '모랫개곶[沙浦岬]'으로 돌아온 지예는 곶의 등성이로 오르는 오솔길의 무성한 동백나무 숲과 해송의 그늘진 경사를 따라가며, 발걸음은 어느새 등대로 향하는 가풀막의 바위능선을 더듬더듬 오르고 있었다. 때마침 등대에는 그 사내 혼자 있었다. 늙은 등대장은 이틀 전 뭍으로 가족들을 보러 나갔고, 그 젊은 등대지기만 홀로 남아 충전실의 기계를 점검하고 있었다.

"저어, 안녕하세요. 실례지만, 등대 구경 좀 시켜주실래요?"

그녀의 수줍은 태도에 사내는 일손을 놓고 예의 그 웃는 듯 마는 듯 그늘진 표정을 지으며 고개를 끄덕이더니, 곧 일어나서 이곳저곳을 안내해 주었다. 세찬 바닷바람과 파무(波霧)를 막기 위해 콘크리트 돌담으로 에워싸인 안마당을 거닐며 사내는 등대수 생활에서 제일 중요한 게 식수 해결 문제라고 띄엄띄엄 말했다.

등대 주변에 세워진 충전실이나, 숙소, 안개 신호실 등, 몇 채의 건물 지붕에 설치해 둔 물받이가 썩어 달아나고 기와도 깨어진 채 낡아 가고 있었다. 지붕의 한쪽에 굉장히 큰 깔때기 모양의 양철홈통을 부착시켜, 이를 통해 빗물이 지상까지 타고 내려오도록 유도하는 대롱을 이어 달아 평소에는 땅 밑의 저수탱크에 빗물을 모아 걸러 마신다고 그는 설명했다. 그리고는 이상하게도 이곳에선 유난히 갈증을 많이 느낀다고 덧붙였다. 숙소 옆 좁은 마당의 안쪽에 관음죽처럼 생긴 나무가 십여 그루, 활짝 핀 진분홍과 노랑과 하얀 꽃숭어리들을 매달고, 사람의 키 높이로 무성해 있었다. 여름철인데도 바닷바람이 세찬 곳이어서 오히려 선선했고, 바람을 타고 코끝에 와 닿는 그 황홀 찬란한 꽃들의 진한 향기가 알싸하였다. 이곳의 거친 바람 탓인지 빨강 노랑 하양의 색색가지 꽃잎들이 무수히 지고 있었다.

"저것들은 무슨 꽃인가요?"

"흔히 유도화(柳桃花)라 부르지." 사내가 말했다. "잎사귀는 수양버들과 흡사하고, 꽃은 복숭아의 그것 같다고 해서 붙여진 이름인데, 인도가 원산지라더군. 본래 이름은 협죽도(夾竹桃)야. 특이한 건 그 진한 꽃향기에 독성이 있다는 거래."

지예는 나중에 집에 돌아와서도 그 사내가 설명해 주던 그 협죽도의 다양한 꽃송이에서 풍기던 숨 막힐 듯한 향기에 취한 기분으로 잠자리에서까지 괜히 가슴이 설레고 몸을 뒤채는 어수선한 상념에 빠져 있었다.

"틈나면 종종 놀러 와. 뭍에 나간 등대장 노인은 사흘 뒤에나 돌아올 거야."

아까 사내가 배웅하며 그녀의 등 뒤에서 나지막이 속삭이던 말이 자꾸만 귓결에서 맴돌았다. 그녀가 눈을 감으면, 벼랑 위에 우뚝 솟은 그 등대는 그녀의 상상의 공간만큼 커져, 그 공간을 채우는 어둠 속에서 몰래 스며드는 형체 없는 그 사내의 그림자가 된다. 그리고는 그 그림자 앞에서 버둥거리는 그녀 위로 숨 막히게 덮쳐누르며, 어느새 그녀를 발가벗긴 채 그녀의 내부를 신음으로 가득 채우고 달아오르게 하면서, 그리고 꿈틀대면서, 점점 커져가는 일종의 동물질로 변한다. 그녀의 상상 속에서 그 등대는 삶을 위해 존재하는 어떤 비유였고, 현상계와 가공천국을 연결하는 빛기둥이었다. 마치 연옥(煉獄)에 떨어진 듯 조난당한 그녀를 구원하기 위해 별안간 하늘이 열리면서 하강하는, 검고 살아 있는 거대한 그 무엇으로 비쳤다.

틈나면 언제라도 놀러 와…와…와…. 허공에서 메아리치며 울리는 듯한 그 귀띔에 촉발되어, 그녀는 결코 강요당한 것이 아니라 자의적으로 길들여져 간다고 여기며, 꿈을 좇는 자는 역시 그 꿈에 몸을 맡기고 거기에 충실해야 하리라고 다짐하는 동안, 드디어 멀리서 신호처럼 부르는 소리로 무적(霧笛)이 아련히 울리던 그 이튿날 저녁에 안개 낀 곳의 등대로 향하고 있었다.

안개는 너무나 깊고 유수(幽邃)하여 등대의 불빛이 그 으늑한 안개에 가려 희미한 달무리로 보였다. 낮에는 햇살에 반사되어 눈부실 정도로 순백의 빛깔이었던 등대 뒤로 밤엔 또 언제나 파멸을 노리는 검은 해신의 휘적대는 손길같이 굽이치는 파도의 음산한 해조음(海潮音)과 더불어, 등대는 거대한 그림자로 어른거렸다. 무적이 거의 일분 간격으로 오초씩 울렸다. 그것은 무슨 신호인가? 이제껏 멀리서 그녀를 부르는 소리였던 것일까? 사이렌용 콤프레서에 의한 압축공기가 기묘한 울림으로 변해, 허공 저 멀리로 목쉰 여운을 끌고 간다. 가까이 갈수록 등대는 마치 해신이 토해내는 입김인 양 자오록한 그 안개 속에 낡은 고성(古城)의 망루처럼 아른거리며 솟아 있다. 무적이 뚝 그쳤다. 서치라이트형의 회전식 등명기가 돌아가며, 뿌연 안개의 층을 뚫고 번쩍이는 검(劍)처럼 광선줄기를 휘둘러 어둠을 토막내곤 하였다.

허우적대듯 가풀막을 오를 동안 가빠오는 숨결을 고르며 조금씩 다가갈수록 점점 커지는 그 거대한 사물의 중압감 앞에 일순 매무새를 가다듬는 자세로 그녀는 몸을 도사린다. 그러한 그녀의 눈앞에서 등대는 점점 커지다가, 어둠처럼 형체 없는 밤의 검은 욕망으로 다가와, 안개로써 포근히 그녀를 감싸는 그 사내의 모습으로 비쳐 보이기도 했다.

……(나는 당신에게 단순히 성욕의 대상이 아니라, 사랑의 대상이기를 바래요.)……난파선의 밑창에 소리 없이 물이 불어나듯 그녀는 물속에서 발 디딜 곳을 잃어버렸다고 느끼는 갑작스런 혼란과 두려움, 깊이를 알 수 없는 무서움에 몸을 뒤채며, 물결에 둥둥 떠 어디론가 흐르다 가라앉으며, 바동거린다. ……(비록 도덕적 관계는 아니지만요, 우리 사이는 분명히 이타적(利他的) 관계라고 믿고 싶어요.)…… 그녀는 신음을 빌어 속삭인다. 그리고 오직 삶을 위해 성(性)은 존재하는 것이지 다른 목적 때문일 수 없다고 생각함과 동시에, 가라앉는 난파선처럼 물결 속에서 필사적으로 허우적거리며 바로 눈앞에 그 등대를 떠올리는 것이었다. 살아가려고 버둥거리는 그녀는, 훗날에도 이 세상 모든 사물 앞에서 언제나 자기의 가슴이 이때처럼 황홀한 아픔으로 가득 차기를 열망하며, 울면서 그 빛기둥의 세계를 껴안는다. ……널 만나기 전엔 밤마다 외롭고 고달픈 생활의 연속이었어. 늘 보는 바다 외엔 아무것도 내 주변에는 없었으니까. 오전 열시면 바닷물의 온도를 재고, 풍향과 풍력을 조사하거나 또 하루 종일 바다를 살피며 통과하는 선박의 척수를 헤아려 보고──이런 모든 상황을 기록해서 해양관측장부를 정리하는 일과(日課)를 되풀이하지. 이틀 걸러 한 번씩 회전식 등명기의 양쪽에 장치된 특수반사경도 닦아놔야 해.……

"고향은 어디예요?"

그녀는 불쑥 묻는다. 실제로 궁금한 것은 그것이었다는 듯이. 그리고는, 역시 육지 쪽이겠죠, 하고 성급히 판단한다.

"그야 물론."

하고 사내는 입속으로 웅얼거린다.

"그런데, 왜 섬까지 들어와, 일부러 이런 고달픈 생활을 택했죠?"

"난, 등대를 찾아 온 거야."

"거기에 무슨 특별한 이유라도 있나요?"

"글쎄, 사람은 누구한테나 말 못할 이유랄까, 사연이 있는 법이지. 하지만, 그런 건 제발 묻지 마. 말할 수 없어. 아니, 말해도 이해할 수 없을 테고 말하고 싶지도 않아."

사내는 무슨 까닭인지 그것만은 완강히 거부했다. 그녀는 머쓱해져서 더 이상 아무것도 묻지 않았다. 서로 어색한 침묵 가운데 방안의 어디선가 째깍째깍 둔한 소리로 쉴새없이 자명종 시계의 바늘 움직여 가는 기척만이 귀에 거슬렸다.

돌아오는 길은 멀었다. 안개는 걷히고 있었으나, 배웅 나온 사내가 들고 온 칸델라 조명등이 아직도 그 희뿌연 밤에 도깨비불처럼 흐릿하게 빛나며, 저만큼서 그녀를 앞장 서 인도하고 있었다. 째깍 째깍 째깍……시계바늘 소리는 그녀의 의식 속에서 연신 들려오고 있었다. 등대지기 사내가 말한 그 '말 못할 사연'을 제멋대로 상상해 보는 그녀의 습관은 무적(霧笛)이 울던 그날 밤 이후로 더더욱 깊어져, 이젠 때와 장소도 없이 의식 속에 되살아나는 그 부지런한 시계 바늘처럼 멈출 줄을 몰랐다. 어쩌면 그 사내는 섬으로 오기 전 육지에서 생활하고 있을 동안 전직(前職)이 고등학교 교사였을 가능성이 있다고 지예는 상상했다.──

그의 첫 근무지는 여학교였고, 부임해 간 그 학교 안에서 그는 유일한 총각이었다. 그는 얼마 안 가서 그를 열렬히 흠모하고 따르는 숱한 여학생들 속에 에워싸여 이내 스캔들에 휘말린다. 학생들 간의 시기와 질투가 어울려 꾸며낸 추문은 삽시간에 꼬리를 물고 눈덩이처럼 불어나, 어느 틈에 학교 전체에 퍼진다. 소문의 진원지를 캐고 다니던 몇몇 학생들의 발설과 고자질에 접한 학교장은 대경실색하여 이사장과 상의한 뒤 징계위원회를 소집한다. 마침내, 오랜 숙의 끝에 교사의 품위를 손상시킨 그를 일벌백계의 본보기로 내세워 파면처분시킨다. 동시에 순결을 고수하지 못한 그 여학생은 천여 명 전교생의 순결을 담보로 하여 제단에 바치는 희생양이 되어 권고퇴학당함으로써 그 불미스러웠던 사건의 일단락을 매듭짓는다. 그런데 이쯤에서 뜻밖의 사태가 벌어지는 것이다. 그것은 권고퇴학당한 그 소녀가 결백을 주장하는 유서와 함께 음독자살함으로써 억울한 누명에 항거하는, 끔찍한 사태였던 것이다.

　유서의 내용에 의하면, 자살로 항거한 그 소녀를 시기하고 질투한 다른 여학생이 있었고, 그 여학생이 날조한 터무니없는 모략과 거짓 소문의 억울한 희생물이 되기 싫어 이처럼 자살로써 결백을 주장한다고 밝히고 있었다. 학교 전체가 또 한 번 술렁거렸다. 매스컴에서까지 이 놀라운 사실이 보도되고, 차츰 사건의 진상이 명명백백 드러나자, 헛소문을 낸 당사자는 애꿎은 한 친구의 생명을 자살로 몰아붙인 충격과 죄책감에 견디지 못해 사죄의 쪽지만 남겨둔 채 가출해 버리고 만다.

　한편, 교사로서의 품위 손상을 이유로 해직된 그는 처음엔 분노와 적개심과 증오로 치닫던 마음을 달랠 수가 없었으나, 이런 충격적 사태에 접하자, 이 모든 엄청난 결과가 자기의 탓이라고 생각하게 되었다. 그는 학생들 편에 서서, 단순히 그들의 고민에 귀기울여주고, 이해하려는 노력이 교사가 지녀야 할 하나의 소박한 사명감으로 알았고, 그런 자신을 이상화시켜 학생들의 개인적 상담에 응하는 것을 당연한 의무감이라고만 여겼을 뿐, 여학생을 접할 때는 어디까지나 냉담해야 한다는 걸 몰랐다.

그 과정에서 개인적인 사랑의 감정까지 결부되어 학생을 가까이하고 지냈던 경솔함과 그동안 몇 번의 키스와 포옹은 어떤 변명으로도 통하지 않는다는 비도덕적 사실 앞에서, 실은 자기도 별로 떳떳한 인물이 못 된다는 자책과 수치심으로 그는 괴로워한다. 어느덧 두 소녀의 불행에 대한 연민과 되살아나는 자책은 점차 일종의 자학적인 죄의식으로 바뀌어, 마음의 깊은 갈등을 극복하지 못하고 그 고뇌 속에 침잠해버린다. 세상은 소문의 주인공이었던 그를 기억하고 있어서 그는 어디에도 쉽게 끼어들지 못한다. 그는 '은둔'이란 명목 밑에 세상으로부터 도피할 결심으로 섬에 들어가게 되고, 마침내 등대를 찾는다. 등대는, 세파에 시달리다 난파당한 사람들한테는 늘 그랬듯이, 그들의 피난처인 빛과 안도라는 보호개념이었으므로.

몇 해고 간에 세월이 지나면 누가 이제 그를 필요로 하겠는가? 누가 그를 기억이나 해 주겠는가? 지금쯤은 세상에서도 벌써 그의 존재조차 완전히 잊혔으리라. 등대를 발견하고 난 뒤로 그는 비로소 자기가 바라던 바를 얻는다. 그러나 그의 마음속에는 그 자살 사건의 어두운 그림자가 언제나 숨어 있으며, 그 때문에 그는 스스로 택한 유형지를 떠나지 못한다.……

지예의 상상 속에서 그려진 그 등대지기 사내의 과거는 대략 그와 같은 것이었다. 말하자면, 그가 등대지기로서의 운명을 극복하지 못하는 비극은, 순전히 절해고도의 등대가 지닌 양면성──빛과 어둠──이라는 의미 때문이었다. 째깍 째깍 째깍……. 그녀는 또 다른 각도에서 그 사내의 과거에 대한 상상을 멈추지 않는다.──

뭍에서 살던 그의 지난날이 어떠했든 간에, 그는 섬으로 들어오기 전까지 '잃어버린 사랑' 때문에 몹시 방황했던 적이 있었다. 아마 틀림없으리라.

하여간 그는 한 여자를 사귀었고, 이성(異性)을 대하는 그 감정의 이면에 숨겨진 욕망을 사랑인지도 모른다고 생각하고 있었다. 그런데 어느 날, 사실상 그들이 공유(共有)하고 있는 것이 몇 번의 데이트 경험 외엔 아무것도 없지 않느냐는 그 돌연한 깨달음에 이르자, 두 사람은 이젠 어쩔 수 없게 외로웠던 자기 속으로 상대방을 끌어넣고 싶은 충동과 안타까움을 시시각각 느껴가고 있었다. 그리고는 좀 더 상대를 속속들이 알고 싶다는 욕망에 사로잡혀 마침내 '서로 껴안는 밤'을 두려워하지 않게 되었다. 그럴 법도 한 것이, 그 껴안는 밤들이야말로 그들만이 공유하고 있는 비밀스런 시간이었기 때문이다. 또한 그 접촉의 순간에 느끼는 야릇한 감각은, 바로 생명 자체에 대해, 존재 자체에 대해 격렬한 희열을 맛보는 육체의 긍정적 본능이 아니었던가.

그런데 막상 완전히 분별이 서고 보니 그들은 너무 깊이 빠져 있었고, 뭇사람들이 그러듯이 지리멸렬인 상태까지 와 있었다. '지리멸렬'이란 표현은, 사랑의 대상이 어느 틈에 성욕의 대상으로 자리바꿈하는 것을 의미했다. 한 사람이 다른 사람의 욕망의 대상이 될 때 도덕적인 관계가 될 수 있는 모든 동기가 끝난 상태를 그것은 뜻했다. 욕망의 대상이 된 사람은 한낱 물체로 전락하고, 그들은 오직 성욕의 포로에 불과했던 것이다. 모든 사랑은——그것이 아무리 고상하고 순수한 입장에서 출발했다 하더라도——그 이면에 성적인 충동이 밑받침하고 있었다. 젊은 남자가 설고 이성으로서 노파를 사랑하는 법은 없지 않은가. 성교의 본질은 다만 쾌락과 자손번식일 뿐이었다. 전자는 성의 목표이고, 후자는 성의 역할이란 점이 다르지만. 그리고 쾌락이란 오래 지속되는 것이 아니다.

그리하여 그 사내는 시쳇말로 '그 여자를 버렸다.' 그런 뒤 몇 년이 흘렀다. 사내는 어느 날 동료들과 우연히 들른 술집에서 호스티스가 되어 있는 그 여인을 발견하고 충격을 받는다. 아물었던 상처에 새로운 자극을 받듯 잊었던 아픔이 되살아난 것이다. 그 아픔은, 그가 애써 잊으면서 회피하려 했던 책임감의 문제였다. 그래서 사내는 그때부터 괴로워하기 시작한다. 암만 따져 봐도, 삶의 가장 기본적인 충족 요소인 성(性)과 일용할 양식(糧食)을 위한 분배가 불균등할 때 생겨나는 이런 비극적 사태는, 그것이 일차적 욕망, 즉 본능에 의거한 것인 만큼, 더욱 추하고 비천한 것이 돼 버리는 이유가 무엇인가고 그는 생각한다. 사랑의 환상, 아름다운 것의 환상이 언제나 개입하고 있는 것일까? 어렵게 말할 것이 아니다. 이번 이 여자와의 관계 속에서 사내는 그의 인생에서 가장 중요한 것, 즉 자신의 내면에 속하는 모든 문제와 타인들에 대한 책임감, 그리고 환상까지도 여기에 걸려 있는 것을 알고 있었던 것이다.

그는 심각히 생각하였다. 언젠가 읽은 적이 있는 톨스토이의 「부활」의 주제가 실은 거창한 게 아니라, 지금 스스로 절감하고 있는 것처럼 어설픈 불장난의 뒷감당을 여자에게만 떠맡길 수 없다는 새삼스런 참회를 한다는 내용 외에 별게 아니었다. 만일 자기에게 습속이나 윤리가 아직도 효력 있는 도덕적 문제로 작용한다면, 수치심에 사로잡혀 그것이 그를 고문할 것이다. 양심 때문이라면 죄의식이 파멸의 그림자가 될 것이고, 그래서 유령처럼 떠돌다가 죽고 말 것이라고도 생각는다. 유령처럼? 그렇다. 유령처럼…… 하고 그는 마음속에서 불현듯 떠오른 그 낱말에 사로잡힌다. 그는 왜 이 '유령'이란 낱말과 '떠돌다'는 동사를 생각해 냈을까? 그것은 만약 사람들이 모두 현실이라고 부르는 구체적인 현상계가 사실은 관념적 세계의 그림자로서 하나의 가상적인 것이라면, 결국 자기는 유령처럼 떠돌고 있을 뿐이고, 어딘가에 이승과는 다른 실재(實在)가 있어야 할 게 아닌가 하는 이원론적 관점 때문이었다. 하지만 관점은 진리가 아니고 사물을 보는 입장에 불과했다. 아무튼, 그는 이승을 벗어난다는 심정으로 하나의 가공세계를 마음속에 설정해 놓고, 그곳을 찾아 떠나듯 마침내 섬으로 들어간 것이다.……

그 등대지기 사내가 섬으로 들어가기까지의 과정과 지난 과거에 대해, 지예는 온갖 상상력과 추리력을 동원하여 이처럼 꽤 그럴 듯한 두 가지 가공의 줄거리를 꾸며보았다.

그러나 처음 것이나 두 번째 이야기 모두가 지에 자신의 처지를 그대로 반영시켜 놓은 것에 불과했다. 그 이야기 속에 나오는 상대방 여인의 입장이 바로 십 년 전 그 무렵 여고생이었던 그녀 자신이 늘 민감하게 느끼고 생각해 온 사랑의 문제였다. 훗날 스스로 그와 같은 운명에 빠지리라곤 전혀 예측도 못한 채 그녀는 그런 것들을 상상하고 있었던 것이다. 꿈꾸어온 것은 미래가 된다.——십여 년 전에 사내는 그렇게 말했었다.——원하는 것은 운명이 되어, 미래의 한 부분으로 나타나는 법이야. 등대지기 사내는 자기의 과거에 대해 그녀가 꾸민 스토리를 전해 듣고는 그저 어이없다는 듯 웃으면서, 또 이렇게 덧붙였었다. 동일한 것에의 습관화된 상상은 그 사람의 운명이 되고, 미래가 되는 것이야.……

지예는 지금, 그런 것들을 회상하며 서둘러 남쪽 절벽 끝의 등대를 향해 곶의 등성이 길을 올라가다가, 그 등대지기를 멀찍이서 보았던 것이다. 그는 물지게를 지고 마을의 우물터로 내려가는 길이었다. 먼 발치로 그 사내를 보는 순간 흐리멍덩한 머릿속을 꿰뚫는 아찔함이 있어, 그녀는 소스라치듯 정신을 차리고 주위를 둘러보며 얼른 나무 뒤로 몸을 숨겼다. 바다 저쪽에 희미하게 반짝이는 먼 햇빛의 반영이 눈 속으로 아리게 스며들어, 잠깐 ('과거 속의 현재'의 시간 속을 헤매며) 눈을 감는 지예의 머릿속이 아뜩해졌다.

눈을 뜨자, 이번엔 고개를 돌려 위쪽을 쳐다보았다. 멀찍이 떨어진 남쪽 벼랑 꼭대기에 솟아 있는 등대의 변함없는 모습이 저 멀리 푸른 바다 언저리에 또렷이 새겨진 윤곽으로 시야에 비쳐들었다. 실제로 눈에 보이는 등대는 하얀 빛깔인데도 조금 전에 망막에 남았던 꺼뭇한 송림의 그림자가 이중으로 겹쳐지면서 그녀의 관념 속을 희미한 솔바람이 스쳐가는 듯했다.

평소 고혈압으로 고생하시던 아버지가 뇌출혈로 별세했다는 소식을 듣고 지예는 출가 이래 꼭 두 번째 친정에 돌아왔다. 지난 겨울 얼 가리해 둔 노해의 갈바랜 흙이랑을 걸기질해서 만든 모판에 물이 그득 찰 시기였다. 너덜겅을 거리로 갈아엎어 구색만 갖춘 채 갈개도 다랑이도 없이, 그냥 각담만 치운 천수답이 농토의 대부분이었다. 그 갯마을 산비탈에는 벌써 모낼 철이 지나도 겨우 수부종이나 할 염으로 아직 버려 둔 검은그루(休閑地)들이 겅성드뭇하였다.

못자리에 도사리가 나스르르하게 끼는 요즈막인데도 고기잡이 나간 남정네들이 돌아오지 않고 있어, 가다리를 맡길 일손이 없기 때문이기도 하였다. 흐릿한 대기에 습기 찬 뿌연 소용돌이가 전부터 거의 날마다 부슬부슬 하늘에서 떨어지고 있었다. 부친사망의 전보를 받고 한동안 망설인 것은 단순히 날씨 탓만은 아니었다. 끄느름한 하늘과 바다 위로 자오록이 번지는 비안개 속에서 차츰 윤곽을 드러내는 선창(船艙)이 아슴푸레 보였을 때, 다시 맡아 보는 바닷물 내음이 그대로 마음 속 밑바닥을 흐르는 애수(哀愁)인 양 가슴에 사무쳤다.

떠나기 전의 망설임 자체가 벌써 인생에 대한 끝없는 주저였음을 알았다. 해수(海水)에 절은 뱃전에 부딪치는 물결을 난간에 기대어 굽어보며 지예는 초라하게 우산을 받쳐 쓴 모습으로 비린내 풍기는 귀축축한 뱃바닥에 오랫동안 서 있었다. 배가 선창에 닿았다. 수면에 던져지는 굵은 밧줄 끝에서 묵직한 닻은 첨벙 소리를 낸다. 갑작스런 종막(終幕)의 징소리처럼 섬뜩한 차가움이 그녀의 가슴에 겹겹이 파문을 그었다. 저물녘, 끄무레한 하늘마저 무겁게 내려앉고 매지구름 밑에 잿빛 일색으로 휘덮인 선창으로 밀려드는 조수(潮水)가 헐어 빠진 잔교(棧橋)의 말뚝을 세차게 두드렸다. 마중 나온 사람들의 우중충한 의복 빛깔 속에 후줄근히 젖은 기수 오빠의 모습도 그 우울한 풍경의 한 조각이 되어 그녀의 눈에 비쳐들었다. 여전하구나, 하고 그녀는 한숨처럼 중얼거렸다.

장례식을 치른 지 며칠 후, 아직도 곡(哭)소리의 여운이 깃든 집 안에서 그날의 음울한 그늘이 채 가시기도 전에 올케언니가 둘째아기를 낳았다. 사내아이였다. 어머니는 그것이 사내자식이라고 기뻐하였다. 아버지가 숨을 거둔 후에 누구보다 섧게섧게 울며 원통해 하던 어머니의 늘그막의 그 주책이 그때는 그런대로 측은하게 비쳤지만, 이번엔 그 헤벌쭉하게 벌어진 입술 사이로 아직도 먹성 좋게 튼튼한 이빨이 드러나는 얼굴은 몹시도 추하게 보였다.

뾰족뾰족한 돌멩이와 자살과 온통 모래투성이에 쇠뜨기나 고들빼기, 질경이, 풀쐐기, 쇠비름 따위의 성가신 푸새들만 무성한 밭뙈기를 갈고, 아이를 낳아 가며, 모랫개곳의 여자들은 퍽이나 억세고도 악착스러웠다. 남정네들이 바다로 나간 사이 아낙네들은 겨끔내기로 길마를 벗긴 소들이 쟁기를 끄는 원시적 농경 방법에 의존한 채 푸서리를 걸기질하는 데도 사내 못잖은 갈망으로 해치웠다. 직접 지게를 지고 질삿반에 실어 나르는 퇴비를 들이부어 논밭을 걸우고, 넉가래로 다져서 노가리하는 일과 패암까지의 김매기를 거의 아낙네들이 감장하다시피 가말아내는 것이었다. 게다가 어느 때는 고기잡이 나간 남편들을 풍랑 속에 잃어버려 울고불고 야단을 떨면서. 그러나 그뿐, 사라져 가는 모든 것을 기억 속에 묻어 버리는 대신 새롭게 태어나는 생명을 받아들이며, 밤샘하는 등불이 켜진 마을에 음식 장만으로 주야간 떠들썩한 잔치와 장례(葬禮)의 관습을 그들은 면면이 이어가는 것이었다. 그러한 귀꿈스런 곳의 생활에 다시 발을 들여놓자, 옛 사람들의 이야기를 통해 이 아름다운 모랫개곳의 자연 속에 그토록 순박한 주민들이 살았었노라고 말해짐을 지예는 믿질 못했다.

여전히, 파도는 끊임없이 젊고 세찬 힘으로 반복하며 항시 어제와 다른 목소리로 달려와, 물 기스락의 너설에 부딪친 뒤에는 제가끔 비산(飛散)하는 포말이 되어, 웅얼웅얼 쉴새없이 불평을 뇌까리다 사그라지는 것이었다.

그날도 지예는 곶의 등성이 쪽, 등대로 가는 해변의 벼랑 위 송림 속에서 예나 다름없는 그 모랫개곶의 자연풍경을 물끄러미 바라보았다. 아버지의 무덤 근처에 다다랐을 때 그녀는 떠가는 구름길의 막다른 곳에 와 버린 듯 망연해졌다. 아까 사립문을 나설 때까지만 해도 그녀의 발길은 실상 오랫동안 익숙한 방향이었던 그 절벽 끄트머리의 등대 쪽으로 더위잡고 있었던 것이다. 그런데 막상 이곳 등성이의 갈림길에 이르자, 어쩐지 그래서는 안 될 것 같은 망설임 때문에 눈은 멀리 등대로 향하는 비탈진 오솔길을 더듬고 있었다. 간혹 한 번씩 우편배달부가 지나다니곤 하던 그 등성이 길을, 그리고는 일없이 아버지의 무덤 근처를 서성인다. 이제는 다만 숱한 불평과 고통 끝에 거추장스런 너울을 벗어젖히고 평안히 관(棺) 속에 안기어, 종국에 오면 도달하는 저 민둥산의 한 곳에서 장차는 모두가 풍화(風化)될 무덤으로 누워 있다는 깨달음에 이른다.

죽으면 그만이야, 그녀는 중얼거린다. 마치 자기의 심정도 그렇다는 듯이. 저 아래 마을 앞으로 난 한길에는 갈풀을 잔뜩 실은 달구지가 고갯길을 넘어가고 있었다. 푸나무서리 사이로 혼미한 빛에 잠긴 노해의 깊드리엔 못물이 그득하고, 난달 같은 논배미를 따라 얕게 판 가느다란 도랑의 수멍 틈 사이로 우리구멍에서 새는 논물이 쑥설거리며 흐르는 소리에 엉거시과의 온갖 봄풀들이 눈을 뜨고 쑥쑥 자라고 있을 즈음이었다. 마을 뒤편으로 바다가 열린 들판에는 보리밭이 가수알바람에 물굽이처럼 일렁이고 있었다. 간물때의 개펄이 잦감으로 아득히 드러난 곳에서 동네 아낙들과 아이들이 몰려가 조개를 파는 시간이었다. 봄풀이 모도록한 들판의 군데군데 오미에 괸 수면과 먼 양철지붕 위에서 번쩍이던 햇빛은 이젠 눈부시지도 않고 온화한 눈초리로 변한다. 어느새 그늘은 마을의 집들과 들판 위에까지 번져서, 갯보리를 심은 밭 귀퉁이를 에두른 돌담 그림자며 언덕의 기복을 뚜렷하게 만들고 있었다. 낮게 엎드린 희고 노란 풀꽃들도 제각기의 모습을 조금씩 드러낸 채 어설픈 모자이크로 땅 위를 장식한 그 광경을 더욱 쓸쓸하게 해주고 있었다.

지예는 이 고요한 들판에서 벌어지는 은근한 생명의 약동을 바라보곤 애틋한 미감(美感)에 속눈썹을 적시너 이 미묘한 감정은 무엇인가고 자문한다. 봄철인데도 사방에서 삭막한 겨울 같은 마른 잎 소리가 났다. 그날 아침, 기수 오빠는 출생신고를 하기 위해 집을 나섰다. 며칠 전, 아버지의 사망신고를 하러 길처의 면사무소를 향해 고갯길을 넘어갔을 때처럼.

죽음은 때로 타인에겐 새로운 시점이 설정되는 계기도 되었다. 대연각(大然閣) 화재 당시, 남편은 그 현장에서 참사를 당했다. 어째서 그날 밤 남편이 그 호텔에 들게 되었는지 자세히는 알 수 없으나, 그 무렵 이미 두 사람 사이는 단지 형식상의 부부관계만을 겨우 유지하고 있을 정도였던 것이다. 결혼 초야부터 남편은 지예의 순결을 의심하게 되었고 갈수록 불결하게 느끼며 숫제 그녀를 혐오하고 있었다. 이제 남편이 죽은 마당에, 매일 밤 그가 외박하다시피 하면서 고주망태로 변해 가던 그런 속내 사정을 알고 있는 것은 그녀뿐이었다. 아니, 그녀가 혼전 순결을 잃었던 여자란 사실을 알고 있는 것은 아직도 이 세상에선 그녀 외에 딱 한 사람 더 있었다.

틈만 나면 첫 남자가 누구였느냐고 닦달하던 남편에게 끝내 입을 다물었던 바로 그 등대지기 사내였다. 아무튼, 수년 전 크리스마스이브에 일어났던 그 엄청난 화재가 몰고 온 갑작스런 비보를 듣고 시골로부터 시부모와 친정집 식구들이 우르르 몰려왔다. 남편의 시체를 수습하여 서둘러 장례를 치를 동안, 그녀는 줄곧 그 어수선한 분위기를 겉돌았다. 마치 시초와 종말이 순전히 타인의 의사에 따라 이뤄지고 있는 인생을 살고 있었던 것처럼 망연했을 뿐이다. 호적상의 며느리라는 구실만으로 남편도 자식도 없는 시댁에 눌러앉기란 주제넘은 짓이라고 외곬으로 생각을 몰아갔던 것이다. 그럼에도 불구하고, 그런 생각을 입 밖에 낼 수도 없는 처지와 착잡한 심정을 그녀로서는 어찌할 수조차 없었다. 이러한 말 못할 사정을 재빨리 거니챈 기수가 지예의 장래 문제를 들고 나왔다. 그리고 양가의 어른들끼리 상의한 결과, 그녀는 친정으로 돌아와 있기로 하였다.

　그녀는 이미 자기 인생이 이로써 끝장난 거나 다름없다고 믿었다. 출가 이래 모랫개곶으로 돌아온 것은 그때가 처음이었다. 아픈 것은 다만 어느 하룻날의 추억으로 남아서 때로는 모르고 지내다가 새벽에 일어나 물 긷는 두레박 소리에 깨어나고, 한 모금 들이킨 그 물맛만큼 추억은 가슴에 시리고 쓰라렸다. 밤늦게 남몰래 적어두는 일기 속에선 비록 신체적 고난의 나날이 그토록 천박하고 보잘 것 없는 허영을 웃을 수 있게 묘사되고는 있었지만, 실제로 바라는 것을 소유하는 대신 인생을 그렇게 묘사하는 승화된 감각 세계만이 자기를 구제하는 첩경임을 알고 있으면 웬만큼 마음도 놓이는 것이었다. 그렇기는 해도, 어쩌다 거울 속에 비친 그녀의 얼굴——촌뜨기가 다 된 몰골로 아직도 허위와 슬픔과 나약함에 젖은 눈동자가 나타나는 그 거울의 반영과 만날 때, 환멸로 몸을 떠는 대신 오히려 흐르는 시간 속에 삶과 정신이 실체를 상실하고 있다는 사실을 깨닫곤 소스라치는 것이었다. ('현재 속의 과거'로부터 다시 현재의 시간 안으로) 육신 없는 넋이 되어 홀로 헤매는…… 아! 나는 아직도 유령의 마법에서 풀려나지 못한 것일까? 세계의 외진 한 모퉁이, 고성(古城) 같은 저 남쪽 벼랑 위의 등대 속에 은거하고 있는 그 사내가 풀어내는 주술의 끈에 매여 조종당하는 것일까?

해무(海霧)가 자욱한 밤중에 먼 절벽 끝에서 어렴풋이 무적이 울릴 때면, 지예는 그런 어처구니없는 생각에 시달렸다. 그녀의 의식 속에서 그 등대는 자기를 원격 조정하는 마법의 성 같은 느낌으로 존재하고 있었다. 삶과 정신의 실체를 빼앗아서 그녀로 하여금 마냥 유령처럼 이 섬을 헤매고 다니도록 만드는 그 등내시기 사내의 정체는 무엇인가? 그녀의 끈질긴 추구에도 불구하고 여전히 그는 이해되지 않는 안개요 수수께끼 같은 남자였다. 인간의 내면이 너무도 신비하고 정체불명이어서, 그것의 완전한 진실을 밝혀 보려 해도 끝내 불가능함을 입증이나 하듯 그 등대지기 사내는 언제나 그녀에겐 타인으로 머물러 있었다.

승화된 감각이라? 천만에. 그것은 자기의 갇힌 생애에 대한 자위(自慰)와 자기 기만 이외엔 아무것도 아니라는 느낌이었다. 언제고 간에 행동으로 나아갈 준비가 되어 있지 않은 자신을 스스로 위로하고 있는 동안, 머뭇거리며 흘러가는 시간 자체가 차라리 자기 본연의 삶에 도달하는 길을 가로막는 것 같았다. 그래서 어디로 가야 할지, 그것도 모르고 상관하지도 않은 채, 어느 날 지예는 오랜만에 밖으로 나왔던 것이다. 그리고는 곧바로 등대에 가 보고 싶은 생각이 들었다. 섬의 외진 남쪽 끝의 그곳에 아직도 살고 있을 그 등대지기 사내를 생각하면 지예는 가슴이 아팠다.

얼마 전까지만 해도 그를 만난다는 것은 감히 상상도 못할 일이었다. 결국은 혼자뿐이라는 생각을 굳히면서도, 자신을 자신만으로 버려두기를 원치 않는 게 인간의 본성인지도 몰랐다. 그리하여 다시금 누군가를 그리워하게 되는 법이라면, 이럴 때 그녀에겐 언제나 그 등대가 떠오르는 거였다. 무엇이 두 사람 사이를 갈라놓았던가? 이쪽에서 결혼 문제에 관한 얘기만 내비치면 입을 다물어 버리던 그 사내에 대해 그녀가 최종적으로 확인하고 싶어 했던 '결정적인 한마디'의 불가능성은──그녀로 하여금 끝내 단념할 수밖에 없도록 유도한 그의 불투명한 태도와 침묵을 통해서 깨달은 '어쩔 수 없다는 판단'과 함께──언제나 그녀가 부딪쳐야 했던 벽이었다. 이제 와서 새삼스레 그런 걸 따지고 있을 계제가 아니었다. 다만 놀라운 것은, 그녀의 불행이 이미 예정된 결과로 찾아왔을 뿐이라는 점이었다. 열망하는 것은──그것이 좋든 나쁘든──언젠가는 그 사람의 운명이 되고 미래의 한 부분이 되어 나타난다던 그 등대지기 사내의 말이 현실이 되고 말았다. 동일한 것에의 습관화된 상상 속에서 지예는 어쩌면 십 년 전 그때부터 자기 미래의 일부를 그 당시의 현재 속에 재현하며 살고 있었던 게 아니었을까. 요컨대. 그것이 이제는 부인할 수 없는 사실로 나타났다는 점에서 이런 결과는 반드시 일어나게 되어 있었다고 볼 수밖에 없는 일이다. 그러니 이런 결과의 논리성이나 필연성 따위를 캐고 따지고 할 필요조차 없게 된 것이었다. 하여간, 그녀는 저 절벽 끝의 등대로부터 다시금 부르는 소리를 듣는 심정이었다.

영원한 미지의 세계를 그토록 열렬히 찾아 헤매던 십여 년 전의 그때 그 들뜬 희망처럼, 이 세계의 외진 한 모퉁이, 하얀 등대 속에서, 조용한 수수께끼의 그림자를 드리우고 한 개의 점과 같이 존재하고 있는 사내──항시 말없고 침울하게, 어둠이나 안개 속에 가려져 남의 눈에 좀체 띄지 않게 서 있는 그 사내를 지예는 머릿속에서 그려 보았다. 살아 있으면서도 세상 사람들로부터 완전히 잊혀진 존재──그는 유령이었다. 그 유령의 마법에 걸린 한 불쌍한 인간인 그녀가 할 수 있는 일이라곤 부르는 소리에 이끌려 그에게로 다가가는 것밖에 없었다.

사내는 뜻밖이라는 듯 약간 당황한 표정으로, 그러나 예전과는 달리 냉담하게 그녀를 맞았었다. 그녀의 입장에서도 그 등대지기는 막상 새롭게 대하고 보니 옛날처럼 그녀의 마음을 달아오르게 하는 그런 친숙한 존재는 아니었다. 이제는 한낱 추억 속의, 친숙하지만 어쩐지 두렵고 낯선 존재가 되어서 그녀의 눈앞에 비치고 있었던 것이다. 부질없는 방황만을 일삼던 나날을 거쳐 다시금 고향에 돌아와 있는 요즈막엔 가슴 속 깊은 켯속에 접혀 있던 그 서글픈 추억들이며 빛바랜 소망들이 그동안 한 조각씩 한 조각씩 바다로 흩어졌다.

해가 훨씬 기울었다. 하늘에 떠도는 새털구름들은 바다 저 멀리 허공에 흩뿌린 그 꿈의 서글픈 조각들을 반영하고 있는 것일까. 그녀의 눈동자를 통해 그것들이 텅 빈 마음의 동혈(洞穴)에 아프게 스며든다. 그녀는 이제 다시는 울지 않으리라 결심하며, 반쯤은 지난날 냉담하던 그 때의 그를 의식하고 반쯤은 몽롱한 기분으로 등대를 향해 걸었다. 그녀는 이 세상에는 실재하지 않는 그 무엇, 그러면서도 늘 그녀의 뇌리를 점령하고 있다는 그 의식 때문에 괴로워한 하나의 관념, 그런 비유로서의 등대를 지향하고 있는지도 몰랐다. 그것이 단지 그녀에게는 살려는 의지의 표현일 수만 있다면 그것으로 충분했다. 승화와 일상의 두 영역이 조응하는 순간에 맛보는 사랑의 기적만큼이나 그 등대의 존재는, 난파선의 조난자에겐 연옥에 있는 자신을 위해 별안간 하늘이 열리는 기적이었다. 사랑은——적어도 그녀에겐——이 현상계와 관념세계를 연결하는 빛기둥이었다. 그리하여, 이제 그녀는 가장 가까운 것 속에, 바로 저 등대에서 피난처를 찾지 않으면 안 될 모양이었던 것이다. 이 곤고한 지상적 삶의 가치에 절망한 자가 매달리고 싶어 애타게 갈구하며 쫓아가는 구원의 영성(靈性)도 그렇게 다가오는 것일까.

몇 걸음 걷고 나자, 이번엔 뛰기 시작했다. 뒤에 두고 온 일상의 것들이 그녀의 뒷덜미를 붙잡는 것 같은 착각에 사로잡혀 벼랑 위 등대까지 단숨에 뛰어오르기라도 할 것처럼. 바다가 눈앞에 훤히 트인 등성이에 다다르자, 지예는 문득 블라우스의 단추가 풀어져 있는 것을 발견했다. 바람이 풀어헤친 옷자락을 나부껴서 앞가슴을 드러냈다. 그녀는 미친 여자처럼 부끄러움도 잊고 시원한 바닷바람을 잔뜩 품어 안을 모양으로 고동치는 가슴을 활짝 열었다. 땀이 밴 앞가슴을 벌린 채 눈을 감고 깊숙한 호흡을 몇 차례 계속했다.

다시 눈을 떴을 때 그녀는 진저리를 치며 얼른 단추를 잠갔다. 감추어진 수많은 눈들이 어느 구석에선가 그녀를 쏘아보고 있는 것 같았다. 그래서 지예는 공연히 설레는 가슴을 진정시키려 애쓰는 것처럼 고개를 떨어뜨리곤 내처 빠른 걸음으로 앞만 보고 걸었다. 그녀를 에워싸는 파도 소리가 점점 크게 울려 왔다. 이윽고 등대가 저만큼 그 전모를 드러냈다 사방으로 트인 갑의 등성이 이쪽에서, 수평선을 등지고 우뚝 선 벼랑 위의 그 하얀 등대 쪽을 바라보며, 그녀는 바람에 얼얼해진 얼굴이 새삼스레 달아오르는 것을 느꼈다. 넋 나간 듯 여기까지 마구 유령처럼 헤매고 온 그녀가 이 섬 안에서는 유일하게 또 하나의 다른 유령인 그 등대수의 모습을 발견하기란 어렵지 않았다. 유령에게는 유령만이 눈에 잘 띄는 것인지 몰랐다.

사내는, 지금 까만 점처럼 언덕 위에 서서, 이쪽을 주시하고 있었다. 아까 멀리서 그를 본 순간 그녀는 멈칫 그 자리에 서 버렸던 것이다. 땅 위에 미련이 남아 방황하는 영혼들처럼, 살아 있으면서도 세상 사람들에겐 거의 잊힌 채 떠돌던 두 존재로서 그들은 지금 서로를 바라보고 있는 셈이었다.

마침내, 그녀는 등대가 있는 그 험한 바위 언덕의 가풀막을, 이제 막 그 사내가 이쪽을 향해 내려오고 있는 모습을 멀찍이서 보고 있었다. 물지게를 지고 마을 쪽으로 천천히 다가오던 여느 때의 모습으로, 사내는 그녀를 향해 곧장 걸어왔다. 지금쯤 바람에 협죽도의 꽃잎들이 무수히 (미래의 시간 밖으로) 지고 있을 것이다. 그녀는 그가 그 바람을 몰고 천상에서 내려오고 있다고 여겼다.

환상의 배

달이 떠올라 사방이 환해졌다. 바로 그때였다. 분명히 내 귀에도 들릴 만큼 뚜렷이 노 젓는 소리가 삐걱삐걱 나더니 안개 같은 자욱한 것이 눈앞에 퍼지고 그 속에서 형체도 아스라하게, 찢어진 돛을 단 낡은 조각배 한 척이 저만큼에서 천천히 다가왔다.

환상의 배

1

아마 누구에게나 그런 경험은 있을 것이다. ——언젠가 가본 적이 있는 장소, 혹은 어느 모퉁이 인적 드문 한적한 곳, 또는 어떤 기회에 찾아간 고향, 더욱이 그 고향이 바닷가일 경우, 그리고 이제는 모든 것이 변해버리고 풍문도 낯선 타향에 온 듯한 고적감과 무료함을 달랠 길이 없을 때, 그래도 아직 단 하나 변하지 않은 바다의 물결 소리만이 옛날의 자기 자신의 모습으로 되돌아가는 단서가 될 때, 그리하여 쓸쓸한 해변을 거닐면서 스스로 무심한 물결소리를 듣는 동안 새로이 만나는 사물에도 과거에 본 사물의 영상이 비쳐오는 것을 본다. 아마 누구에게나 그런 경험은 있을 것이다.

그래서 그 흐리멍덩한 기억의 편린을 더듬어갈 때의 나른함, 무언가 왕성하게 부풀어 오르고 삐죽삐죽 얼굴을 내미는 것들의 정체를 잡으려 해도 아직 확실한 윤곽이 잡히지 않는 안타까움, 그 참담한 느낌을 옛날에 나는 '슬픔'이라고 부르고 있었다.

그러나 그것을 슬픔이라고 부를 수 있었던 지난날의 애틋한 감정이 한낱 젊음의 민감성에 의한 것이었다면, 이제는 그 아름답고 애매 몽롱한 단어에 매달렸던 자기를 웃을 수 있는 것이다.

기억을 통한 과거에의 접근은 멀리 있는 것을 가깝게는 하지만, 동시에 그것은 관찰되고 있는 것이기 때문에 절대로 가까이 있지는 않다. 자신으로부터 멀리 떨어져나간 과거를 현재 속으로 끌어넣으려 하거나, 반대로 그 기억 속에 자신이 몰입하려고 하는 것은 실제로 불가능이며 안타까운 일이다. 그 안타까움이 슬픔을 촉발시킨다.

기억의 세계——아무튼 그것은 현실 세계보다는 더 진실한 세계였다. 왜냐하면 자기를 관찰하는 방법으로서 과거를 통한 회상의 방법이 있고, 그것은 더욱 그 자신을 닮은 세계이기 때문이다. 그것은 혈육의 정처럼 항시 친숙하고 너그러우며, 언제나 다시 만날 수 있는 세계였다.

물론 가까운 것도 멀찍이 거리를 두고 바라봄으로써 그것을 진짜 가까이하는 데에 비밀의 열쇠를 둔 '접근의 본질'을 깊이 이해하고 있을 때만 가능한 얘기지만…….

그리하여 나는 지금 그 기억의 세계와 또다시 마주쳤다. 바다를 보면 격동하는 감정의 파도가 내 몸속에 넘치고 있는 것을 느낄 수 있었던 기억이, 오늘 삼천포 앞바다의 물결소리에 갑자기 깨어났다.

우연한 기회에 찾아온 고향. 그러나 당초의 귀향길에 와서는 뭔지 막연한 지각(知覺)만이 나를 둘러싸고 있을 뿐이었다. 물론 나는 처음엔 그처럼 끊임없이 내 감각을 흔들며 스쳐가는 것이 무엇인가를 파악하지 못했다. 발밑에 시선을 떨어뜨린 채 그저 발길 닿는 대로 시가지로부터 무작정 걸어 나아갔다. 그러다보니 어느 틈에 내 발걸음은 각산개〔角山浦〕 쪽으로 향하고 있었다.

하기야 그 고장을 처음 찾아오는 사람이면 누구든지 시내 중심지로부터 도보로 무작정 5분만 걸어 나가도 눈앞에 훤히 펼쳐지는 바다를 보게 된다. 만약 가고 있는 방향이 서쪽일 경우, 그 해변 기슭을 따라 걷다가 점점 더 많이 눈에 띄는 조개껍질이랑 마른 물고기의 뼈, 눈부시게 빛나는 하얀 모래가 넘치는 해안사구와 만난다. 그곳이 가산개이다.

그 각산개에서 저만큼 바라보이는 학섬〔鶴島〕에는, 소나무 가지에 둥지를 튼 학들이 봄철엔 수없이 날아드는 것이다. 이럭저럭 하는 사이에 하늘은 어느새 핑크빛 노을에 물들고 바다는 신비로운 비취색으로 변하였다. 인간적인 냄새라고는 없는, 너무나 친밀한 그 바다의 표정에 홀린 듯이 나는 해안을 따라 꿈꾸는 걸음걸이로 천천히 걸어, 특별히 목표를 세운 것도 아닌데 어느 틈에 학섬이 바로 눈앞에 보이는 포구의 무성한 송림 그늘 아래까지 오게 되었다.

그 일대에는 파도에 닳아서 반질반질 닦인 자갈들이 수없이 깔려 있었다. 거기서 서쪽으로 해안 기슭을 따라 얼마큼 더 가노라면, 각산에서 흘러내린 시냇물이 두 갈래로 갈라지고 그 사이에 후미진 개펄을 끼고 엎드린 작은 촌락의 선창에는 조각배들이 어깨를 맞대고 옹기종기 잇닿아 있는 것을 볼 수 있다. 바로 그 어촌 주민들의 속어를 빌면 그곳은 '얕은개〔淺浦〕'였다.

나의 외할아버지 멸치 막사(幕舍)는 거기에 있었고 초등학교에 입학하기 전까지 외할머니 손에 맡겨진 나의 유년시절의 대부분은 그곳에서 보냈다. 개펄 기슭에는 흡사 남양군도(南洋群島)에 사는 토인들의 흙집 같은 움막이 드문드문 늘어서 있었는데, 해가 설핏하니 기운 늦은 오후에 차츰 엷어지는 하늘빛을 받을 때면 어스름과 겹치는 황혼 속에서 그 움막들은 아름다운 색조로 물들어 곧잘 신비롭고 환상적인 분위기를 이루는 것이었다. 그것은 멸치잡이가 한창인 초여름에 소금물로 그 멸치를 삶는 움막이었고, 속칭 '멸막' 이라고 불린다.

나의 외할아버지는 그 멸막을 몇 개나 가지고 있었다. 바로 그곳에서 나의 유년시절의 대부분은, 어디로 가든지 따라다니는 자기의 그림자처럼 늘 함께 있을 수 있는 바다를 보면서 조용하고 은밀하게 지내왔다. 언제나 내 둘레에서 푸른 물굽이를 몰아오는 거대한 그 바다에 의해서 또한 나의 성격이 형성되었다.

멀리 펼쳐진 바다 기슭엔 장난감이 얼마든지 있었다. 바다물결에 반질반질 닦인 매끄러운 잔돌이나 조개껍질로 오만가지 형태를 만드느라고 해 저무는 줄도 몰랐다. 썰물이 남긴 텅 빈 개펄 한가운데는 난파선 한 척이 언제나 그 자리에 끌어올려진 채 있었다. 그 부서진 배 밑바닥을 물결이 씻고 있었다. 이물로부터 내려진 쇠사슬 끝에 커다란 녹슨 닻이 매달려 있었고, 우리는 그 날카로운 쇠끝이 진흙 속에 파묻혀 반쯤 내밀고 있는 그 근처에 조개잡이를 가곤 했다. 그러나 무엇보다 이 어린 시절의 바다와 함께 잊을 수 없는 것은 '흰 수염 할아버지' 였다.

그는 홀로 조각배를 타고 고기잡이하는 노인으로 나하고는 마음으로 통하는 가장 친한 사이였다.

머리칼도 허옇게 세고 얼굴의 절반이 흰 수염투성인 데다 이름도 나이도 알 수가 없었기에 나는 단지 그를 '흰 수염 할아버지' 라고만 불렀다.

그는 언제나 바닷가 얕은 곳에 닻을 내려놓고 있었다. 낡은 전마선을 고쳐 타고 바다로 나갈 생각은 아예 않고 하루 종일 낚싯대를 든 채 해안선 가까이 배를 대고 무료한 시간을 보내고 있는 흰 수염 할아버지의 모습을 나는 매일 보았다. 내가 알기로는 한 번도 그가 먼 바다로 고기잡이를 나가는 것을 본 적이 없었다. 그런데도 그는 마치 한 바다로 떠나는 사람처럼 항시 돛을 올리고 있었다. 그것은 참으로 기이한 일이었다.

흰 수염 할아버지는 원래 이곳 토박이가 아니고 객지에서 흘러들어온 뜨내기 뱃사람이었다고 한다. 마을 사람들의 쑥덕공론을 들어보면, 그는 젊어서 가지가지 기막힌 곤란과 풍상을 다 겪은 사람이었다는 것이다. 그의 나이가 아직 예순이 될동말동한 이즈막에 벌써 머리가 저토록 허옇게 세어버린 걸 보더라도 그걸 충분히 증명하고도 남음이 있다는 것이다.

사람들의 얘기로는, 6·25 동란이 발발하기 직전 그가 보도연맹인가 뭔가에 연루되어 총살당하려고 끌려간 수많은 좌익인사들의 행렬에 끼어 갔다가 기적적으로 살아났다고 했다. 경찰이 밤중에 무차별 학살을 감행하는 도중 그도 총탄을 맞고 쓰러졌으나 정신을 차려 깨어보니, 참으로 기적적으로 몸에 가벼운 찰과상을 입었을 뿐 잠시 꿈을 꾸고 난 뒤처럼 말짱하더라는 거였다. 그 뒤에 그는 널브러진 시체들을 헤치고 기어 나와, 밤새도록 걷고 또 걸어서 되도록 자기 고향으로부터 조금이라도 더 먼 곳으로 달아났는데, 그때부터 그의 유랑생활이 시작된 이래 십 년도 넘게 숨어서 살아왔다는 것이다.

그는 남들의 눈에 띌 염려가 적은 바다의 뱃사람이 되었고, 어느덧 혼란하던 세상이 어느 정도 평정을 되찾아 질서가 잡혀진 사회로 되고 과거에 저지른 어떤 소행이나 죄과가 불문에 붙여질 때까지 그늘에 숨어 지냈다. 그리하여 어느덧 거의 사라져가는 그 지난날의 모든 일들이 사람들의 기억에서 묻혀 지고 있을 쯤 해서 그는 아무도 모르게 고향에 되돌아가 보았다. 그랬더니 그의 아내는 남편이 죽은 줄만 알고 벌써 옛날에 다른 남자에게 재혼하여 새 남편을 모시고 그의 친자식이랑 의붓자식들 속에서 오순도순 살고 있더라는 기막힌 이야기였다.

어쨌든 이 흰 수염 할아버지의 일생에 관해서 이곳 어촌에 사는 어른들의 사이에 나돌고 있는, 다소 과장이 섞인 이런 얘기들은 정말 믿을 만한 것인지, 아니면 그냥 누가 심심풀이로 지어낸 터무니없는 것인지 그 당시의 어린 나로서는 잘 분별할 수가 없었다. 아닌게아니라, '얕은개'에 사는 사람치고 누구 한 사람도 이 노인과 흉허물 없는 관담(款談)의 상대자로서의 관계를 맺고 있는 이는 없었으니까. 단지 나의 외할아버지와는 서로 인사를 나눌 정도의 친분이 있었을 뿐 피차간에 그 이상을 넘어설 만큼의 사이는 아니었다. 그래도 어쩌다가 주고받는 몇 마디 대화를 통해 짐작컨대, 그의 과거사에 관하여 이 고장 사람들은 그 이상한 늙은 뱃꾼의 말을 인용한 나의 외할아버지의 설명을 들은 일이 있어 대체로 그렇게 알고 있었다. 그래도 그 이야기는 어디까지나 추측과 짐작에서 나온 것일 뿐이었다.

그밖에도 이 흰 수염 할아버지에 관해서는 그런 과거지사 말고도 정말 기괴망측하고 엉뚱한 소문들이 떠돌고 있었다. 예를 들면 그는 머리가 약간 돈 늙은이라는 둥, 심지어는 그가 아마 용궁에서 죄를 짓고 인간세계로 추방당해온 신선일 거라는 둥, 어린 내가 판단하기에도 그저 우스개로 돌려버릴 가치밖에 없는 별의별 억측으로 지어낸 소문들이, 정작 본인도 모르게 그 노인의 뒷전에서 공공연히 떠돌았다. 그런 까닭으로 어느 틈에 사람들은 그런 허무맹랑한 거짓말에 살을 붙이고 그걸 듣는 재미로 즐기는 동안, 그가 어째서 아무런 연고자

도 없는 이 낯선 타향에 흘러들어와 여생을 외롭게 숨어 지내는지의 이유를 그럴듯하게 설명한다는 점에서, 그런 엉터리 얘기를 사실처럼 믿어버리게 된 모양이었다. 그도 그럴 것이, 당사자인 흰 수염 할아버지는 제 입으로 자세한 건 아무것도 말하지 않기 때문이다.

하여간 그는 늘 돛을 달아놓고 항해의 준비를 갖추기만 할 뿐 배의 꽁무니에 매달린 녹슨 닻은 개펄에 반쯤 파묻히듯 치박아둔 채 영영 끌어올리지를 않았다. 그런 모습은 미상불 사람들이 지어낸 소문마따나 떠나온 용궁을 그리워하며 되돌아가고 싶어 수구초심(首丘初心)의 한결같은 눈빛으로 이 세상 밖의 것을 동경하는 신선의 모습을 방불케 했다. 마치 남몰래 바다와 서로 마주 대한 채 내밀한 이야기를 주고받는 것처럼.

이따금 나는 해안의 커다란 바위 뒤에 몸을 숨기고 그의 모습이랑 너절한 옷차림 따위를 살펴보면서 그가 지금 나에게 관찰을 당하고 있다는 사실을 깨닫고 있는 것일까, 하고 생각해 보았다. 그의 시선이 나를 좇는 것을 보려고 일부러 그의 조각배 근처의 모래밭에서 바다를 향해 돌팔매질을 하기도 했다. 그러는 중에 그가 자신도 모르게 하는 조심스러운 몸짓들을 내 마음속에 새겨두곤 하였다. 그러나 아무리 접근하려 해도 나의 행동은 그의 관심을 끌지 못했다.

그는 바다의 야릇한 표정을 응시하며, 언젠가 떠날 자기의 여행이 어떻게 끝날지를 묻고 있는 모양으로 그 바다의 내밀한 전갈에 귀를 기울이고 있는 것 같았다.

어느 날 새벽에 나는 노인이 없는 틈을 타서 몰래 그의 빈 조각배 위로 올라가 보았다. 그리고는 배 밑바닥에 깔린 거적때기를 들추어 널판자를 뜯어내고 밑창을 들여다보기도 하면서 그 괴물 같은 낡은 조각배의 구석구석을 샅샅이 조사했다. 마치 그 이상한 노인의 비밀을 탐지할 수 있는 무슨 단서라도 찾아내려는 것처럼.

그러나 아무것도 발견할 수가 없었다. 나는 실망한 채 구부렸던 허리를 펴고 노인이 나타나기 전에 얼른 그곳을 떠나려고 했다. 바로 그때였다. 등 뒤로부터 인기척을 느낀 나는 힐끗 돌아보았다. 그 순간 내 몸이 뻣뻣하게 얼어붙었다.

간밤의 썰물이 남긴 텅 빈 개펄 아득히 새벽안개가 자욱한 속에 우뚝 선 그 노인의 검은 존재가 갑자기 내 눈앞에 커다랗게 부각되었다. 그 모습은 금방이라도 나를 와락 덮쳐누를 듯이 공포심을 일으켰고 갈팡질팡하는 내 마음을 꽉 붙들어 맨 채 꼼짝달싹 못하게 했다. 나는 숨이 막혔다. 그때 그의 입이 말했다.

"넌 멸막에 사는 아이구나. 흥! 요 녀석 봐라. 최 노인의 외손자 녀석이로구먼. 게서 뭘 하냐?"

뜻밖에 이 부드러운 목소리는, 새벽의 고요한 해변이 간직하고 있던 침묵 속에서 튀어나왔다. 나는 후우, 하고 숨을 돌렸다.

2

그렇게 해서 흰 수염 할아버지와 나는 친한 사이가 되었다.

한번은 내가 그의 조각배에 걸터앉아 할아버지에겐 가족도 아는 친척도 없느냐고 물어보았다. 그것은 내가 열한 살 먹던 그 해, 초등학교 4학년이던 여름방학 때의 일이다.

흰 수염 할아버지는 빙그레 웃으면서,

"내가 살아 있어도 죽은 사람이나 다름없으니, 일가친척이 무슨 소용이냐? 결국, 아무도 아는 사람이 없는 셈이지."

그 말을 듣자, 나는 부락 어른들 사이에 알려져 있던 그 노인의 과거사가 터무니없는 거짓말은 아니란 것을 이때 처음으로 알게 되었다. 나는 어린이 특유의 호기심 때문에 뭔가를 더 자세히 알고 싶어서 자꾸 물어 보았다.

　"할아버지, 그럼 마을 어른들이 할아버지에 관해서 하시는 얘기가 사실이었군요."

　"마을 어른들이? ……그래, 나에 관해서 무슨 얘길 하고 있다냐?"

　"할아버지가 옛날에 총살을 당하는 자리에서 기적적으로 살아나신 분이라고 하시던 이야길 들었어요. 그게 사실이에요?"

　나의 물음에 그는 한참이나 노려보는 듯한 눈으로 내 얼굴을 살피더니, 이윽고 시선을 먼 바다 쪽으로 돌려버렸다.

　마침내 그는 한숨을 쉬었다.

　"그래, 사실이다."

　노인은 감회에 젖은 눈으로 허공을 멀거니 처다보며 몇 번이나 끄덕거렸다.

　"흰 수염 할아버지, 저어……이런 말 물어도 될까요?"

　"뭔데?"

　"총살을 당하기 직전에 어떤 기분이었어요?"

　"흠!……"

　그는 갑자기 신음 같은 소리를 입술 사이로 밀어내었다. 그 입가에 쓰디쓴 웃음이 삐죽이 흘러나오더니 주름진 이마 밑으로 찡그린 미간과 어울려 무척이나 쓸쓸한 표정이 되었다.

　"서서 잠깐 동안 꿈을 꾸고 있었던 것 같다. 아주 짧은 몇십 초 동안 말이다. 나는 총알의 표적이 되었던 인간이야. 그런데도 살아났지. 그때부터 내가 믿고 있던 세상의 모든 것이 시들해져버렸어. 심장의 고동이 멈춰버린 것처럼. 옛날에 내 가슴을 뛰놀게 하던 것들이 이젠 아무것도 없게 된 거야. 돌아갈 고향도 없고, 아무것도…… 그 이후로 나를 아는 사람은 한 사람도 없게 되고 만 거지. 나를 안다는 사람은 전부 내가 죽은 사람인 줄 알고 있을 테니까. 결국 난 산송장이나 다름없어. 난 죽은 사람이야……."

흰 수염 할아버지는 침통한 얼굴로 그런 말을 하더니 눈을 지그시 감고 총살 직전의 그때를 회상하는 듯한 표정을 지었다.

나는 그 말에 문득 충격을 받았으나, 그 순간의 야릇한 심정을 표현하기엔 내가 너무 어린 탓이었던 것처럼, 그를 위로하기에도 너무나 조리가 안 닿는 빈약한 사고력과 서투른 말솜씨 때문에 내가 받은 충격에 대한 설명과 의사전달을 위한 낱말의 결합을 어떻게 서둘러야 할지도 몰라 끝내 입을 다물고 있었다. 말하자면 그 순간의 침묵은 나로선 견딜 수 없는 고통이었다. 하여간 나는 아무 말도, 아무런 대꾸조차 할 수가 없었다.

"사람 사는 게 다 그런 게야. 우리가 잘 안다고 말하는 사람끼리의 관계가 따지고 보면 다 그런 거지."
하고 그는 덧붙여 말하였다.

미상불 그 당시의 나로서는 죽었다고 믿었던──그러나 실은 생존하고 있는──한 인간의 헛되고 실의적인 삶이 얼마나 허망한 것이었는지를 가늠해볼 소견머리도 아직 트이지 않았고 그런 걸 짐작할 도리도 없었다. 또한 그 허망함이 모든 인간에게 공통된 것이라는 그의 말뜻을 납득하기에도 하여간 나는 너무 어렸던 것이다. 그럼에도 불구하고 나는 그가 어쩐지 불쌍하다는 생각은 하였고, 그 막연한 동정심 때문에 나는 그의 삶에도 희망이란 것이 있는지 알고 싶었다.

"할아버지는 그럼 무슨 재미로 사세요? 매일 돛을 올리고, 먼 바다

로 나갈 준비를 갖추시기는 하는데도 영영 떠나지 않고 있으니 말이
에요.”

내 질문이 퍽 기특하다는 듯이 흰 수염 할아버지는 아주 보기 드물
게 소리 내어 껄껄 웃었다.

“죽은 사람이 갈 곳이 어디냐? 그저 무덤밖에 더 있겠느냐? 사람들
은 제각기 욕망을 생명력으로 삼고 어디론가 떠나지만, 알고 보면 모
두 무덤을 향해 가고 있을 뿐이지. 그렇지만 이 할아비는 구태여 떠날
필요가 없어. 나는 이미 죽은 사람이니까. 다른 사람들과의 생활 속
에서는 죽었지만 실제로는 살아 있기 때문에, 무덤이 아닌 곳을 나 혼
자서 자유롭게 꿈꿀 수가 있는 거야. 물론 없는 것을 꿈꾼다는 게 우
스운 얘기지만 살아가는 데 필요한 자질구레한 것들 때문에 골머리
를 앓지 않아도 된다는 것만으로도 행복한 일이지. 늙은이란 하루 종
일 근심걱정 없이 꿈을 꿀 수가 있으니까 행복해.”

그는 빙그레 웃더니 다시 말했다.

“그래서 늙어지면 다시 태어나듯 욕심 없는 어린애가 되는 것이 그
때문이란다. 우리가 왜 친구가 되었는가를 좀 생각해보려무나. 노인
이란 한낱 어린애 같은 거야.”

그의 마지막 말은 나에게 감동을 주었다. 그 늙은이가 나를 자기와
대등한 입장에서 친구라고 말해주는 것이 퍽도 흐뭇하였다.

흰 수염 할아버지는 내 손을 잡고는 조각배에서 내려 모래밭으로
가자고 하더니 나를 데리고 갔다. 나는 그가 뭣 때문에 그러는지 몰랐
지만, 조금 전에 한 그의 말에 무척 감동되었기 때문에 하자는 대로
순순히 따랐다.

우리들은 모래밭에 가서 앉았다.

“자, 지금부터 꿈꾸는 연습을 하자.”

그러더니 노인은 내게 손짓으로 팔베개를 하는 시늉을 보이더니 눕자고 말했다. 우리는 모래밭에 나란히 누웠다.

"이제 눈을 감고 무어든지 꿈을 꿔보아라. 모래가 바스러지는 소리가 몸속에서 들릴 때까지, 저 늑도(勒島) 근처의 물밑에서 고둥이 우는 소리가 들릴 때까지, 가만히 누워 있거라."

하고 그는 누운 채 내게 꿈꾸는 법을 일러주었다. (실제로 삼천포 앞바다의 늑도와 학섬 사이로 빠르게 흘러가는 물결의 깊은 소용돌이 밑에는 거대한 소라고둥이 살고 있어, 그것이 슬피 우는 소리가 먼 데까지 들릴 때는 필경 해일이 인다는 전설이 있다.)

그러나 감고 있는 내 눈앞에는 햇살 같은 아른아른한 반점들이 앵앵거리는 모기떼처럼 맴돌고 있을 뿐 아무것도 보이지 않고, 아무 소리도 들리지 않았다. 어느 틈에 나는 몸 가득히 따뜻한 여름날 저녁 무렵의 일광을 받으며 스르르 잠이 들고 말았다.

그 일이 있은 지 얼마 후, 나는 그 바닷가 놀이터를 떠나야 할 때가 왔던 것이다. 이제 며칠만 지나면 방학이 끝나고 개학할 날이 가까워진 것이다.

나중에 지나고 보니 그 여름이 나의 마지막 바닷가 생활이었던 것 같다. 왜냐하면 그해 겨울철에 외할아버지가 별세하신 뒤로 여름 한철만 북적거리는 멸막 일은 통 신통치가 않아서 걷어치워 버리고 외할머니는 딴 고장에 나가 살고 있는 외삼촌댁으로 옮겨가셨기 때문이다. 이제 내가 그 바닷가를 찾아간다면 그것은 오로지 지난날에의 그리움에서지 내가 알고 있는 누군가가 그곳에 살고 있기 때문은 아니었다.

흰 수염 할아버지를 반 년 가까이 보지 못하고 있던 어느 날, 불현듯 그를 만나고 싶어 찾아간 그 바닷가에 홀로 서서, 이제는 이미 그 노인의 모습도 찾아볼 수 없고 색색가지 헝겊으로 군데군데 꿰맨 자국투성이의 너덜너덜한 돛폭이 해풍에 펄럭거리던 그의 조각배마저 간데없는 텅 빈 개펄 너머 아스라한 수평선 쪽을 멀거니 바라보며, 나는 오로지 지난날에의 그리움 때문에 이곳을 찾아왔을 뿐이라고 그렇게 생각하고 있었다.

말하자면 바다와 그 바다에서 불어오는 바람 속에는 떠나간 사람들의 행방에 대해 아무런 암시도 없었고 내밀한 전갈도 실려 있진 않았지만 말없는 바다는 그윽한 자신의 표정과 눈빛으로 내게 전하고, 해풍은 또 나에게 막연한 직관과 추측을 떠맡기며 지나가는 것이었다. 그래서 나는 알았다. 내 어린 영혼에 지울 수 없는 흔적을 남기고 영향을 끼친 그 바다가 내게 말하는 그 소리를 들어보면, 지난날에의 그리움 때문에 호젓한 이곳을 내가 다시 찾아온 것은 다만 인간의 마음속에 있는 두 가지 원동력 중의 하나인 원심력일 뿐이라는 것이며 결코 외면할 수 없는, 저만큼 뒤에 두고 온 나의 생활 속으로 어차피 되돌아가야 하는 것은 구심력에 속하는 것이라고 끈끈하게 타이르며 나를 그 바닷가로부터 되돌려 세우는 것이었다.

나는 막연한 직관으로 그 모든 소리를 내부에서 들었던 것이다. 이미 나는 어린애가 아니었다. 그때 내가 눈물을 흘렸다면 그것은 결코 한 소년의 막연하고 감상적인 비애 속에 뿌려진 눈물만은 아니었을 것이다. 나는 돌아서지 않으면 안 되었다. 내가 돌아가려고 하는 세계는 나를 항상 울 속에 가둬두려고 하는 저 '대인관계'의 세계인 것이다.

무언가를 소유할 수 없을 때 우리는 더욱 그것을 필요로 하게 되고 어느 틈에 더욱 그것과 가까워져 있다. 채워질 수 없는 이 빈 가슴을 울리며 공허하게 안겨 와서는 스쳐갈 뿐인 저 바닷바람이 그리하여 내게는 얼마나 안타까운 바람[願望]을 일깨웠던가! 그 끈끈한 소금기를 품은 바닷바람과 저 파도소리는 또 얼마나 오묘한 의미를 간직한 채 내게 인간의 본질을 암시해주었던가! 한갓 단순한 자연의 현상일 뿐인 저것들이!

그러나 어차피 나는 집으로 돌아가지 않으면 안 되었다…….

3

그 이후로 바다와는 인연이 끊어지고 나는 다시금 어머니의 보호 밑으로 되돌아왔다. 그래도 나의 내부에는 항시 유년시절의 그 바다에서 받은 영향이 성장하면서 점점 늘어나는 바다에의 관심과 더불어 어떤 지속적인 여운을 오래도록 남겨놓고 있었다.

특히 흰 수염 할아버지의 그 낡은 조각배며 항시 먼 곳으로 떠날 준비를 서두르듯 아침이면 마스트 꼭대기 위로 나는 갈매기를 쳐다보며 국기를 게양하는 자세로 어김없이 올리던 돛이랑 바람에 펄럭이던 찢어진 돛폭, 그리고 말을 할 때마다 턱밑에서 떨리던 허연 수염 등이 내 눈앞에서 어른거렸다.

내 몸속에서 바다가 또다시 나를 부르고 있었다. 그 때문인지 공부하는 것은 죽기보다 싫었다. 나는 책을 보다가도 "에이, 빌어먹을 공부!" 하고 소리 지르곤 몇 번이고 책을 내팽개치곤 했다. 학교는 아예 집어치우고 싶지만 아버지의 눈이 무서워 마지못해 가기는 했다.

나는 커서 선원이 되고 싶었다. 그런 말을 하면, 아버진 노발대발하며 당장 집에서 쫓아내버리겠다고 을러댔다. 물론 그것이 나를 겁주기 위한 공갈이란 것쯤은 나도 알고 있었다. 아버지가 노발대발하는 것도 따지고 보면 실상 무리는 아니었다. 내가 한두 번도 아니고 종종 학교를 뺑소니쳐서 동무들 몇 놈이랑 어울려 바닷가로 가선 종일토록 놀다가 어슬렁어슬렁 집에 돌아오는 것이 일쑤였으니까. 그런 횟수가 거듭되니 학교에 안 간 것이 탄로나지 않을 방도가 없었다. 아버지도 처음 몇 번은 용서를 하고 타이르기만 하였지만, 아무리 그래도 그 버릇이 고쳐지질 않으니 나중엔 매를 들고 설처대는 바람에 나는 몹시 혼이 난 적이 있었다.

의사인 아버지는 언젠가는 나에게 그 가업(家業)을 물려주실 생각으로 내가 자라서 의사 되길 희망하고 계셨다. 그런 처지니만큼 장남이라고 둔 녀석의 하는 꼬락서니를 보고 있으면 기대를 걸 만한 건더기는커녕 아예 '싹수가 노오랗다'는 게 아버지의 푸념 섞인 탄식이었다. 그것은 늘 입버릇처럼 늘어놓는 아버지의 말투만 보아도 알 수 있는 일이다.

"이 녀석아, 그래 넌 선원이 되겠다, 그 말이지? 이거야 원, 가문에 없는 중 사위를 보겠구나. 안 된다! 그 천한 뱃놈은 절대로 안 돼!"

그리고 아버지는 나를 꼭 의사로 만들겠다고 호통을 치면서, 그렇게 하면 내가 금방 기가 죽어서 순순히 아버지의 뜻에 따르기라도 할 것처럼 우악스런 소리를 지르고 억지를 부렸다.

나에 비하면 내 동생 주태는 아주 영리한 아이였다. 그는 언제나 자기 반에서 일이등을 다투었다. 그래서 학년말이 되면 어김없이 우등상을 타오곤 했다. 그러나 불행히도 네 살 때 소아마비를 앓아 절름발이가 되었기 때문에 내 눈엔 퍽 가엾게 보인다. 하여간 내 성적은 아주 엉망이라 동생과 비교될 때마다 아버지께 꾸중을 들었다. 정말이지 학교에서 배우는 교과서 따위 내게 아무 쓸모도 없었다. 나한테는 그런 책들보다 더 훌륭한 책이 있었다.

그것은 다름 아닌 저 바다였다. 그 한 권의 책 속엔 내가 보고 배워야 할 수많은 일들이 펼쳐지고 나의 장래를 위해서 꼭 알아두어야 할 사건들도 많았다. 잔잔하고 고요한 바다, 거친 파도를 몰아오는 성낸 바다, 그리고 물고기의 이동과 조수의 흐름, 갈매기의 나는 모양 등등, 바다는 매일매일 새로운 페이지 한 장씩을 내게 보여주었다.

열두 살이 되던 그해 여름방학이 시작되었을 때, 나는 이제 먼 바다로 나갈 수 있는 나이가 되었다고 생각하고 방학기간을 이용하여 고기잡이 나가는 배를 따라 나가려고 했다. 그래서 생각해낸 것이 옛날 외할머니의 멸막이 있던 얕은개까지 가서 곰배팔이라는 별명을 가진 선주 영감님께 교섭을 했더니, 그는 껄껄 웃고는 "좀 더 크거든 오라."고 했다. 어망을 깁고 있던 다른 몇몇 어부들도 까르르 웃었다.

그들은 제가끔 한마디씩 "거 참 안됐다, 꼬마야."라거나, "이 녀석아, 어로 작업이 뭐 소풍 가는 일인 줄 아냐? 젖 좀 더 먹고 오너라."고 말하는가 하면, 또 어떤 이는 "이 빼빼야, 집에 가서 공부나 해라. 부잣집 도련님께서 물귀신이나 되는 날엔 아따 큰일나지! 넌 시내에 사는 아이냐? 거 용기 하난 대단하다."고 마구 놀려댔으므로, 나는 몹시 분해서 눈물까지 글썽이며 돌아왔다.

결국, 나는 그때 나이가 너무 어리다는 이유로 고기잡이배를 타지 못하고 말았다. 그로부터 다시 반 년이 지나 초등학교 6학년의 신학기가 시작되려는 초봄이었다. 나는 달포 전에 고용해주기를 바랐던 얕은개의 곰배팔 영감님을 다시 한 번 찾아가보려고 했으나 어쩐지 용기가 나지 않았다. 또 놀림만 당하고 헛걸음 하지나 않을까 못내 두려웠던 것이다.

그렇다고 포기하기에는 나의 내부에서 한시도 쉴새없이 출렁거리는 물결소리에 공부는커녕 아무 일도 손에 잡히질 않았다. 하지만 아버지께 방학기간을 이용하여 고기잡이 나가는 배를 따라가고 싶다는 따위의 얘기를 했다간 더더구나 큰일날 일이었다. 아버지가 그걸 알기만 하는 날엔 어떤 불벼락이 떨어질지 알 수 없는 것이다.

바로 그런 어느 날, 나는 큰 잘못을 저시르고 말았다. 우리 집의 이웃엔 나보다 한 살 아래인 창길이란 놈이 살고 있었는데, 일은 그 녀석 때문에 벌어졌다. 나는 녀석을 몹시 혼을 내주었던 것이다. 그래서 나는 아까부터 창길이놈의 일을 자꾸 생각지 않을 수 없었다.

그 녀석이 내 동생 주태를 절름발이라고 놀리며 때렸기 때문에 주태놈은 울면서 돌아왔다. 구슬치기를 하다가 다 잃고 나니 창길이 녀석은 비겁하게도 저보다 나이 어린 주태를 절름발이라고 놀렸던 것인데, 주태가 분해서 말대꾸를 하며 앙알거리자 녀석은 단박에 주먹질을 했다는 것이다.

그래서 나는 얼른 쫓아나가 "이놈의 새끼!" 하고 소릴 지르면서 돌멩이를 집어 그놈한테 내던졌다. 그래도 정말로 맞힐 생각은 없었다. 그냥 위협만 주려고 했는데 그 돌에 창길이놈은 정통으로 뒤통수를 얻어맞았는지 "아야!" 하고 소리를 질렀던 것이다. 두 손으로 머리를 감싸고 앞으로 픽 고꾸라질 때 보니 피가 흘러나왔다. 나는 겁이 나서 얼른 그 자리를 피해 각산개 쪽으로 달아났다. 그리고는 무작정 걸어서 저녁 밀물이 나를 뒤좇아 모래밭 위로 잔잔히 부서져오는 기슭을 돌아 파도를 피해가듯 해안을 따라서 얕은개 쪽으로 향하였다. 저물녘의 황혼 속에 정처도 없는 쓸쓸한 해안 길 위에 외로운 내 그림자가 길게 뒤로 뻗쳐 있었다.

어느덧 해는 서산으로 뉘엿뉘엿 넘어가고 있는 것이었다. 나는 그날 오후 이 한적한 어촌으로 온 것을 후회하고 있었고 집으로 돌아갈 일이 무엇보다 근심스러웠다. 게다가 이제 조금만 있으면 덮쳐올 어둠과 함께 찾아올 그 밤을 어디서 어떻게 지새워야 할는지, 나는 걱정이 이만저만이 아니었다.

석양이 붉게 타는 강기슭엔 허옇게 핀 갈대꽃들이 꽤 싸늘해진 초저녁 바람 속에 하늘거리고 있었다. 나는 강둑을 따라 천천히 선창 쪽으로 걸어갔다. 넓은 진펄에 이어 후미진 강기슭에 엎드린 작은 촌락의 선창 앞 수로(水路)엔 때마침 바닷물이 넘쳐들고 있었다. 나는 얼마 동안 이 낯익은 선창에 앉아 사방으로부터 몰려드는 물결소리와 암청색 바다의 황량한 풍경에 지치고, 가슴을 무겁게 누르는 걱정과 배고픔에도 시달려서 마침내 그 끔찍한 슬픔을 이기지 못해 눈물을 흘렸다.

봄의 계절풍과 함께 춥고 긴 겨울과는 또 다른 울림이 사방에서 일고 있었다. 날이 저물자 바다의 싸늘한 기운이 온몸에 느껴져서 견딜 수 없을 만큼 서글퍼졌다. 나는 아직 어스름한 바다 저 멀리 수평선 쪽을 바라보고 있었다.

어느덧 밤이 되었다. 그러나 짙은 보랏빛 어스름이 사방에 깔린 밤은 별로 어둡지 않았다. 별들이 하늘에서 내 눈에 맺힌 눈물방울처럼 떨고 있었다. 근처에는 사람의 그림자라곤 없었고 간간이 인가 쪽에서 개 짖는 소리만 들려왔다.

달이 떠올라 사방이 환해졌다. 바로 그때였다. 분명히 내 귀에도 들릴 만큼 뚜렷이 노 젓는 소리가 삐걱삐걱 나더니 안개 같은 자욱한 것이 눈앞에 퍼지고 그 속에서 형체도 아스라하게, 찢어진 돛을 단 낡은 조각배 한 척이 저만큼에서 천천히 다가왔다. 노를 젓는 사람이 달빛 속에 그 모습을 훤히 드러낼 만큼 돛단배가 바로 내 눈앞 가까이 왔을 때, 나는 자세히 그 사람을 보았다. 둥근 달을 후광처럼 등진 채 수염은 얼굴을 반쯤 뒤덮고 머리칼은 온통 달빛에 금빛으로 물들어 있었다. 그것은 흰 수염 할아버지였다.

나는 이 모든 것이 꿈속이 아닌가 싶었다. 한순간 나는 환상을 보는 것 같은 착각에 빠졌다. 심장이 고동쳤다. 나는 내가 살아 있지 않은 것 같았다.

"흰 수염 할아버지!"

악몽에서 허우적거릴 때처럼, 나는 큰소리로 손짓까지 해가며 그를 불렀다. 그러나 노인은 아무 대답도 없었다. 나를 전혀 알아보지도 못한 양 그는 쉼 없이 노를 저어 어둠속을 영원히 떠돌고 있는 모습이었다. 노인이 젓는 조각배는 내 눈앞의 안개 같은 찬연한 달무리 속을 가로질러 차츰차츰 멀어져갔다. 삐걱삐걱 노 젓는 소리만이 들릴 뿐 흡사 꿈속에서처럼 아득히 나의 시야 밖으로 그 모습을 감춰버리는 것이었다.

달빛 아래 힘없이 축 늘어진 어깨, 번쩍거리던 허연 수염, 펄럭거리던 찢어진 돛폭, 그런 것들만이 내 망막에 남아서 아른거릴 뿐 진정 내가 본 것이 흰 수염 할아버지였는지도 아직 확실하게 믿을 수가 없었다.

만약 내가 그 기괴한 사실을 믿어야 한다면, 흰 수염 할아버지의 재생(再生)도 믿어야 할 판이다. 나는 뭐가 뭔지 도통 분간을 할 수가 없었다. 하여간 그날 밤의 일은 두고두고 잊을 수가 없었는데, 성인이 된 후에 사물을 관념적으로 이해할 수 있게 되자 비로소 나는 그런 일이 있을 수도 있다는 확정을 얻게 되었던 것이다.

4

그리하여 오늘 내가 다시금 고향의 이 바닷가로 찾아온 것은, 순전히 무료한 시간을 메우기 위한 산책의 의미밖엔 없었다. 열두 살짜리 소년이 고기잡이 나가는 배를 따라가려고 이곳을 찾아왔던 때와는 너무도 다른 감정의 충동이었다.

그리고 이 황량한 겨울 해변에는 지금 꽁꽁 묶인 듯 끌어올려진 조각배들이 조용히 누워들 있었다. 그것은 마치 거대한 죽은 생선들 같았다. 여느 때처럼 바다는 소금 냄새, 해초 냄새, 생선 냄새를 풍기고 있었고, 흑갈색 어망이 집집의 담벽에 걸려 말려지고 있었다.

내 머리 위로 하얀 갈매기가 날아갔다. 문득 고개를 들고 바라보는 시야의 저쪽 작은 선창에는 크고 작은 어선들이 계류(繫留)되어 있었다. 멀리 돛단배 두 척이 덩그렇게 떠 있는 바다 가운데로 기울어져가는 태양이 눈부신 백색의 섬광을 줄기차게 던지고 있으므로 물 위에 비친 이 애매하고 창백한 빛의 반사가 풍경의 애수를 더하고 있었다. 허전함이 가슴을 짓눌러왔다. 왜 그런지 모르게 오후의 바닷가는 쓸쓸했고, 나는 그 적요한 풍경 속에 담겨진 자신의 존재를 외롭게 느꼈다.

너무도 오랫동안 내 관념 속을 떠다니던 한 척의 조각배……. 그것이 끈덕지게 내 기억 속에 달라붙어 여태 나를 억압해왔던 것이다. 나는 수평선을 바라보았다. 내 의식의 몽롱한 안개 속 어둠을 떠다니고 있던 그 '환상의 조각배'가 사라져간 수평선은, 이제 단순한 수평선에 지나지 않았다.

저녁때가 가까웠다. 고기잡이 나갔던 어부들이 무리를 지어 선창에서 이제 막 해변 길을 따라 마을 쪽으로 돌아오고 있었다. 그들은 동틀 무렵에 아침 햇살을 따라 떠났다가 저물녘의 어스름을 타고 어김없이 되돌아오는 것이다.

햇빛이 점점 죽어가고 있는 것을 나는 지켜보았다. 그래서 해가 아주 낮아져 이젠 희미하게 되자, 검은 물굽이와 생기 잃은 이 얼굴들의 희미한 그림자들밖에는 움식이는 것이 없었다. 이외 같은 황혼이 이모든 수동적인 사람들을 영원한 패배자로 만들고 있음을 느꼈다. 해변의 조약돌 위에서 모닥불을 피우고 목에 수건을 두른 몇몇의 어부들은 잡담과 소주병으로 그날의 피로한 몸을 풀고 있었다. 다른 몇몇은 손에 등불을 들고 범선 위에서 어망이며 부표(浮漂), 그리고 옹배기 따위를 싣는 일에 열중하고 있었다.

나는 천천히 그들 쪽으로 걸음을 옮긴다. 어쩌면 그들 가운데는 내가 어렸을 때 본 적이 있는 어부가 섞여 있을지도 모른다는 생각을 하였다. 혹 그들 가운데는 흰 수염 할아버지를 소상히 기억하고 있는 사람들도 있을 것 같은 느낌이 들었다.

내가 그런 이야기를 하니까, 그들은 금시초문인 양,

"흰 수염 할아버지라? 글쎄……"

하면서 저마다 고개를 갸우뚱거리며 먼 옛날에 잊어버렸던 일을 기억해내려는 듯한 표정이 되었다.

아득한 추억을 되살려보려고 하는 그들의 표정을 보고 있자니, 나는 왠지 모르게 이 사람들도 모두 이 바닷가에서 옛날에 내가 만난 적이 있었던 것 같은 느낌이 들었다. 그리고 그러한 느낌을 이야기하려고 하다가 그들이 건네주는 술잔을 받고 이런저런 잡담을 하며 웃는 통에 애초에 내가 무슨 이야기를 하려 했는지 영 생각이 나지 않을 때, 나는 문득 '타인은 항상 나의 인생 속을 잠깐 스쳐갈 뿐인 맹랑한 관계 속에 우리가 살고 있었다.' 는 깨달음을 얻었던 것이다.

그 깨달음의 얼마 뒤에 나는 또, 고향이란 결국 돌아가 편히 쉴 수 없는 하나의 '관념' 에 불과하다는 그런 엉뚱한 생각으로부터도 자유로움을 느끼고 있었다.

독요초 獨搖草

바람이 없을 때 오히려 스스로 흔들리는 것은, 수기(修
己)에 게으르고 쉽사리 나태와 용라(慵懶)에 빠지려는 자
신을 끊임없이 흔들어 각성을 촉구하는 모습일세. 이거야
말로 영락없는 은자의 생리요, 지조 있는 군자의 기품이
아닌가.

독요초獨搖草

아메노모리 호슈(雨森芳洲)가 조선에 첫발을 들여놓은 것은 그의 나이 37세 때인 1705년이었다. 그는 부산포의 초량(草梁)에 있는 왜관(倭館)에 머물면서, 이후 3년간을 조선인들의 생활 풍속과 인정 따위를 직접 눈으로 살피며 조선말을 익히고 터득하는 데 전념했다.

이미 26세 때인 1694년에 대마번(對馬藩)의 진문역(眞文役)으로 첫 관직에 나선 뒤로 늘 가슴 속에 흠모하고 동경해 오던 조선땅에 그는 마침내 건너오게 된 것이다.

그의 젊은 시절의 소망 중 하나는, 조선을 알고 그 우수한 문물에 접하여 이를 직접 본받고 배움으로써 커다란 학문적 성취에 이르는 것이었다 해도 지나친 말이 아니었다. 그래서 부산포에 나와 있던 이 무렵의 조선 생활은, 개인적으로 보면 그러한 소망의 달성을 위한 자기 수련 기간이기도 했던 것이다. 예컨대 조선은 어린 시절부터 그의 마음속에서 늘 그려 온 꿈의 고향이었다.

그도 그럴 것이, 1609년에 일본과 조선 사이에 체결된 기유조약 이래 조선 통신사의 왕래가 시작되면서, 에도[江戶:지금의 도쿄]까지 이어지는 그 장엄한 행렬을 소년 아메노모리 호슈는 동경과 흥분으로 봐

왔던 것이다. 그의 고향은 시가켄[滋賀縣]에 있는 이카군[伊香郡] 소속의 다카츠키마치[高月町]였다. 그곳은 일본 최대의 경승지로 이름난 비와코[琵琶湖:비파호]의 북쪽에 위치한 호반 마을이다. 그러한 아름다운 고향 마을인 다카츠키에서 남쪽으로 백 리 가량 떨어진 히코네[彦根]는, 예전부터 도쿠가와 막부의 본거지인 에도를 향해 이어지는 조선 통신사의 행렬이 머물러 가는 주요 길목이었다.

1668년생인 호슈에게는 벌써 50년도 더 된 오랜 과거에 속한 일로서, 자기 할아버지 대에서부터 시작돼 온 조선 통신사의 왕래에 관한 아득한 유래와 또한 그 행렬의 장관을 이야기로만 들어오는 동안, 조선이라는 나라는 도대체 어떤 곳인가를 알고 싶다는 어린애다운 호기심과 막연한 동경을 함께 키우며 자라 온 곳이었다. 할아버지나 아버지가 모두 젊은 시절부터 구경해 왔다던 그 행렬을 직접 제 눈으로 구경하기 전까지는 도무지 상상만으로는 짐작도 안 되었다. 그러나 그 바다 건너 딴 나라에서 온 사람들의 모습을 직접 눈으로 볼 수 있게 된 날이 왔을 때 그는 그 벅찬 흥분의 기억을 말로써는 표현할 수가 없었다.

말하자면, 그것은 일생을 좌우할 만큼 그의 운명을 바꾸어 놓게 되는 사건과의 만남이었다. 이를 계기로, 그는 훗날 그 조선 통신사 호행(護行)의 임무를 맡은 일본측 대표가 되어 직접 이 길을 걷게 된다. 그 길은 또한, 조선과 도쿄의 어느 쪽에서 출발하든, 그의 고향으로 돌아가는 길이기도 하였다.

교토[京都]에 머물며 쉰 뒤에 다시 출발하기 시작한 조선 통신사의 행렬이 그 긴 여정의 다음 숙박지인 모리야마[守山]를 거쳐, 그 이튿날의 숙박지로 예정된 히코네까지 이르는 그 길은, 예로부터 나카센도[中仙道]라 불렸으며 가장 평탄한 간선 도로였다. 비와 호의 동쪽 호반을 따라가는 길이라 하여 호수를 낀 이 일대를 달리 오미[近江]라고도 불렀다.

이 오미란 곳은, 『일본서기(日本書紀)』에 따르면 신라에 멸망당해 쫓겨난 백제의 유민들이 대거 이주하여 터를 닦아 이룩한 새 도읍지로서, 천지(天智) 천황을 옹립한 역사적인 장소였다. 그런 관점에서 따져 올리기면 어쩌면 아메노모리이 가계도 ᄀ 망명 백제계의 후손일 가능성이 짙어지는 것이다.

아무튼, 그 오미가 시작되는 호수의 남쪽 고을인 오쓰[大津]는 예로부터 관서와 관동을 잇는 교통의 요지였다. 교토에 머물렀던 통신사 일행이 30리 떨어진 이곳까지 와서 일정대로 점심을 들며 잠시 쉰 다음, 다시 길을 재촉하여 구사쓰[草津]를 향해 가는 도중에 펼쳐지는 비와 호의 수면에 뜬 고깃배며 갈대 위로 나는 물새 떼를 바라보는 무렵쯤이면, 벌써 원근 일대로부터 몰려든 구경꾼들이 연도에 가득 장사진을 이룬 채 붐비는 것이었다.

일행이 중간 기착지인 모리야마에 도착, 그곳 도동인[東門院]에서 1박한 후 다음날 히코네로 출발했다는 소문이 나돌 때쯤, 히코네의 주민들은 벌써부터 들떠서 마음들을 설레는 것이었다. 성급한 사람들은 중간 지점인 야스[野洲]를 통신사의 행렬이 거쳐 오기도 전에 장차 지나갈 '조선인 가도(街道)'까지 미리 몰려나와 서서, 한정 없이 기다리고 있었다. 그러한 연도의 구경꾼들 틈에 호슈 소년도 끼여 선 채, 행렬이 다가오기를 지켜보고 있었다.

조선인 가도! 조선 통신사가 이 길을 왕래하면서부터 붙여진 그 이름은 원래 교가이도[京街道], 혹은 하마가이도[浜街道]였다. 바로 이 길은 도쿠가와 이에야스가 세키가하라[關ヶ原] 전투에서 승리하여 일본의 패권을 쥔 뒤 교토의 천황을 만나러 갈 때 통과한 길로서, 이런 연

유로 역대의 쇼군[將軍] 이외의 다른 봉건 영주들은 밟을 수 없는 장군 전용 도로였던 셈이다. 그런데 이 길을 조선 통신사에 한해서만 지나도록 하여, 일행이 도착하기 7개월 전에 벌써 도로 정비에 관한 지침이 시달되어 말끔히 단장해 놓은 뒤였다.

바로 그 조선인 가도에 이윽고 행렬이 지나간다. 5백 명 가까운 통신사 일행을 중심으로 막부에서 파견된 수행원 등 육칠십 명, 대마번에서부터 따라온 호행역이 무려 8백여 명, 앞서거니 뒤서거니 하며 줄을 이은 인부 3백50여 명, 거기에 마부(馬夫) 수십 명을 합하면 전체 행렬의 숫자는 1천7백 명을 웃도는 셈이다.

일행이 지나는 도로 양편에는, 몇 년 혹은 몇 십 년에 한 번 있을까 말까 한 이러한 장관을 구경하러 몰려든 인파로 붐빈다. 일본 특유의 연격자(連格子) 무늬의 창살 안쪽에서 내다보는 사람들, 다락방처럼 생긴 이층의 난간에서 고개만 내민 구경꾼들이 탄성을 지르며 법석이었다.

소년 아메노모리 호슈는 행렬을 따라 히코네까지 걸어갔다. 아니, 에도까지라도 그렇게 언제까지나 뒤따라갈 것처럼 장엄한 행렬의 광경에 넋을 잃고 있었다. 히코네에 당도할 무렵쯤엔 벌써 날이 저물어 어두웠다. 초롱불이 수십 리에 걸쳐 휘황찬란한 가도를 따라 걸으며 그는 무한한 감동에 사로잡혔다. 오늘 밤은 성주(城主)가 직접 나와 히코네 성의 남쪽 소안지[宗安寺:종안새의 숙사에 도착한 통신사 일행을 영접하고 성대한 잔치를 베푸는 밤이라고 들려주는 아버지의 손에 이끌려, 호슈는 거리마다 등불로 환해진 은성한 도회의 야경 속을 홀린 듯이 걸으면서 황홀해졌다. 의원(醫員)인 아버지도 조선 통신사를 면담하려고 며칠 전부터 고대하고 있었던 참이었다.

조선이란 나라에 대한 소년 아메노모리 호슈의 흠모와 동경은 이때

본 광경에서부터 시작되었던 것이다. 그것은 아주 자연스런 일로서, 어린 시절의 깊은 영향이 아마도 일생을 좌우하는 것인지도 몰랐다. 그가 가업이던 의사의 길을 팽개치고 조선어와 중국말을 익혀 외교의 길로 나선 뒤, 나중에는 직접 조선 통신사의 호행원(護行員)으로서 이 길을 걷게 된 것도, 알고 보면 바로 이때의 영향과 기억 때문이었을 것이다.

1711년과 1719년, 그는 두 차례나 통신사를 수행, 에도까지 왕복했다. 그 때 그의 나이, 각기 43세와 51세 때였다. 1711년의 제8차 조선 통신사 내왕 때의 일본측 호행대표는 당시 54세의 아라이 하쿠세키[新井白石]로서, 아메노모리는 그와 같은 기노시타 준안[木下順庵]의 문하였다.

그 아라이의 뒤를 이어, 그가 1719년의 제9차 통신사를 호행했을 당시에 조선측 제술관(製述官)으로 다녀온 신유한(申維翰) 공(公)과는 각별히 깊은 교분을 맺었다. 그래서인지, 이 때 쓴 신공의 일본 견문기라 할 『해유록(海遊錄)』에는 그의 얘기가 수시로 나온다.

에도 시대의 유명한 유학자 기노시타 준안 문하에서 아라이 하쿠세키와 같이 한학(漢學)을 공부한 후 대(對) 조선 외교의 창구였던 대마번의 관직을 얻어 외교·무역·통신사 호행에도 크게 활약했던 아메노모리 호슈——그는 진정으로 조선을 이해하려 했으며, 선린 우호만이 양국의 발전을 가져올 수 있다는 믿음을 가지고 있었다.

임진왜란을 일으킨 도요토미의 무모한 조선 출병에 대한 반성의 뜻과, 그 전란이 가져다 준 후유증을 청산한다는 의미로서도 그러했지만, 조선 통신사에 대한 도쿠가와 막부의 극진한 예우를 어릴 때부터 봐 온 시대적 영향 탓도 작용하여 그는 일찍이 도요토미의 침략을 명분 없는 전쟁이라고 날카롭게 비판한 적도 있었다.

그가 저술한 한글 연구서인 『교린수지(交隣須知)』나 『전일도인(全一道人)』, 조선에 대한 외교를 논한 『교린제성(交隣提醒)』 등에 나타나는 그의 조선에 대한 외교적 자세는, 한마디로 성신(誠信)이었다. 그가 62세 때였던 1730년에는 조선의 훈도(訓導) 현덕윤(玄德潤)과 서로 합의하여, 초량의 왜관과 각종 교섭을 담당하는 조선측 관청의 당호(堂號)를 '성신당' 으로 명명하기까지에 이른다.

하여간 조선땅에서도 가장 대마번에 가까운 부산포로 가끔 왕래하며 그렇듯 그가 성신의 교제를 하고 있을 무렵이었다. 하루는 매우 교분이 두터운 현덕윤의 제의를 받아, 그를 따라 지리산을 찾았던 사실을 아는 사람은 거의 없다.

그 산록의 경상도 쪽 어느 깊은 골의 암자에는 홀로 수도하며 이따금씩 약초를 캐러 다니고 침술에도 능하여 산 밑 마을로 내려가 자주 환자들을 무료로 치료하여 병을 낫우는 기인이 있었다. 호슈가 그 은거 도인을 찾아가 경세(經世)의 가르침을 듣고 격물치지(格物致知)했다는 일화를 아는 이는 매우 드물다. 그럴 수밖에 없는 것이, 한국에서는 물론이지만 일본에서까지도 실상 아메노모리 호슈에 대해 별로 알려진 바가 없기 때문이다. 그가 대마번이라는 변방에서 일생을 마무리했다는 까닭도 있으나, 주로 『에도시대사』 서술에서 조선 왕조와의 교린 관계를 일본측에서는 군국주의 식민사관에 의해 의도적으로 무시해 왔기 때문이다.

어째 됐든, 며칠 전의 일로서 왜관에 상주하는 관원 한 사람이 호슈의 심부름으로 왔다며 현덕윤을 찾았던 것이다. 대마도에서 선박이 들어왔는데 타고 있던 선원 하나가 갑자기 병에 걸렸으나 일본측 의원이 없으므로 조선 의원을 불러다 보이려고 하니 도와달라는 전갈이었다.

사신(使臣)이 다녀간 지 보름 남짓 되었을 때라 이번에 들어온 선박은 대마도에서 정기적으로 일 년에 여덟 번 도주(島主)가 보내오는 팔송사(八送使)가 아닌 것만은 분명하였다. 가끔 출몰하는 일본의 해적선을 기피해서 조선 조정에서는 대마도주에게 맡겨 놓은 구리도장(銅印)을 찍도록 관행을 만들어 통행의 증명을 받은 선박에 한해서만 입항을 허가하고 있었다. 임란 이후로는 그만큼 엄격하게 일본인의 출입이 통제되던 때였다.

　현덕윤이 부랴부랴 의원을 대동하고 왜관으로 가 환자의 병세를 진맥하고 살펴보게 한 결과, 소위 염병이라고 불리는 급성 장질부사였다. 나중에 돌아오는 일행을 배웅하러 따라나선 호슈와 함께 왜관을 나선 뒤로 사뭇 시오리 밖의 석비(石碑)가 있는 곳까지 모두 동행하였다. 이 석비를 경계로 그 당시 일본 사람은 더 이상 바깥으로 출입이 금지되어 있었던 것이다. 한데, 바로 그날 조선의 의술에 관해 이야기를 나누며 석비까지 걸어오던 도중 현덕윤의 제안으로 호슈는 며칠 뒤 이 석비 근처에서 조선 복장으로 갈아입고 그를 따라 먼 길에 나섰던 이야기는 역사의 기록 밖에서 야사(野史)로 전해져 오고 있다.

　앞서 얘기했던 그 암자의 위치는 지리산록의 덕산(德山)골을 지나 중산리로 올라가는 방향의 어디쯤 깊은 골짜기라고 전해 오기는 하나, 정확한 위치는 알 수 없다. 워낙 기인이라 거처하는 곳도 다만 그 노인의 기벽이나 성정에 걸맞은 그런 깊숙한 골짜기였으리라는 짐작만 갈 따름이다.

　현덕윤이 이 괴상한 노인의 소문을 들은 것은, 가위 영남 선비들의 정신적 지주였던 남명(南冥) 조식(曺植) 선생의 본향인 산음현(山陰縣:지금의 산청군)의 덕산골에도 몇 번 드나들며 그곳 유생들의 시회(詩會)에 참석하곤 했던 연유에서였다. 현덕윤은 호를 금곡(錦谷)이라 했는데,

한시를 잘 하고 글씨는 초서와 예서에 능하여 당시로선 꽤 알려진 인물이었다. 그들이 막 암자에 도착한 시각에 때마침 노인은 망태기를 메고 약초를 캐러 나서는 길이었다.

이순(耳順)을 갓 넘긴 나이라 호슈는 산길을 걸어오는 동안 벌써 힘에 부쳐 숨이 가빴으나, 도인(道人)을 보자 옆에서 금곡이 하는 대로 급히 두 손을 앞으로 모아 공손히 절하였다. 벌써 미수(米壽)는 지났을까, 머리와 눈썹은 백발인데도 고개 숙인 그들을 굽어보는 노인의 얼굴은 도무지 연령을 짐작할 수 없게 윤기가 돌았다. 고개를 들자, 그 괴상한 백발의 동안이 빙그레 웃고 있었다. 그렇게 잠시 노인은 마주 서서 말없이 고개만 몇 번 주억거리더니, 잠시 후 "따라오게." 하고는 산을 향해 우거진 숲 속을 앞장서 갔다. 찾아온 손님이라는 관념도 상대방에서 느끼는 입장일 따름이지 노인은 전혀 그런 걸 개의치 않는 듯했다.

"바로 이 산 너머가 청학동(靑鶴洞)이야. 여긴 북쪽이지. ……임진왜란 때 난리를 피해 숨어 들어온 사람들이 저곳에 터를 잡고 눌러 산 지도 이젠 백 년이 훨씬 넘는구면. 지금 살고 있는 건 그들의 후손인 게지."

노인은 지팡이를 들어 산 너머를 가리키는 시늉인 양 허공을 찔렀다. 그 지팡이가 가리키는 산 너머가 남쪽인 모양이었다.

"진시황 때도 난을 피해 숨어 들어간 무릉도원 이야기가 나오지만, 이 지리산에도 어느 구석엔가 그런 곳이 있다고 예전부터 전해 오지. 그게 청학동인데…… 하지만, 이 산 너머 골짝을 저들이 청학동이라 여기고 찾아든 건 잘못 짚은 게야…… 저긴 본래의 청학동이 아니지, 아직 그 위치는 아무도 몰라……."

혼잣말처럼 연방 중얼거리며 노인은 성큼성큼 산길을 올라갔다.

미리 목적지를 정해 두고 있어서 가야 할 방향을 분명히 알고 찾아가는 듯한 뒷모습이었다. 호슈는 뒤따라가며, 이 지리산의 어디에든 산죽(山竹)이 무성하여 둘러보면 사방 눈에 띄지 않는 곳이 없음을 새삼스레 깨달았다.

그 울창한 대숲을 끼고 돌기도 하고, 바위투성이의 비탈을 올라가기도 하면서 노인은 설벽 사나운 곳으로 그들을 이끌어 가고 있는 듯하였다. 벼랑 쪽으로 얼마쯤 더 가더니, 노인은 거기서 우뚝 멈추었다.

"자 보게."

뒤미처 노인이 서 있는 장소로 그들이 다가가자, 발밑을 가리키며 그가 말했다. 하지만, 호슈나 현덕윤은 노인이 가리키는 것이 구체적으로 무엇인지 금방 알아차리지 못했다. 단지 그들이 서 있는 장소에서는 자기네들로서는 이름을 알 수 없는 잡초 같은 풀들이 깔려 있을 뿐이었다. 그런데 그것이 '수자해좇'이라는 괴상한 이름을 가진 식물이며, 그 뿌리를 한방에서는 천마(天麻)라고 부르는 약초임을 알게 된 것은 노인의 자세한 설명을 듣고 나서였다.

그것은 보기에도 괴이한 식물이었다. 잎파랑이가 없는 황갈색 줄기에 고작 잎이라고 여겨지는 것들도 자세히 보면 작은 비늘 조각 모양을 띠고 각각의 마디에 돋아 있었다. 길이는 어른의 다리 높이쯤 될까, 줄기 끝에 담황색 작은 꽃들이 앙증스럽게 촘촘히 매달려 있었다. 그 모양새를 가리키며 노인이 말했다.

"이놈은 성미가 고약한 식물이라 사람 눈에 띄지 않는 곳에서만 자생하는 습성이 있거든. 그래서 이런 심산유곡의 벼랑 끝이나 인적이 없는 높은 등성이 같은 호젓한 곳에만 살고 있어서 하늘마(麻)라 하지. 줄기를 봐도 속은 비었고 밖은 곧으며, 게다가 덩굴지지 아니하고 가지도 없어. 그러니 언제 봐도 우뚝하고 깨끗이 서 있는 게야. 일테면 중통외직(中通外直)하고 불만부지(不蔓不枝)요, 정정정치(亭亭淨値)라 했것다. 옛적 송나라의 주무숙(周茂叔)이 연꽃을 군자에 견줄 만하다 하여, 그렇게 말한 바가 있네만, 나는 이 하늘마를 볼 때마다 군자의 덕행과 아울러 속세를 떠나 숨어 사는 신선 같은 은사의 품성을 보는 듯하이. 들어보게, 줄기의 속은 비어 통해 있는데 그 겉이 꼿꼿한 것은, 군자의 마음이 사리에 통달하고 그 행실이 도리에 맞아 꼿꼿한 것과 같으네. 함부로 덩굴지어 여기저기를 번거롭게 하지 않고, 가지를 많이 쳐서 다른 것에 치근덕거리지도 않는 천마의 생태 또한, 은자의 조신(操身)이 담담하고 결백한 것과 흡사하니라. 예로부터 늙은 신선 할미를 일러 마고(麻姑) 할미라 한 것도, 이 천마에서 이름을 따 붙인 비유의 명칭이지. ……한데, 정말로 신기한 건, 이 풀이 바람이 불면 가만히 있고 바람이 없을 때 저 홀로 흔들리는 묘한 성질을 가진 점이란 건 옛 의서(醫書)에도 나와 있네(此草有風不動無自搖). 〔《大方藥合編·本草》〕 그래서 정풍초(定風草)라고도 하고, 또 달리 독요초(獨搖草)라고도 일컫지. 이것 좀 자세히 보게. 여긴 벼랑 위의 바람받이인데도 흔들리지 않고 가만히 있잖은가. 실은 속이 비어서 바람을 그 줄기 사이로 고스란히 통과시키므로 흔들리지 않는 것인데, 이를 비유컨대 헛된 욕심이나 아무 탐욕도 속에 지니지 않은 은사는 외물(外物)이나 속세의 바람결에도 아예 요지부동인 것과 닮았다네. 바람이 없을 때 오히려 스스로 흔들리는 것은, 수기(修己)에 게으르고 쉽사리 나태와 용라(慵懶)에 빠지려는 자신을 끊임없이 흔들어 각성을 촉구하는 모습일세. 이거야말로 영락없는 은자의 생리요, 지조 있는 군자의 기품이 아닌가. 모름지기 자연을 바라볼 때에도, 그 가운데서 도리를 연구하고 도덕을 생각하는 눈으로 관찰하면 절로 인간의 본질을 터득할 수 있는 법……."

그러고서 노인은 허리를 구부려 발밑을 들여다보았다.

"이걸 좀 자세히들 보게."

그는 손에 든 지팡이로 여기저기를 더듬듯이 잡풀 속을 헤쳐 보았다. 아까 그 수자해좆의 밑둥치를 중심으로 그다지 멀지 않은 일대에 새로 돋은 싹들이 무수히 밀생해 있는 것을 이번에는 호슈도 현덕윤도 쉽사리 발견할 수 있었다.

"천마는 죽으면서 반드시 새끼[齣]를 치는데, 이 어린 땅속줄기들을 적전(赤箭)이라 이른다네. 이건 강정제로 쓰이는 약초지만, 캐낸 천마는 두통이나 어지럼증[眩暈], 중풍마비[風痺]에 효험이 있거든. 이게 참 묘하지 않나. 천마의 성품을 타고났으면서도 탐심 없는 그런 은자의 삶을 살지 못하면 십중팔구 늙마에 풍비로 고생하는 예를 내 눈으로 많이 봤거든. 대저 풍비란 게 뭔가? 그건 말이야, 속에 허욕이니 오만이니 고집이니 하는 것들이 꽉 들어차서 경직된 몸뚱이가 마비되는 병을 말함일세. 속을 비워 내지 않으면 바람이 통할 수 없듯이, 혈관에 피가 원활히 순환하지 못하면 동맥경화가 된다는 건, 정한 이치 아닌가. 이게 중풍의 원인일세. 속에서 바람이 지나갈 길을 막아 둠으로써 생겨나는 질병이 풍병이라. 그러니 이런 데에 천마가 효험이 있다는 건, 자연의 섭리로 볼 때 참 묘한 대응책이지."

노인은 말을 끊었다. 산바람이 불면서 저쪽 험준한 봉우리를 휘감은 운무가 계곡 아래로 밀려 내려가고 있었다. 잠깐 말없이 골짜기 아래를 내려다보던 노인은 호슈 쪽으로 고개를 돌리더니, 문득 생각난 듯이 물었다.

"듣자하니, 가업이 본디 의술이라고 했던가?"

"예, 그렇습니다." 하고 호슈는 얼른 대답했으나 노인이 새삼스레 그런 걸 묻는 의도를 알지 못했다.

"그런데 왜 그 길로 나가지 않았나? 자네야말로 내 눈엔 의원이 최적격으로 보이고, 또 마땅히 그리됐어야 옳아……."

"하오나 가업을 그만두고서라도 외교의 길을 걷고 싶다고 결심했을 때에는 그만한 까닭이 있었습니다. 소생은 일찍이 조선을 흠모하고 그 높은 도덕과 학문적 기풍을 존경하며 이를 본받고자 해 왔습니다. 조선을 흠모하는 그 마음속에는 단순히 선진 문화에 대한 갈구와 동경보다는 고결한 선비 정신에 더 많이 이끌렸다고 여겨집니다. 그래서 조선을 진정으로 이해하고 배운다는 것이 제게는 의술을 깨쳐 가업을 잇는 것보다 더 소중한 일이라고 판단했지요. 때문에 젊어서 대마번에 벼슬을 구하여 대(對)조선 외교의 길로 들어선 이래 여태 후회한 적은 없습니다."

호슈가 그렇게 진심을 말하니 노인은 "그래?" 하고 고개를 끄덕였을 뿐, 거기 대해선 더 이상의 말꼬리를 달지 않았다. 그 대신 느닷없이,

"조선말을 아주 잘 하는구면."

하고 엉뚱한 곳으로 말머리를 돌렸다. 그러는 노인의 얼굴에는 금방 가느다란 웃음이 떠올랐다.

"이웃 나라와의 교섭에서는 단순히 외교상의 방편에서가 아니라, 첫째 그 인정과 사정을 아는 것이 가장 긴요하다고 생각했고, 그러기 위해선 먼저 그 나라 말을 아는 것이 중요했습니다."

현덕윤이 옆에서 호슈의 말을 듣고 그의 진실됨을 자세히 알리고 싶은 듯 한마디 거들었다.

"여기 아메노모리 공은 진실로 조선을 이해하려는 입장이며 성신(誠信)의 교제로써 이를 실천궁행하는 자이옵니다."

"그래 다 옳은 말이야. 허나, 성신이란 구체적으로 어떤 것을 이르는 말인가?"

노인은 현덕윤의 얼굴에서 이번에는 아메노모리에게로 다시 눈길을 돌리며 물었다. 그의 대답을 직접 듣고 싶다는 듯이.

"예. 그건 서로 속이지 말고 다투지 않으며 진실로써 사귀는 것입니다."

"허허! 그건 너무도 피상적인 논지라, 결국 하나마나한 소리로군."

노인은 고개를 설레설레 저었으나 표정은 온화하였다.

"속이지 않는 것은 속임을 전제로 한 것이고, 다투지 않는 것은 다툼을 전제로 한 것이야. 그리고 진실은 거짓을 전제로 한 말이지. 남을 먼저 속이려 들지 않는다면 속이지 않겠다는 말이 필요 없고, 먼저 싸움을 걸 생각이 없는 자에겐 앞으로 다투지 말자는 말이 필요 없지. 또한, 본디부터 됨됨이가 진실한 자에겐 거짓말을 않겠다는 약속이 필요 없는 법이네. 서로 속이거나 다투지 말자고 하지만, 그러나 한쪽이 먼저 그것을 어기면 그때는 어찌하겠다는 뜻인가? 상대방이 먼저 속이고 싸움을 걸어오면 나도 똑같이 그렇게 맞서 응징하겠다는 논리인가? 아니면, 그저 당하고만 있겠다는 뜻인가? 서로 속이지 말고 다투지 말자는 건, 전에 그랬으니 앞으로는 그러지 않겠다는 이기적 논리일 뿐일세. 그건 한때 이 땅에서 온갖 노략질과 살상을 자행했던 왜적들이 그만한 보복이나 응징의 대가를 치르지 않고 내세우기 적당한 변설이 될 법도 하네만, 억울하게 당한 쪽에서는 그런 것이 정말 성신으로 통할 것 같은가?"

노인은 지팡이를 잡고 선 채 벼랑 위로 불어오는 산바람에 백발을 나부끼며 지그시 눈을 감았다. 마치 그 바람이 진정하기를 기다린 뒤에야 비로소 움직일 듯한 모습으로 꼼짝 않는 독요초처럼.

"하오나, 저로서는⋯⋯."

호슈는 안타까웠다. 단지 자신이 왜인이라는 이유 하나로 백 년도 훨씬 넘게 지난 과거의 일이 된, 도요토미의 야망으로 빚어진 조선 침략의 전비(前非)를 들추어 노인이 지금 그것과 자기를 연관지어 책망하려 한다면, 이는 부당하다고 생각하고 있었다.

"뭐라고 꾸짖은들 다만 소생은 그 성신의 마음가짐에 터럭만큼의 거짓도 없고자 노력할 따름이외다. 더구나 훌륭한 가르침을 베푸신 스승에 대한 예를 갖추는 겸손으로 한결같이 조선을 대하는 소생의 자세만큼은 늘 변함이 없소이다."

호슈는 속으로 못내 서운하고 어쩐지 억울한 느낌까지 들어, 항변하듯 진심을 터놓은 그 목소리마저 딱딱해짐을 어찌할 수가 없었다.

노인을 그제야 감았던 눈을 뜨고 조용히 입을 열었다.

"무릇 배움을 받는 자의 태도가 그래야 함은 마땅하나, 대저 스승이란 무엇인가? 나를 가르치기 때문에 당장에는 본받아야 할 존재이나, 언제고 뛰어넘어야 할 대상이지. 훌륭한 스승일수록 존경의 대상, 본받아야 할 대상도 되고, 극복의 대상도 되는 셈이야. 아무튼 가르치는 스승이 그러한 것이라면, 배우는 제자는 또 어떤 입장인가? 스승을 대하는 제자의 태도에는 크게 세 가지 유형이 있느니라. 어떤 경우에든 대상을 전제하지 않은 극복이란 있을 수 없듯이, 스승의 존재가 언젠가는 반드시 넘어서야 할 극복 대상으로서 자아 형성의 본보기가 되고, 그래서 그를 따르며 존경하는 사이 어느덧 스스로의 인격 완성을 가져다 준 그 은혜를 항시 고마워하며 겸손할 줄 아는 태도가 그 첫째요, 극복하고 능가함으로써 스승의 존재를 깔보기 시작하고 우습게 여기는 부정하려는 태도가 그 둘째요, 아예 그 경지에 도달하지 못함으로써 극복에의 좌절이 가져다 준 심적인 단절감이나 거부감 속에 싸여 지내는 경원의 태도가 그 셋째니라…….”

숨을 뱉듯이 단숨에 말하더니 노인은 잠시 생각에 잠기는 모양이었다. 호슈는 그만 저도 모르게 노인의 언중유골에 마른 침을 꿀꺽 삼켰다.

“스승과 제자라고 하는, 개인과 개인의 관계에서도 이러할진대 하물며 국익(國益) 추구라는 이해타산으로 얽힌 나라와 나라 사이끼리는 더 일러 무엇 하랴. 역사가 오랜 조선을 대하는 젊은 일본적 가치관을 두고 말하자면, 조선은 언제고 뛰어넘어야 할 스승의 위치에 있다고나 하겠지. 허나, 조선을 보는 일본의 또 다른 시각에서는 부러움과 존경의 대상이면서 한편으로 무너뜨리고 싶은 거대한 억압체로 보이는 게 또한 조선이야. 무너뜨려서라도 극복하고 싶은 조선─그렇게 내심으로 생각하고 있는 한, 그 부정의 정신이 오히려 내부의 결속을 다지면서 일본적인 새로운 가치 체계의 형성을 돕고 미약한 자기 존재를 실체화하는 데 이바지하는 셈이지…… 역사적으로 오랜 기존의 가치 체계를 지닌 조선과 새로운 가치 체계를 형성해 가는 일본은, 앞으로도 그칠 새 없이 한쪽의 도전에 또 한쪽의 응전이라는 충돌과 갈등이 되풀이될 것이 뻔하네. 이를 통해 서로가 균형 잡는 변모를 이룰 때까지는 두 나라 간의 적대 관계는 영구히 지속될 것이야. 내 이 말을, 공은 명심해 듣게나.”

낮으나 또렷하게 호슈의 귓전을 울리는 그 목소리는 도무지 저항할 수 없는 강도로 그를 짓누르며 한층 그의 마음을 찔러 왔다.

“당신네 섬나라가 바다 한가운데 떠 있어, 영원히 대륙과는 어찌할 수 없는 거리감을 유지한 채 고립되어 있듯이, 그 존재하는 이치로 헤아리건대 섬이라는 단절의 공간에서는 언제나 타국에 대하여 대립적 관계에 놓여 있을 수밖에 없네. 그 지정학적 숙명 때문에 현실에 대응하는 방법의 선택마저 한정될 수밖에 없다는 것도 사실이지. 사방으로 둘러싸인 바다를 어느 방향으로나 열린 개방적인 공간으로 활용하고자 할 때, 일본은 자체 내의 축적된 힘을 바탕으로 저 임진왜란 같은 침략 전쟁을 일으키는 쪽으로 나아가는 것이야. 이때마다 가장 인접한 조선은, 은혜를 배신으로 갚는 질 나쁜 제자의 못된 근성에 의해, 애매한 희생과 뜻하잖은 피해를 맛보며 고통 받는 스승 꼴이 되고 말 것이고……. 허나, 만약에 그러한 해외로의 진출이 좌절됐을 때는 그 바다 때문에 오히려 사방이 가로막힌 섬은 어느 틈에 패쇄적 공간으로 변하고, 당신들은 그 배타적 현실 내부에 자기 나름의 아늑한 도피처를 꾸며 놓고 그 속에서 좌정관천(坐井觀天)의 자유를 노래하며 차라리 만족하는 쪽을 택하겠지. 이렇게 될 경우에는 따라야 할 전범도, 극복의 대상도 잃어버린 셈……. 그러니 제각기 앞날을 예견할 수 없는 불안감만 날로 쌓이고 사회기강은 문란해져 풍속은 퇴폐적인 향락으로만 치닫게 되어, 나라 전체가 힘의 응집력을 잃고 혼란에 빠짐은 자명한 일……. 본받아야 할 스승이 없는 상태에서 끝내는 그 고립을 견뎌 내지 못하는 것이 또한 섬이라는 단절된 공간이 갖는 운명론적 입장이지. 결국 이도 저도 다 국가나 민족의 장래를 위해서 바람직하지 않다는 판단이 서게 되면, 그때는 선린 우호를 표방하는 화해의 방향으로 금세 정책 전환을 할 수밖에 달리 도리가 없는 것도 섬나라가 지닌 특성이지. 그 방향의 어느 쪽을 지향하든, 일본인들 개개인은 그 세 가지의 극히 한정된 삶의 유형 가운데서 한 가지를 각기 자기 삶의 방식으로 선택해서 살고 있다는 얘기가 되는 것이네……."

이 같은 노인의 설명을 귀담아 들으면서도 지금 아메노모리 호슈가 떠올리고 있는 것은 아직도 생생한 실감으로 기억되는 아라이 하쿠세키의 생전의 모습이었다. 같은 기노시타 문하이면서도 1657년생인 아라이는, 아메노모리보다 십일 년 연상이었다. 몇 년 전에 68세를 일기로 세상을 떠난 그는 대 조선 외교에 대한 정책 변경을 강력히 주장해 왔던 자였다. 이를테면 아메노모리가 조선에 대한 일본측의 기본 자세를 성신의 사귐으로 임해야 한다고 주장한 것에 비해, 아라이의 속셈은 필요한 경우에만 사귀되 어디까지나 국익 우선을 염두에 둔 일종의 국수주의적 입장을 취했다.

그는 할 수만 있다면 조선을 무너뜨려서라도 반드시 극복해야 한다는 생각을 뱃속에 감추고 있었던 자로서, 종종 "조선에 넋을 잃어서는 큰일이다. 일본의 넋까지 빼앗겨서는 안 된다."고 말하곤 하였다.

조선에 대한 이러한 우려에서 비롯된 과잉 경계심은 그가 에도 막부의 제5대 장군—(德川家宣)—의 고문으로 있을 때 더욱 깊어졌다. 특히 1711년 조선 통신사의 내왕 때 직접 일본측 호행 역을 대표한 아라이는 이때부터 막부에 건의하여, 성대했던 접대의 규모를 간소화하고 축소시켜 조선에 대한 일본측 외교 자세에 미묘한 변화를 가져오게 만든 장본인이기도 하였다.

그런 사정을 잘 알고 있는 아메노모리가 1719년의 제9차 조선통신사의 호행 역을 맡았을 때도, 그 역할의 선임자였던 아라이의 주장과 건의가 막부측에 그대로 받아들여졌던 것인데, 결국 아라이의 속셈에 따라 히코네 성에서는 접대 책임자인 성주가 일부러 불참하는 사유가 되기도 했다. 예로부터 히코네 성은 바쿠후[幕府]측에서는 항시 천황이 살고 있는 교토를 감시하는 요새지였던 만큼 에도의 도쿠가와 막부로서는 직속 무사인 이이[井伊] 집안을 대로 이곳 성주로 삼고 있었다. 조선 통신사는 가는 곳마다 성대한 접대를 받았지만 특히 히코네 성주가 두드러지게 성의를 보인 것은, 실권자인 도쿠가와 가문과 이이 가문과의 이 같은 긴밀한 관계가 작용하고 있었던 탓이었다. 아닌게아니라, 어느 번주(藩主)보다도 더욱 극진한 예우로써 조선 통신사를 영접하는 일이야말로 이를 중히 여기는 도쿠가와 가문에 대한 충성으로 곧바로 이어지는 일이었기 때문이다.

그러나 아메노모리가 제9차 통신사를 수행했던 그 1719년의 히코네에서의 숙박 때는 극진한 대접에 변함은 없었으나, 때마침 에도에 출사 중이던 번주―(井伊直惟)―가 일행을 맞으러 귀향하는 성의는 보이지 않았다. 벌써 오래 된 옛일이지만, 호슈가 태어나기도 전인 1624년의 사행(使行) 때는 에도에 가 있던 당시의 번주―(井伊直孝)―가 통신사 일행의 접대를 진두지휘하기 위해 급히 영지로 되돌아오기까지 했다고도 하는데, 그 때에 비하면 사정이 많이 달라져 있었던 것이다. 아메노모리는 이때의 일을 잊지 않고 있었다. 더욱이 그 자신이 통신사 호행 역의 대표격이었던 사정도 있었거니와, 그 무렵부터 아라이 하쿠세키에 의해 서서히 일기 시작한, 조선에 대한 일본의 외교적 시각의 변모를 못내 애석하게 여기고 있었다.

9년 뒤인 1728년에 저술한 『교린제성(交隣提醒)』의 첫머리에서 대조선 외교에 관한 일본측의 기본자세를 새삼 거론할 때도 그는 당시의 기억을 염두에 두고 있었던 것이다. 이후 조선의 주자학을 숭상하며 친한적(親韓的)이었던 한학파가 에도시대 말기에 오면서 쇠퇴하고, 그 대신 자국의 우월성을 일방적으로 기록한 『일본서기(日本書紀)』에 바탕을 둔 국수주의적 국학파인 아라이 하쿠세키를 시발점으로, 점차 일본 우위의 정책노선과 지도이념으로 탈바꿈을 시도하고 있었다. 그것이 당시의 일본 정세였다.

그런데, 조금 전 이 정체를 알 수 없는 노인의 입에서 흘러나오는 깊은 통찰력에 아메노모리는 놀라면서, 아리이와 얽힌 저간의 사정을 머릿속에 되새겨 보았다.

"공은 내 말을 명심하여 들으시오."

노인은 잠깐 뒤에 다시 말을 이었다.

"당신의 삶은, 방금 내가 지적한 그 세 가지 형태의 어느 것에도 전적으로 속하지 않는다고 말하고 싶으렷다. 허나, 아무리 부정하려 해도 마음 한편에선 은연중 이를 공감하지 않을 수 없다는 점에 공의 괴로움이 있을 게요. 조선과의 외교상 선린 우호를 주장한다는 점에서는 비록 화해의 방향을 선택하고 있는 듯이 보이기도 하지만, 그러한 소망과 꿈이 오직 환상에 불과할 뿐이라는 걸 스스로 알고 있지. 게다가 섬나라의 지정학적 숙명 때문에 고립과 화해와 극복과 침략, 그 어느 한 쪽을 택하여 살아가면서도 그때그때 정책 노선의 변경에 따라서는 세 가지 방향을 차례로 답습할 도리밖에 없다는 것도……. 한데, 내가 보기에 공은 차라리 고립하여 배타적 현실 내부에 자기 나름의 아늑한 공간을 만들어, 그 속에서 평화를 누리는 삶의 유형에 알맞은 성정을 타고난 것으로 여겨지오. 바로 그 사실을 또한 누구보다 스스로 잘 알고 있다는 점에서 당신은 독요초와 같은 생리를 지닌 인간이지……."

말이 떨어지자, 자기도 모르게 무릎을 꿇으면서 호슈는 새삼스레 노인의 얼굴을 우러러보았다. 걸릴 것 없는 산중턱이라 바람에 실려오는 운무가 벼랑 일대를 휘감고 있는 가운데 그의 눈에는 지금 자기 앞에서 지팡이를 들고 서 있는 이 백발노인의 모습이 마치 하늘에서 내려온 신선인 양 보였다. 만약 이 광경을 때마침 멀리서 바라본 나무꾼이라도 있었다면 그의 눈에는 아마도 구름 위에서 세 신선들이 한창 담소라도 하고 있는 모습으로 비쳤으리라.

"참다운 성신의 사귐이란 어떤 것입니까?"

호슈는 어쩐지 아라이 하쿠세키와의 생전의 일들이 자꾸 떠올라 그것을 물었다. 그는 아라이에 의해 태동하기 시작한 국수주의적 국학파의 세력이 점차 나라 안에 확산되는 사실이 못내 우려되었던 것이다.

노인은 마침내 이렇게 말하였다.

"진정한 우호가 싹트기를 바란다면 그건 호의를 베푼다는 마음과 행동이 일치할 때만 가능한 일일세. 모름지기 화해란, 이웃에 피해만 주고 그것을 무마하려는 술책이어서는 안 되는 것이네. 그런데도 도움은커녕 항시 이웃 나라의 부강을 경계와 불안으로 대하는 섬나라 근성을 못 버리는 한, 일본과 조선은 영원히 화동할 수 없는, 가깝고도 먼 이웃일 수밖에 없지. 이웃과는 반드시 큰 격차가 져야만 안심할 수 있다는 간특하고 심술궂은 마음보로써 장차 조선에 소위 근린 궁핍화 정책을 주도할 자들이 누구겠는가? 다름 아닌 조선을 가장 잘 안다는 사람들일 테니 두고 보게나⋯⋯."

노인의 한마디 한마디는 마치 자신의 내면을 환히 들여다보고 있는 듯하여, 호슈는 어쩐지 가슴을 꿰뚫리는 기분이었다.

이날 이후로 아메노모리 호슈에게는, 그 지리산록(智異山麓)의 은거 도인과의 만남의 의미가 그의 나머지 생애에 짙은 그늘을 드리우게 된다. 그리고 늘그막에 새삼스레 한 인간으로서의 새로운 가치 체계의 형성을 도운 계기로 느껍게 추억되곤 하였다.

요컨대, 그것은 단순히 일본인으로서의 존재론적 각성을 일깨워 준 만남의 마련만은 아니었던 셈이다.

⋯⋯그리고 이 부분은 어디까지나 필자의 생각에 속하지만, 그의 경우 언제나 만남이란, 존재론적 단절의 심적 공간에서 떠돌던, 그래서 섬처럼 고립되었던 자아를 현실 혹은 타인과 나름대로의 가교로써 잇거나, 그냥 본래의 대립적 관계로 방치해 놓거나, 둘 중의 하나

였던 것이다. 거부와 화해의 어느 쪽이든, 현실에 대처하는 스스로의
삶의 방법의 선택에는 좌절과 갈등, 혹은 타협, 심지어 도피와 증
오──그런 온갖 복합적인 것들의 어울림에 의한 선택도 있음이 사실
이다. 만약 전적으로 거부도 화해도 아닌 삶이 있다면, 그것은 역설적
이게도 양자의 어느 유형에도 속하기를 거부하는 또 하나의 극단적
인 위치에서 녹요조와 같은 생리를 닮은 삶이 아니있을까?

   아무튼 그 만남 이후로 아메노모리 호슈는 한일 간의 역사적 현장
에서 영원히 퇴장하고 있다. 그는 만년을 고향인 다카츠키마치[高月町]
에 은거한 채 후학을 가르치는 일에만 전념하고 있었다. 마치 아름다
운 비와고(琵琶湖:비파호)가 내려다보이는 고향 언덕 위에 외로이 몸을
숨긴 천마(天麻)처럼. 때로는 저 홀로 흔들리는 그 풀의 또 다른 이름
독요초처럼.

   그리하여 그는 삶에 대한 목표가 영혼과 영혼끼리의 어떤 인간적
관계가 아니라, 영혼의 영원성을 바탕으로 한 무형의 초월적 만남임
을 깨닫고 있었을까? 그리고 이러한 영원성에 접근하기 위한 하나의
방법이 이처럼 은둔을 통한 수도(修道)였을지는 모르지만…….

비형랑의 낮과 밤

옛날, 신라 진평왕 때도 비형랑이란 젊은이가 있었는데,

매일 밤 서라벌 서쪽 언덕인 황천(荒川)에 가서 도깨비 귀

신들을 데리고 놀았다는 얘기가 전해오지.

비형랑(鼻荊郎)의 낮과 밤

1. 틈 [時·空間]

거기까지 가는 길은 멀었다.

도회의 일상에 지친 마음이 쉴 그루터기를 나는 가까스로 '숲안골'에서 발견했다.

모른 채 찾아가는 길은 처음엔 낯설고 멀게 마련이었다. 그러나 차츰 익숙해지자 길은 내 마음 속에 있었고 눈을 감고도 머릿속에 상세히 그려졌다.

지난해 늦여름에 숲안골로 들어와 6개월쯤 지난 지금은 해가 바뀌어 한겨울의 막바지에 다다랐다. 그리고 이 겨울 내내 숲안골엔 너태위로 부는 독기 머금은 찬바람만이 막막한 한숨이거나 신음같이 골을 휩싸고 돌았다.

2월 중순에 들자 한결 너그러워진 햇볕에 푸석푸석 부풀어오른 논밭의 흙덩이들은 긴 겨울 가뭄에 엉그름진 채 이제 곧 걸기질할 손길만을 기다리고 있었다. 해가 조금씩 길어지면서 하루가 다르게 산과 들엔 가물가물 봄기운이 어리비치기 시작한다. 가뭇없이 멀어져 간 겨울의 끝자락에 너스래미처럼 엉겨붙은 스산한 감각의 여운을 떨쳐 내려 안간힘을 쓰는 훈풍이 불었다.

오래지 않아 봄이 오리라. 모든 사물의 끝마디가 고운 것은, 다음 마디에서 비로소 새순이 돋는 이치 때문일 것이다. 한 고비가 끝날 때마다 다른 시작의 기대감으로 설레기 마련이듯 봄의 준동(蠢動)이 사방에서 속닥이고 숙설거리며 은밀하게 예비되고 있었다.

완연한 봄기운이 눈앞에 얼쩡대던 2월 하순, 뜻밖에도 큰 눈이 내렸다. 달력상에는 입춘이 지났건만 전례 없는 한파와 폭설이 연이틀 몰아쳤다. 여기저기 이농(離農)한 폐가를 제외하면, 젊은 자녀들은 모두 도회지로 나가고 노인들만 남은 가옥 열두 채가 전부인 숲안골의 이 한갓진 곳에서는 시간의 흐름마저 문득 멈춘 듯했다. 그리고는 정적 속에 쌓이는 눈과 더불어 흐름이 끊긴 개울처럼 점점 얼어붙고 있었다.

펄펄펄, 흩날리는 눈보라의 소리 죽인 흐느낌이 연이틀 허공을 가득 채우더니, 어느새 밤의 밑바닥에 깔렸던 눈밭은, 마침내 달이 떠오르자 어둠을 발밑에서부터 하얗게 밝혀놓았다. 천지간 눈에 덮여 깊어지는 적막 속에 나는 포위되어 있었고, 이 으슥한 도린곁은 바깥세상과 더욱 단절돼 가고 있었다. 내가 원한 생활이었으나, 시름 또한 깊었다.

겨울 한 철 내내 눈이 드문 이 남부 지방에서 지난 12월 첫눈이 내렸을 때도 여기 사람들은 웬일인가 했었다. 그들은 새해엔 농사가 풍년 들려나, 하고 희망 섞인 말들을 주고받으면서도 내심으론 딸기 농사짓는 비닐하우스의 지붕을 덮누르며 쌓여가는 눈 걱정을 하고 있었다. 하여간 눈 때문이었다. 먹이를 찾지 못한 배고픈 직박구리떼가 시골 인가의 감나무에 쉴새없이 날아들었다. 늦가을 일부러 다 따지 않고 까치밥으로 남겨둔 묵은 홍시들을 노리고 엉뚱한 직박구리 놈들이 가지마다 떼지어 내려앉아 시끄럽게 지절대며 쪼아 먹었다.

그런데 또 눈이 내린 것이다. 초봄부터 이상기후의 뚜렷한 조짐이 심상치 않았다.

흰 눈발 자욱한 허공 멀리 깨알처럼 수놓는 새떼들이 물결처럼 모래 위에 풍문(風紋)을 그리듯 펼치는 군무. 나지막이 연이은 저쪽 구릉 아래 눈 덮인 들판에는 예제없이 시커먼 갈가마귀 무리가 한 무더기씩 둘러앉아 무얼 파먹는지 연신 꿈지럭거리는 광경. 이따금 먹잇감을 찾아 겁 없이 인가 근처의 나뭇가지 사이로 포르르, 포르르 날아드는 작은 멧새들이랑 참새 떼가 어지러이 옮겨 다니는 부산한 날갯짓. 그때마다 눈 쌓인 굵은 가지 끝으로 수없이 뻗친 잔가지들은 가벼이 몸서리를 치며 흰 눈가루를 사방으로 흩뿌렸다.

그 무렵, 나는 대개 그런 단조로운 바깥 풍경만 내다보며 숲안골 황톳집의 대울타리 안에서 무료하게 소일하고 있었다. 눈보라 때문에 부득이 출입이 제한된 탓이란 건 사실은 핑계에 불과했다. 시골에 이사 온 뒤로 큰맘 먹고 대작(大作)을 써보려고 했던 나의 계획은 지지부진하기만 할 따름이었다. 무엇보다 사물에 대한 관찰과 사색의 깊이가 응집된 문장을 이뤄내는 일이 힘겨워, 매일 소설 구상만 하며 빈둥거리다시피 하는 나날이었다.

진주 도심지에서 차로 30분 남짓 거리인 수곡면(水谷面) 소재의 어느 후미진 산기슭에 황톳집 한 채를 마련하고 글 쓰는 일에만 전념해 보려던 게 애초의 속셈이었다. 집필하는 틈틈이 작은 남새밭이나 가

꾸며 세상과 절연한다는 기분으로 이 벽촌 도린곁에 둥지를 틀고 수도승처럼 들앉은 지 한 반 년쯤 지났다. 진주 시내에 있는 가족과도 떨어져 여기서 혼자 생활해 온 시간이 꼭 그만큼 되었다는 뜻이다.

전화기도 TV도 일부러 들여놓지 않았다. 전기는 들어오지만 워낙 오지여서 지형적 여건상으로도 본래 TV 난시청 지역이었다. 게다가 휴대전화 통신기지국의 송신탑이나 안테나조차 근방에는 없었다. 그래서 기왕 지니고 들어왔던 휴대폰도 여기선 불통이었으므로 있으나 마나였다. 꼭 통화할 일이라도 생기면 무용지물인 그 휴대폰을 들고 산기슭 아래로, 지프나 작은 용달차 한 대쯤 드나들 수 있는 완만한 비탈길을 800미터 정도 걸어 내려가, 하루 네 번 왕복 운행하는 시내버스 종점이자 회차지(回車地)인 평지까지 이르러서야 가능했다. 아내는 아무데서나 잘 터지는 성능 좋은 휴대폰으로 교체하기를 몇 번이나 권유했지만, 일부러 외부와 소식을 끊고 지내고 싶은 나는 굳이 그럴 생각이 없었다.

정기버스가 드나드는 이곳은 예순일곱 가구가 꽤 번듯한 마을을 이루어, 외형이 그럴싸한 마을 구판장도 있고 주점을 겸한 식당도 있었다. 이른바 '종점마을'이다. 이 동네에선 내가 사는 위쪽 산기슭을 가리켜 '숲안골'이라 불렀다.

2주(週)에 한 번 정도 아내가 밑반찬을 장만해 갖고 주말여행 삼아 숲안골로 올 때 말고는 나 혼자서 끓여 먹고 설거지하며 그럭저럭 생활해 나갔다. 내 거처는 재래식 흙벽 집을 모방해 황토와 통나무로 지은 소위 친환경적 자연주택이었다. 현대식 주방시설에 냉장고도 갖추었고 실내에 욕실을 겸한 화장실까지 꾸며 놓아 아무 불편함이 없었다. 추운 겨울에도 기름용 온수보일러를 돌려 실내는 훈훈했다. 나름대로 모든 것이 다 갖춰진 터여서 이래저래 세상과 담을 쌓고 지내기엔 안성맞춤인 곳이었다. 그렇다고 아예 세상일을 잊는 것만은 또 마땅히 경계해야 할 일이긴 하였다. 어쨌거나 세상과 소통할 수 있는 길이 오롯이 내 마음 속에 있다는 걸 모르진 않았지만……

이따금 바깥세상과의 교섭을 위해 내 의지에 따라 소통할 수 있는 방편은, 그나마 '숲안골'의 비탈길을 10분 가량 걸어 내려간 '종점마을' 평지에서나 사용 가능한 휴대폰이 고작이었다. 보일러의 기름을 새로 채워 넣거나 주방용 가스가 필요할 때면 거기서 전화로 시오리쯤 더 떨어진 면사무소 주변의 거래처에 배달을 요청하면 되는 것이었다.

어쩌다 한 번씩 오토바이를 타고 숲안골을 찾아오는 우편배달부가 산기슭의 비탈길을 오르며 가속도를 붙일 때 내는 엔진의 부르릉거리는 소리, 혹은 끼익, 브레이크 밟는 소리 따위가 일순 이 한적한 자연의 조화를 깨뜨리는 소음일 뿐. 동네어귀에서부터 우거진 숲──느티나무, 소나무, 팽나무, 때죽나무, 산벚나무, 느릅나무, 배롱나무…들과 돌담을 낀 골목길 안쪽의 대숲──사이를 오가며 지저귀는 곤줄박이, 동고비의 울음소리, 또는 이 산동네에서 가장 높이 허공을 뒤덮은 버즘나무 우듬지에다 둥지를 짓고 시나브로 까악, 까악 우짖는 까치소리마저 귀에 거슬리기는커녕 도리어 숲속의 고요함에 깊이를 더해주고 그 정적을 확인시켜 주는 듯했다. 본디 철새였으나 계절의 변화에 둔감해져서 월동을 위해 원양을 건너는 본성을 잊어버린 새들도 더러 있었다. 그놈들은 언제부터선가 이곳에 둥지를 틀고 텃새가된 채 인가 근처를 맴돌며 결코 멀리 떠나지를 않았다. 말하자면 숲안골은 그런 곳이었다. 그리고 인가는 여기까지가 끝이었다.

골이 아주 깊어, 산이 있는 위쪽으로 더 올라갈수록 길은 좁고 험해진다. 대개 이 지역 사람들의 조상 무덤이 몰려 있는 곳으로, 거긴 망자의 영역에 속했다. 조상숭배 문화의 전통에 따라 선조들의 묘지에 제사 지내는 후손들은 이 길을 따라가 정해진 성묘날에 조상과 규칙적으로 만나게 되는 셈이었다. 그래서 일상적인 삶의 세계가 죽음과 연결되는 길이기도 하였다. 유교에서 말하는 죽음 너머의 세계는 이처럼 후손들의 삶의 세계와 불가분의 관계를 맺고 있었다. 그렇기에 응당 제삿날 조상의 영혼도 후손들에게 영향을 미치러 이 길을 몰래 오가는 것이라고 모두들 믿었다.

그 무덤들 너머 상층부로 갈수록 졸참나무, 상수리나무, 떡갈나무 같은 수목들이 많아지고, 그보다 더 위쪽으로 침엽수림이 울창한 곳에 수도승의 암자가 있다고 들었으나 나는 거기까지 가본 적이 없다.

세상의 소식을 정확히 알려주는 신문도 아래쪽 종점마을까지만 배달된다. 따라서 정기구독을 원할 경우에도 거기 구판장까지 가서 챙겨 와야 하는 번거로움을 감내할 수밖에 없었다. 정식 상호가 '종점마을 구판장'인 그 잡화점은 시내에 있는 신문사지국에서 첫차 편으로 부쳐오는 각종 일간지들의 보급소 역할도 겸하고 있었다.

나는 매일 잠자리에서 일어나면 산책 삼아 10분 가량 종점마을까지 걷는다. '숲안골 황톳집'으로 통칭되는 내 거소(居所)로 배달돼야 할 신문은 그곳 구판장에 임시 보관되어 있으므로 그걸 챙겨 돌아오는 일과는 내게 적당한 아침 운동이기도 하였다. 아내와 통화하며 집안 안부를 묻기도 하고 이런저런 의논할 일도 종종 이때를 이용했다.

언젠가 한 번은 통화중에 이런 말을 하였다.

"그저께 서울서 당신 찾는 전화가 왔었는데…… 대한일보사에 있는 당신 친구분, 권희도 씨 말예요."

"아! 권희도…… 무슨 일로?"

희도는 나랑 고등학교동창이다. 학창 시절부터 단짝친구였던 그와는 꽤 오랜 세월이 흐른 지금까지도 이따금 연락하며 지내는 사이였다.

"그야 모르죠. 그냥 안부 전화인지, 통화 좀 할 수 없느냐고만 할 뿐 구체적인 내용은 나한테까지 말할 수 있는 건 아니잖아요?"

"하긴 그래."

아내로서는 전화 통화도 힘든 시골구석에 내가 들어박힌 자세한 사연을 대신 설명해 주기가 곤란했을 터였다. 연락할 방도나 현재의 내 주소를 알려 달라는 권 기자에게 아내는 조만간 내 쪽에서 직접 연락을 취하도록 하겠다는 약속을 하고 그의 휴대폰 번호를 적어 놓았다면서, 내게 일러주었다.

어쨌든 아내와 통화하던 그날 나는 친구의 휴대폰 번호를 내 것에 저장하면서도 별일 아니려니 생각했다. 나를 찾아 급히 상의해야 할 용무가 있어서라기보다 단순히 안부 전화라고만 지레짐작한 나는 차일피일 연락을 미루고 있었다. 아니, 일부러 그런 게 아니라 그냥 잊고 있었다.

2. 풍경(風景)

그런데, 뜻밖에 폭설이 내려 모든 게 두절되어 버렸다.

눈 속에 고립된 채 바깥세상과의 단절이 일주일쯤 지속된 뒤 겨우 눈이 녹았다. 산그늘이 진 곳과 햇볕 들지 않는 응달엔 아직 잔설이 남아 있었지만 숲안골과 종점 마을 간의 통행엔 아무 지장이 없었다. 봄은 이미 시린 바다의 물결을 타고 남녘 해안 쪽으로부터 몰래 스며들어, 어느 틈엔가 남부 내륙산간 지역에도 붉디붉은 동백꽃을 피웠다. 마치 작은 불덩어리들인 것 같았다. 그런 꽃들이 주렁주렁 매달리기 시작한 동백 숲에 봄의 전령인 동박새가 그 꽃의 꿀을 탐내는 계절이 돌아온 것이다.

겨울과 봄의 접경에 무더기로 핀 동백꽃을 나는 동네 어느 담벼락 곁에 붙어선 채 바라보았다. 그리고 모처럼 따스해진 봄 햇살을 느긋이 즐기면서 일주일 만에 종점마을까지 나온 그날은, 2월 들어 가장 하늘이 푸르게 보인 날이었다.

전혀 바쁠 것도 없었다. 바람은 선선했고, 들판에 가득한 햇볕은 포근한 느낌을 주었다. 왠지 행복하고 안온한 기분으로 나는 주변 풍경을 즐겼다. 그러면서 내 개인적 취향 때문에 유난히 '풍경'이란 단어에 집착하는 경향이 있다고 스스로 생각했다. 우선 모국어로 풍, 경, 하고 발음할 때의 그 묘한 울림이 듣기 좋았다. 입 밖으로 바람 같은 '풍' 소리가 가벼운 쇠붙이나 유리판을 살짝 튕길 때 나는 '경' 소리와 어울리는 순간에, 반짝 빛을 반사하는 듯한 느낌이 든다. 게다가 특히 각각의 음절 끝소리인 비음의 겹침에서 오는 깊고 영롱한 발성의 여운이, 귀에서 뿐만 아니라, 가슴 안쪽에까지 희미하게 메아리로 전달되는 느낌까지 있었다.

경치 혹은 경관의 뜻을 지닌 '풍경'은 본디 '바람[風]'과 '햇빛[景]'이란 의미의 결합으로 이뤄진 낱말이다. 풍광(風光) 역시 마찬가지였다. 눈에 보이는 자연의 구도(構圖)나 모습을 바람과 햇빛으로 파악한 선인(先人)들의 지혜로운 관념체계는 생각할수록 놀랍다. 빛과 바람은 이동하며 공간을 채우는 성질을 가지고 있다. 그리고 이동하는 것은 아름답다. 왜 아니겠는가. 공기를 이동시키며 구름을 몰아오는 시원한 바람은 비를 내리게 하여 물을 흐르게 한다. 밝고 따스한 빛은 혼돈의 어둠을 몰아내고 세상을 밝혀 대지에 생명이 존재할 수 있는 에너지를 생성케 해준다.

내가 이 숲안골에서 보는 빛은, 황톳집 유리창을 통해 '들어와 비치기'도 하고, 때로 숲속으로 '새어들'거나 '스며들기'도 하고, 하늘로부터 지상의 들판에 쏟아지는 빗줄기처럼 '흘러내리기'도 하였다. 그리하여 우주의 공허함은 이 빛과 바람으로 가득 채워지며 나름대로 자연의 질서를 갖추게 되는 것이었다. 그런 까닭에, 바람과 빛은 그 자체로도 아름다우면서 동시에 그 아름다움을 보고 느낄 수 있게 해 주는 것이었고, 이로써 '풍경'이라 명명할 만하였다.

이제 내게 풍경은 단순한 자연 현상만이 아니었다. 그것은 현상들이 시각을 통해 관념으로 전신(轉身)한 모습이 되어 비쳐들기 일쑤였다. 움직이고 흐르는 것은 살아 있는 것이었고, 정지되고 얼어붙은 것은 죽음이었다. 이 간단한 원리가 풍경의 구도 속에 있었다. 하여, 그냥 마음이 평안한 것도 인생의 보람인 것을 나는 이 숲안골의 조용한 풍경을 통해 발견한다.

행복한 느낌은 주변 풍경과 공간의 안정감으로부터 크게 영향 받는다는 사실을 혼자 들길을 걸으면서 깨닫기도 하였다. 문득, 잊고 있던 옛 친구 생각이 나서 서울로 전화를 걸었다.

"이런 무심한 녀석!"

대뜸 첫마디부터 원색적 비난을 토해내는 희도의 목소리엔 서운함과 반가움이 뒤섞여 묻어났다.

"너, 인마! 세상에서 사라지려고 아예 작정한 거야? 당최 전화 연락도 안 되고……거 무슨 옛날 은사(隱士) 흉내야? 낙향한 선비 꼴로 초야에 꽁꽁 숨어 지낼 심산이다 이거지?'

흉허물 없는 너나들이로 상대방을 가볍게 헐뜯을 수 있다는 게 친밀함의 한 척도라면 희도와 나 사이가 그 기준에는 잘 부합되었다.

"그래, 인마. 나를 지운다는 기분으로 세상 모르게 묻혀 사는 즐거움을, 서울 사는 네까짓 게 어찌 알겠냐? ……하여간, 저번에 날 찾은 이유가 뭔데?'

"우리 사이에 꼭 무슨 이유가 있어야 찾나? 그냥 보고 싶기도 하고, 요새 어찌 지내는지 궁금도 하고……"

"어쭈! 네 녀석이 그런 줄 알고 나도 뭐 특별한 용건 따윈 없을 거라 짐작했지. 그러니까 군이 연락 안 하고 그냥 잊고 있었지 뭐……"

"거 무슨 섭섭한 말을!'

"아, 미안. 농담이야. 실은, 조용한 시골구석에 들앉아서 본격적으로 글 좀 써 보려고…… 그래서 한동안 아무하고도 연락 않고 지내기로 한 건데…… 아니 그것보다 사실은 말이야, 지금 내 사는 곳은 휴대폰이 잘 터지지 않아 통화하기도 힘든 지역이야."

"으응, 알아. 나도 네가 글 쓰려고 시골에 은거했다는 것쯤은 진작 눈치채고 있었어. 그래서 말인데, 지난번에 널 찾은 이유도 바로 그 때문이야. 네 글 쓰는 작업에 도움 될 건수가 하나 생겨서 말이야…… 너 혹시 한제민이란 이름, 들어봤나?'

"한, 제, 민…… 글쎄, 한제민이 누군데?'

"거 왜, 있잖아? 세상을 깜짝 놀라게 했던 그 유명한 도둑 말이야. 심지어 '한국 도깨비' 란 별명으로도 불렸지. 신출귀몰했던 그 대도 (大盜) 한제민……"

"아! 그래, 생각나."

나하고는 아무 상관도 없는 그 이름이, 어릴 때 헤어진 뒤로 전혀 만나지 못해 가물가물한 옛 친구들의 이름보다 훨씬 가깝게 느껴질 줄이야! 그만큼 그 이름은 한 이십 년 전에 한국사회를 들썩이게 했던 사건의 장본인이었던 까닭에서였다. 만약 희도의 즉각적인 설명이 없었더라면 나는 영락없이 소식 모르는 옛 동창생들의 이름 중 하나를 떠올려 보려고 한참 헤맸을 것이다.

한제민(韓濟民). 그는 도둑질 잘하기로 유명하여 그 때문에 일약 국민적 영웅이 된 자였다. 옛 이야기 속에나 등장하는 의적(義賊)의 존재가 우리의 상상 속에서만 있는 게 아니라, 현실에 실재한다는 것을 증명해 보여 주었기 때문이다.

우선 그의 범행은 흔적을 남기지 않는 것으로 특이했다. '신출귀몰'이란 말은 단순한 수사가 아니었다. 그것은 한제민의 행위를 두고 일컫는 것이나 진배없었다.

더욱 놀라운 것은 그의 도둑질하는 수법의 대담함이다. 그렇다고 흉기 따위를 들고 설치는 무지막지한 강도짓을 그는 철저하게 멀리한다. 따라서 당연히 살인 같은 흉악범죄는 결코 저지르지 않았다. 귀중품을 노리는 단순 절도범이었지만 그 흔한 좀도둑들과는 질적으로 달랐다. 범행 대상도 반드시 권력자나 대부호의 저택이었다. 이 때문에 평범한 서민들에게 그의 범행은 비상한 관심을 끌면서 일종의 스릴 있고 흥미 넘치는 이야깃거리가 되곤 했다.

예를 들면 소위 내로라하는 '정경실세(政經實勢)들'의 집을 털되 미처 10분을 안 넘기는 범위 내에서 해치운다는 둥, 가령 범행 도중 발각된 경우엔 훔친 물건들을 고스란히 놓아두고 빈손으로 나온다는 둥, 월장(越墻)하는 모습이 비호같다는 둥, 소문은 눈덩이 굴리듯 부풀려졌다.

당시의 돈 가치로 몇 억을 호가한다는 물방울다이아몬드, 홍옥, 루비, 사파이어, 각종 금붙이와 패물들……. 서민들로선 엄두도 못 낼 이런 값진 보석들이, 이름만 들먹이면 알 만한 누구누구네 집의 장롱 속 혹은 보석함에서 뒤져낸 것들이었다. 신문과 방송에선 이런 사실들이 꽤 소상하게 까발려졌다. 국민들은 대개 그 보석들의 감정가에 벌어진 입들을 다물지 못하고 그저 혀를 차며 고개를 절레절레 내저을 따름이었다.

하여간 그 사건을 통해, 국민들에겐 근검절약과 내핍생활을 강조하던 정부 요직의 권력자나 사회 엘리트층은 뒷전에서 호화로운 생활과 사치품에 탐닉하고 있었던 이율배반적 실상을 보여 준 것 같았다. 그래서 시민들로서는 소위 우리 사회 지배계층의 부패에 한결같이 경악하고 분노에 찬 배신감을 느꼈다. 그 분노는, 사회적 지위가 곧 리더십의 요체일 수 없다는 국민들의 자각으로 이어졌다. 도덕적이지 못한 지식 엘리트 계층이 오히려 이 사회를 더 큰 혼란과 부패의 나락으로 몰아넣을 수도 있다는 점에서, 시민들은 그가 비록 도둑질한 물건들을 가난 구제의 자선행위에 썼다는 증거가 없었음에도 불구하고, 은근히 이 대담한 범행을 정당한 것처럼 여길 만큼 자신들의 분노를 통쾌함으로 상쇄하곤 했다.

그런데, 수배를 받고 있던 한제민의 단골 장물아비가 경찰의 끈질긴 탐문수색 끝에 붙잡혔다. 그리고 경찰의 거듭된 회유와 협박 때문이었는지 알 길은 없으나, 그 장물아비가 실토하는 바람에 마침내 대도 한제민마저 얼마 뒤 체포되어 검찰로 송치되었다.

꽤 오래 전에 전국의 각 일간 신문에서 연일 대서특필로 보도하여 그때까지 일반 대중이 몰랐던 그의 범행 수법, 규모, 특징 등 범죄의 전모가 드러남으로써 한국사회 전체가 술렁거렸던 그 사건……. 이쯤 얘기 들으면 당시 신문을 읽었거나 소문을 듣고 알 만한 사람들은 모두 그 때의 기억을 새롭게 되살릴 수 있게 된다.

그 대담한 도둑 한제민은 전과 18범이라는 놀라운 범행기록과 함께 물방울다이아몬드 사건을 계기로 일약 매스컴의 총아가 되었다. 그는 1심에서 무기형을 언도받았다. 그는 너무나 억울해 하였다. 단 한 번의 살인도 없었고 흉기를 휘두르는 강도행각을 벌인 적도 없는 단순 절도범에게 무기형이라니, 이건 너무 심하다고 그는 강변했다. 나중에 항소심에서 선고 공판을 받으러 재판소로 나갔다가 법정출두의 차례를 기다리며 구치소에 대기하던 도중, 교묘히 화장실의 환기통을 뜯고 나가 이웃 건물의 옥상으로 해서 탈출에 성공했던 것이다. 그리고 끝내 경찰은 그를 잡지 못했다.

이후부터 그의 존재는 영영 행방불명이었고, 세상에서 홀연히 '증발' 해 버렸다고 해도 과언이 아닐 만큼 우리 사회로부터 '실종' 된 상태였다.

그는 한마디로 눈에 보이지 않는 도깨비 같은 존재가 되어 세상 사람들의 기억 속에서도 차츰 지워져 갔다. 그런데 느닷없이 희도가 풍문으로만 존재한 채 전설처럼 돼버린 그 도둑의 이름을 새삼스레 내게 환기시킨 것이다.

"근데, 그 한제민이란 도둑이 너랑 무슨 상관인데? ……또, 나를 찾는 용건이 그 자와 무슨 관련이 있다는 거야?"

나는 그것이 무엇보다 궁금했다.

"아암, 관련 있지. 실은, 한제민에 대해 좋은 소설 소재가 내 손에 들어와서 말이야. 관련 자료를 너한테 당장 전해주고 싶어 연락을 취하게 된 건데…… 하여간 그 사건에 대해 당시 꽤 관심이 깊었던 사람들마저도 그가 탈출한 다음엔 어떻게 됐는지, 아무런 뒷이야기도 들지 못했던 것 같아서 말이야. 사람들은 그가 속한 조직의 도움으로 벌써 해외로 도피해서 지금쯤은 홍콩이나 마카오, 아니면 일본 또는 대만 등지에서 안전하게 은신하고 있을 거라고 막연히 상상해보는 정도겠지. 그런 빈약한 상상력에 의지할 뿐인 사람들에게, 내가 여기서 그의 자살을 밝힌다면 결코 안 믿으려 할 거야. 하물며 그가 죽기 전에 남겨 놓은 수기(手記)를 직접 읽어 봤다고 한다면, 당장 너부터 펄쩍뛰며 엉터리 수작 말라고 호통을 치겠지. 그래도 좋아. 나로선 아무도 안 믿더라도 상관없어. 하지만, 그건 사실이야. 그는 이미 자살했어.……"

희도는 그렇게 단정적으로 말했다. 그런 다음, 그는 직접 한제민의 수기를 자기 수중에 보관하고 있는데 숲안골의 내 주소로 즉시 우송할 테니 이걸 소재로 한 번 소설을 써보라는 거였다. 나는 긴가민가하면서도 내심 호기심이 부쩍 발동하여 그 수긴가 뭔가 하는 자료들을 얼른 부쳐 달라고 요청했다.

며칠 뒤, 희도가 부친 꽤 두툼한 우편물이 당도했다. 그 속엔 그가 직접 내게 쓴 장문의 편지 한 통이 동봉돼 있었다.

……(상략) 요즘 우리 한국 사람들의 사고는 일반적으로 너무 경직돼 있어. 그게 나의 변함없는 생각이야. 그래서 조금만 상식에서 벗어난 소리를 지껄이면 헛소리로 몰아붙여 비웃고 말지. 아무리 진실이라도 대중이 믿기 어려우면 거짓부렁 취급해. 대놓고 그건 비현실적이라며 코웃음을 친단 말이야. 그런데 정작 놀라운 것은 그런 자들이 때로는 진짜 허무맹랑한 이야기——달리 말하면, 사실 같은 거짓말을 더 즐기고 있다는 거지. 정말 놀랍지 않은가. 대중

의 상식이란 게 뭔가? 다수의 여론 조작에 의해 사실처럼 꾸며진 거짓을 상식으로 여기고 있다면 그거야말로 어처구니없는 상식이지. 한데, 그들에겐 한갓 거짓말처럼 느껴지는 이야기를 사실이라고 주장하고 나선다면 어떻게 반응할까? 대개 이쪽을 향해 머리가 좀 돈 게 아닌가 하고 의심부터 하지. 그리곤 이상한 눈초리로 빤히 쳐다보기 일쑤야.

요컨대, 일반 대중은 거짓말 같은 사실보다 사실 같은 거짓말에 설득당하고 더 현혹되기 마련인 거야. 하기야, 요새 사람들은 너나없이 모두 불신감에 사로잡혀 남의 말을 잘 믿지도 않지만, 어지간한 일이면 그저 무감각한 채 진정 살아 있다고는 믿어지지 않게시리 생기라곤 도무지 없어. 너무도 오래 무기력에 빠져 있는 그들을 위해서라도 나는 그 자살한 도둑의 수기에 관한 이야기를, 어찌 보면 거짓말 같은 그 사실을 꼭 세상 사람들에게 들려주어야겠다고 결심했네.

내가 그 도둑의 수기를 입수한 경로에 대한 상세한 설명 따위는 결코 중요하지 않네. 그런 것은 군더더기가 될 뿐, 수기 자체가 의도하는 이야기의 핵심을 이해하는 데는 전혀 긴요하지 않으니까 말이야. 그래도 굳이 밝혀야 한다면 간단히 말하지. 앞으로 최소한 10년간 절대로 신문지상이나 세상에 공개하지 말라는 단서가 붙은 익명의 쪽지와 함께 발신자의 주소를 적지 않은 사무용 봉투 속에 든 그 수기가 우리 신문사의 사회부 〈국민의 소리〉 담당자 앞으로 우송되어 왔고, 그걸 내가 입수했다는 사실만 말할게. 더 이상 자세한 건 네가 알 필요도 없고.……

어쨌든, 내가 너한테 보내는 이 수기의 복사본은, 형식상 네게 준 것이지만 실질적이고 공식적으로는 잠시 빌려주는 것이라고 생각하게. 이렇게 말하는 데는 달리 무슨 꿍꿍이속이 있는 건 아니야. 단지 '앞으로 10년간'의 약속은 그대로 지키면서 자네 같은 작가의 힘을 빌려 한번 소설화시켰으면 하는 의도에서지, 이것이 구태여 원본을 내어놓지 않는 이유야.

한제민의 수기 제목은 「귀적(鬼籍)에 올린 생애」라고 되어 있어. 만약 네가 이걸 소설로 쓴다면 아마 틀림없이 작가 나름대로 딴 제목을 붙일 것이란 건 빤한 일이긴 한데……. 부디 주제넘은 요청이라 여기지 말고 내 부탁 하나 들어주렴. 소설이 완성되면 제목은 꼭 「비형랑(鼻荊郎)의 낮과 밤」이라고 붙여주면 좋겠네.

『삼국유사』에 나오는 「도화녀와 비형랑」조(條)의 설화를 읽어보면 내가 왜 한제민의 생애와 비형랑이란 인물을 연관지어 말하는지 깨닫게 될 거야. 나는 이 말을 분명히 당부하거니와, 아무튼 너에게 도움이 될 만한 좋은 소설 자료를 제공해준 대가라 치고, 나의 이 소박한 요청을 저버리지 말기를 바라네.

끝으로, 몇 마디만 덧붙이마. 내가 처음 이 수기를 읽고 난 직후의 소감이 어땠는지 아나? 전율을 느낄 만큼 놀라움에 사로잡혔지. 그 까닭을 간단히 요약하면, 그의 탈출의 의미가 나에겐 일종의 자기발견으로 연결되는 통렬한 자각을 일깨웠기 때문이야.

병든 사회에서는 도망만이 살 길이고, 그것이 그나마 건강한 정신 상태의 반증으로 받아들여질 수 있다는 깨달음 말이야. ……그래서 결국 그는 도망칠 수밖에 없었던 거야. 수기에는 직접 그런 말이 나오진 않지만, 그가 세상을 관찰한 그 자신의 눈으로 말한 내재적 구문(構文)을 외부세계와 관련짓는 의미론적 관점에 의해 나는 그렇게 파악했던 거야. (하략)……

3. 황사(黃砂)

그러나, 사람마다 제각기 세상을 관찰하는 눈이 나를 수 있기 때문에, 나는 희도의 편지 내용만으로선 그 같은 주장을 곧이곧대로 받아들일 수는 없었다. 그런 것은 수기를 읽은 다음에나 판단할 수 있는 사항이고, 우선 내게 궁금한 것은 과연 이게 소설감이 될 만한지의 여부였다.

「귀적에 올린 생애」라? ……제목부터 꽤 호기심을 자극하는 데가 있었으나 왠지 선뜻 읽고 싶다는 욕구가 발동하지 않았다. 글깨나 쓴다는 사람들이 대개 그렇듯이, 나도 요새는 남의 글을 읽을 때 표현의 묘미랄까, 탁월한 문장력에 매료되지 않는 한 불과 몇 페이지를 못 넘기고 마는 것이다. 하물며 전문적 문인이 아닌 도둑이 쓴 글이라니…… 보나마나 서툴고 유치한 문장으로 엮어 놓았을 그 긴 수기를 끝까지 읽어내야 할 참을성이 내겐 없었다. 그래서 당장은 옆으로 밀쳐놓았다.

날씨가 한 번 풀린 뒤부터는 줄곧 포근하여 이렇다 할 꽃샘추위도 없이 2월이 다 가고 3월로 접어들었다. 경칩(驚蟄)을 지나자 곧바로 봄날씨 같잖은 더위와 함께 첫 황사가 몰아쳤다. 예년보다 10도 이상 웃도는 이상고온 징후를 나타내며 누런 흙먼지가 시계(視界)를 가로막는 지독한 스모그 현상이 종일 이어졌다. 가시거리가 200미터 채 될까 말까였다.

한국의 봄은 또 어김없이 황사바람과 함께 온 것이다. 발원지인 고비사막과 내몽골 지역에서 형성된 누런 모래먼지가 북서풍을 타고 쉼 없이 한반도로 이동할 무렵이면 이미 이곳의 겨울은 확실히 끝난 것이나 다름없었다. 봄철의 이 달갑잖은 황사는 한국인에게 피할 수 없는 운명처럼 돼버린 자연 현상의 하나였다. 그런데 더욱 놀랍게도 이번의 황사는 도무지 잦아들 기미조차 없이 연일 계속되었다. 정말 끔찍한 재앙이었다. 벌써 열흘 이상 지속된 황사현상이 한반도 전체를 급속히 덮치면서 사람들은 죄다 숨을 쉴 수 없을 정도였다.

처음 며칠간은 공항의 모든 항공기들의 이착륙이 금지되는 조처로 그 심각성을 알렸으나 열흘을 넘기면서부터는 사회 전체가 심리적 공황상태에 빠져든 느낌이었다. 학교와 공항이 모두 폐쇄되었다. 병원은 호흡기 질환자로 넘쳐났다. 사람들은 대부분 외출을 삼가고 집안에 꼭꼭 들어박혔다. 모든 관공서도 당분간 이 느닷없는 자연재앙에 대처하는 긴급방재 체제로 개편되어 바쁘게 움직일 정도였다.

황사바람에 겹쳐 이번엔 봄 가뭄에 대지가 바싹 말라 전국 곳곳에서 대형 산불이 속출했다. 엎친 데 덮친 격이었다. 그러나 워낙 예측하기 힘든 기상이변과 자연 현상을 인간의 능력으로 다스리긴 무망한 일이었다. 그래서 예년과는 비교조차 할 수 없을 만큼 너무도 오래 지속되고 있는 이 달갑잖은 황사의 계절이 하루라도 빨리 끝나주기를 마음속으로 기원만 하고 지낼 따름이었다. 그 와중에 천만 다행으로 봄비가 한 이틀 내렸다. 한반도 상공의 대기를 뒤덮은 채 떠돌던 미세먼지를 씻어내려 청명한 하늘을 잠깐 보여 주었을 뿐, 다시 자욱한 안개와 황사바람에 휩싸였다. 사람들은 다시금 문을 잠그고 창문을 꼭꼭 닫은 집안에서 달팽이처럼 웅크려 지냈다. 부득이 외출을 할 경우에도 마스크와 안경을 착용하거나 모자를 깊숙이 눌러 쓰고 얼굴을 가린 차림새로 나다녔다. 모래먼지 뿌옇게 이는 거리를 모두가 침울한 실루엣으로 몽유병자들처럼 헤매고 있는 형국이었다.

아무튼 이 같은 끔찍한 자연재앙에 항공기들의 결항이 속출하면서 한반도 상공의 교통망은 거의 마비상태에 이르렀고, 한국은 점차 세계로부터 고립돼 가고 있었다.

해마다 꽃 피는 봄철이면 벌통을 갖고 숲안골로 찾아오는 재래식 양봉업자들도 금년엔 야산에 풀어놓은 토종꿀벌들이 벌봉을 나간 뒤로 아예 돌아오지 않고 모두 사라졌다고 울상을 지었다. 이런저런 모든 게 이놈의 황사 탓인가 보다고 말하는 주변 사람들의 이야기를 들으며, 나 역시 운동모에 마스크를 착용하고 안경을 낀 채 누런 흙먼지 속에서 종점마을까지 다녀왔다. 보급소에서 가져온 신문을 펼쳐들고 나는 한 달 넘게 계속되는 이 재앙의 현장들이 담긴 사진들로 거의 도배되다시피 한 관련기사들을 읽어보곤 했다.

유행에 민감한 패션 디자이너들이 이런 기회를 놓칠 리 없었다. 그들의 재빠른 손놀림으로 황사 속에서도 눈에 잘 띄게 화려한 원색의 스카프를 머리에서부터 둘러쓰는 모양새라든가 허리를 꽉 조이는 벨트로 옷자락을 여미는 바바리코트 차림의 새로운 패션이 막 서울 거리에 선보이기 시작했다. 마치 이슬람 국가의 무슬림 여인들의 복장인 차도르나 부르카 비슷한 느낌을 주었다.

바야흐로 사람들은 대부분 복면차림의 익명성 속에 자신의 정체를 은닉하는 습관에 익숙해지고 있었다. 그리고 그들이 내뿜는, 매일의 허탈과 분노의 한숨이 황사와 결합하면서 공기 중에 독소를 형성한다는 거짓말 같은 주장이 제기되기도 하였다. 그렇지 않더라도 국민의 불만과 원성이 끝없이 하늘을 찌를 듯 매일매일 뿜어져 나온다. 그것이 당대의 현실이었다. 서울의 북악산 자락에 있는 청기와집 주인이 한 번씩 크게 하품할 때마다 거대한 독버섯구름이 형성된다고도 했다. 이런 유의 우스갯소리가 코미디언들의 개그 소재로 등장하더니, 풍자적 유행어가 되고 마침내 갖가지 유언비어를 만들어내면서 미세먼지처럼 세상을 떠다녔다. 그리고 이 시끄러운 세상 속에 사람들은 점점 희망을 잃었다.

4. 신문기사 ─거짓말 같은 사실들

며칠 전, 신문기자인 희도가 내게 보낸 편지에서도 잠깐 언급했듯이, 신문에는 온통 '거짓말 같은 사실' 의 기사들로 가득 차 있었다. 신문이 그 사회의 깊은 속내를 읽어낼 수 있는 좋은 수단이라면, 나는 너무나 거짓말 같아서 믿기지 않는 사건들을 매일같이 그 속에서 접하고 있었다.

한 젊은 유명 여배우의 자살 사건이 일어났다. 인터넷을 통해 익명의 네티즌들이 퍼뜨린 악성 유언비어 때문이란다. 그녀가 견딜 수 없는 비난의 댓글에 시달렸던 게 자살의 원인이었다고 신문들은 대서특필하였다. 하긴, 몇 년 전에도 이와 유사한 사건들이 두어 차례 더 발생한 적이 있었다. 그때도 한창 전도유망한 여자 탤런트가 자신의 방 안에서 옷장 손잡이에 목을 매달아 스스로 목숨을 끊었다. 또 앳된 여가수의 음독자살에 이어, 벌써 이것으로 세 번째였다.

각종 언론 매체들이 이 소식을 앞다투어 상세하게 보도하고 있었다. 남들이 부러워할 만한 유명 연예인의 신분임에도 불구하고, 얼마나 삶이 힘들있으면 그렇게 젊은 나이에 스스로 목숨을 끊을 수밖에 없었을까 하는 안타까움과 함께.

그러나 불행하게도 이 사건의 보도 직후, 이를 모방한 또 다른 자살사건이 연쇄적으로 일어나고 있었다. 이 역시 몇 년 전에도 똑같은 현상을 보였었다. 유명인사가 자살할 경우 동조 자살이 늘어나는 이 같은 상황을 두고 이른바 베르테르 효과라는 말이 다시금 유행어가 되었다.

이래저래 살기 싫은 세상에 인생을 비관하고 자살하는 사건이 곳곳에서 끊이지 않고 일종의 전염병처럼 번졌다. 학업성적이 부진하여 고민하던 고등학생이 부모의 기대감에 부응하지 못하는 자책감 때문에 먼저 떠난다는 유서를 남겨놓고 아파트의 옥상에서 뛰어내렸다. 자식들한테서 버림받은 노인이 갈 곳 없이 방황하다가 공원의 벤치에서 농약을 마신 채 죽어 있었다. 자녀들을 외국에 유학 보내면서 뒷바라지할 아내까지 함께 떠나보내고 홀로 국내에 남겨진 세칭 '기러기 아빠'가 생활고와 외로움에 스스로 목숨을 끊었다. 그밖에도 별의별 자살사건이 반복적으로 일어나고 있었다.

특히 IMF사태를 맞아 실직한 가장들이 노숙자가 되어 떠돌고, 아내역시 돈벌이하러 집을 나간 뒤로는 거리에 방치된 부랑아들의 숫자가 늘어났다. 가족해체가 현저할수록 준비되지 않은 죽음들이 여기저기서 목격되고 있었다. 심지어 숨진 지 일 년이 넘은 칠십대의 독거노인이 발견됐다. 방안에서 백골이 다 된 유해는, 아무도 모른 채 맞이하는 고독한 죽음이 이미 한국사회의 한 단면임을 보여주었다. 세계보건기구(WHO)에서는 한국이 2년째 세계에서 자살률 1위라고 발표했다. 이것은 일반국민들의 생활수준이 보편적으로 괜찮은 나라에 속한다는 경제협력개발기구(OECD) 회원국 중에서도 한국은 당연히 1위였다. 역동적으로 소문났던 한국사회가 갑자기 요 몇 년 사이 침체일로를 걸으며 '자살대국'으로 변한 일은 충분히 연구 대상이 될 만하다고 사설이나 칼럼에서 적고 있었다. ……신문엔 온통 거짓말 같은 사실들 천지였다.

  세상으로부터 혹은 남들의 시선으로부터 자신의 존재를 완전히 지워버리거나 영영 숨어버리고 싶을 만큼 절박한 이유들이 대체 무엇일까? 나는 신문 속의 그런 우울한 기사들을 읽으며 쓸쓸한 기분으로 생각해 보았다. 아무래도 남의 일 같지 않았다. 사람들에겐 누구나 남들이 모르는 비밀이 있다는 사실을 알게 된다는 것은 새삼스런 깨달음이 아니다. 단지, 그것이 나랑 직접 관계된 사람들의 문제로 다가오기 전까진 별로 의식하지 못하고 지내거나 그저 상관없는 일로 여기기 십상일 뿐이지만.
  그런데 한 달 전쯤 신문사에 있는 친구 희도와 도둑 한제민에 관한 일로 자주 통화할 일이 생기면서 그 사실을 다시금 깨닫게 되었다.
  "요즘 니 소설은…… 어떻게, 잘 돼 가냐?"
  통화의 첫마디는 보통 그런 유의 인사말이기 십상이었다. 그러면 나도 "뭐 그럭저럭……"
  하고 둘러댄다.
  "내가 보내준 자료들이 좀 도움이 될 만하디? 한제민의 수기는 어땠어? 이거, 충분히 소설감이 되겠다는 생각 안 들어?"
  실은 아직 읽어보지 못했다고 솔직하게 대답할 수가 없어서 나는 "글쎄…… 좀더 두고 보자. 아직은 생각중이야."라고 얼렁뚱땅 넘겨버렸다.
  "그래? 뭐, 그건 그렇고…… 하여튼 요샌 이놈의 황사바람 때문에 미치겠어."

아닌게아니라, 밤낮의 심한 일교차로 특히 아침녘엔 자주 안개가 자욱하게 끼었다. 해돋이의 여명 속에 미세한 토양입자가 바람에 날리는 광경이 뚜렷해지면서 아침부터 누런빛의 스펙트럼을 연출하는 것이었다. 희도와 통화한 그날 아침에도 나는 산책하러 종점마을까지 가서 구판장 보급소에서 신문을 챙겨들고 오던 중이었다.

신문에서는 기상청 관계자의 말을 인용하여, 최근의 따뜻한 날씨는 동태평양 해수온도가 평년보다 0.5도 이상 올라간 엘니뇨 현상과 지구온난화로 일어난 동아시아 지역이 고온 현상 때문이라고 하였다. 여기에 황사까지 겹치니 실로 한반도에 내린 전대미문의 재앙에 너나없이 미칠 만도 하였다.

그러나 희도가 좀 전에 미칠 지경이라고 한 이유가 사실은 그의 가정 문제 때문이란 것을 내가 눈치챈 것은, 통화 도중에 이것저것 늘어놓는 그의 푸념 속에서 금세 드러났다. 듣고 보니 희도 역시 소위 이산 가족문제로 심히 고민하고 있었다. 그의 아내와 세 자녀들은 현재 캐나다의 토론토에 거주하고 있었다. 말하자면, 그는 부지런히 일해서 번 돈을 해외에 송금하며 가족의 생활비 일체와 세 자녀의 외국 유학비용이나 책임지는 세칭 '기러기 아빠' 신세였다. 그가 말하기 전까지만 해도 나는 그런 사실을 전혀 몰랐던 것이다.

"우리 집 애들이 아무래도 문화적 차이랑 언어습관이랑 또는 한국과는 다른 가치관 때문에 외국 생활에 좀체 적응이 안 되나 봐. 애들 엄마 말로는, 가정엔 역시 아버지가 있어야겠다면서 요즘 우리 애들이 이따금씩 탈선행위까지 하며 이상하게 비뚤어진다고 잔뜩 걱정을 늘어놓더군. ……하긴, '아비 부재(不在)' 현상이 어디 나만의 문제겠나? 애들 교육에서부터 가정의 살림살이 전반을 마누라한테 몽땅 맡겨놓고 남편의 존재는 집안에서 쑥 빠져버린 게 요즘 한국사회의 일반적 현상이기도 하지만……"

희도는 이렇게 살 바에야 숫제 한국생활을 다 청산하고 가족이 있는 캐나다로 이민을 떠나야 할지 어쩔지 조만간 결판을 낼 생각이라고 말했다. 그러더니 그 전에 나의 소설이 완성되면 꼭 읽어볼 수 있게 해달라는 당부와 함께. 저도 나도 뒷맛이 개운찮은 느낌 속에서 통화를 끊었다. 그럼, 다음에 또……라는 희도의 마지막 작별 인사말의 여운이 어쩐지 내 귓가에 쓸쓸히 울렸다.

아마 그 같은 느낌 때문이었을 것이다. 내가 친구를 위해 한제민의 수기를 서둘러 읽어보고 반드시 그와 관련한 소설 한 편을 쓰지 않으면 안 될 것 같다고 생각한 것은.

"나는 내 부모가 누군지를 아직도 모른다. 나를 키워주신 현공(玄 空) 선사께서는 나의 출생을 단지 업보라고만 하셨다. 그리고는 내 출생의 비밀 같은 것에 대해서는 끝내 함구로 일관하시는 거였다. 그런 현공 스님이었지만, 언젠가 꼭 한번 지나가는 말투로 내 어미에 관해 말씀하신 적은 있었다.

——네 어미는 전생에 도화녀(桃花女)로 살았던 업보로 이승에서 풀어야 할 도화살을 타고난 비구니였더니라. 그러한데도, 그 업고(業苦)에 짓눌려 끝내 살(煞)의 질곡에서 빠져나오지 못하고 말았지. 무슨 말인지 알겠냐? 그만 그 과보(果報)로 네녀석한테 월장(越牆) 도화살이 씐 게야. 그러니 너는 태어나면서부터 네 앞에 가로놓인 이 세상 온갖 힘겨운 조건의 담벽들을 뛰어넘어야 할 운명이었던 게지. ……허나, 딱하게도 이승의 한계에 갇혀 사는 자는 어느 누

구도 혼자 힘만으론 험난한 삶의 방벽들을 넘어갈 수는 없어. 그래서 내가 너를 부축해 올바른 부처의 길로 인도하고자 하느니, 너 역시 타고난 네 조건을 사랑하는 법을 배우려면 스스로 불력(佛力)에 의지할 수밖에 없느니라. 알겠느냐?……

그뿐이었다. 나는 두 번 다시 내 부모에 관해서 혹은 내 출생에 관련된 그 어떤 언질도 들은 적이 없었다."

한제민의 수기는 그렇게 시작되고 있었다.

첫머리에서부터 나는 의외의 놀라움에 사로잡혔다. 뭐랄까, 그런 감정은? 전혀 기대하지도 않은 채 그냥 무심코 시선을 보낸 곳에서 그 무슨 희귀한 것이라도 발견했을 때와 같은 느낌이었다. 애초에 깔보고 거들떠보지 않았던 그의 문장력에 대한 나의 선입견이 보기 좋게 빗나간 데서 오는 놀라움 때문이었을 것이다.

그의 문장에 세련미는 없었다. 때로는 거칠고 서툴렀으나 소박하고 진솔했다. 그것이 도리어 묘한 힘으로 울려왔다. 또, 그가 사용하는 수사법에도 어딘가 세상에 대한 불신에서 비롯한 야유와 농언의 냄새가 배어났지만 그것 자체로 진지한 전언이자 메시지였다. 그래서 내겐 그 어떤 화려한 수사보다 오히려 명징(明澄)한 느낌으로 다가왔다.

나는 그의 생애를 몰래 훔쳐보는 기분으로 그 수기를 단숨에 독파했다. 그리고는 깨달았다. 그 수기의 제목을 왜 스스로 「귀신의 족보에 올린 생애」라고 했는지를. 또, 내 친구 희도는 이와 관련해 앞으로 쓰게 될지도 모를 내 소설의 제목까지 미리 지어 굳이 「비형랑의 낮과 밤」이라고 붙여주기를 간청했는지를.

5. 설화와 현실

하여간, 나는 『삼국유사』 기이편(奇異篇)에 수록된 「도화녀와 비형랑」조(條)를 다시금 숙독했다. 그리고 그 설화의 메타포가 담고 있는 전언을 해독하느라 골똘히 탐색하였다. 그러나 좀처럼 이해할 수가 없었다. 비형랑은, 죽은 자의 영혼이 산 사람에게 잉태시켜 태어난 존재였던 것이다.

애초부터 그는 귀신의 자식이었던 셈인데, 무엇보다 이 점이 요령부득이었다.

사연은 이랬다. ─신라의 진지왕(眞智王)은 여색을 몹시 탐하였다. 민간의 유부녀인 도화낭(桃花娘)의 미모가 아주 빼어나다는 소문을 듣고 궁중으로 불러들여 왕의 권세로 범하려 하였다. 그러나 현실의 권력이라도 삶의 모든 가치를 다 지배하지는 못한다.

도화녀는 차라리 죽임을 당할지언정 남편이 있는 몸으로 허락할 수 없다며 거절하였다.

"만약 남편이 없다면 되겠느냐?" 왕은 희롱하듯이 제안했다.

"그때는 되겠습니다."

그 말을 듣고 왕은 그녀를 놓아 보냈다.

그 뒤 왕은 재위(在位) 4년 만에 폐위당했다. 주색에 빠져 음란하고 정사(政事)가 어지러우매 나라사람들이 권좌를 박탈했던 것이다. 그리고 왕은 이내 세상을 떠났다. 그 2년 뒤엔 도화녀의 남편도 죽었다.

과부가 된 지 열흘만인 어느 날 밤중에 도화녀의 방에 생전의 모습으로 현신한 왕의 혼령이 찾아와 지난날의 약속을 지킬 것을 상기시켰다. 우여곡절 끝에 결국 마지못하여 왕을 받아들인 도화녀의 방에서 왕은 7일 동안 머물다가 갑자기 사라졌다. 이내 태기가 있었다. 그녀는 달이 차서 한 사내아이를 낳았는데 그가 비형이었다.……

니는 먼지 그 '비형(鼻荊)'이란 이름 앞에서 당혹스러웠다. 삭명(作名)이란 대개 그 본질에 걸맞은 의미 부여이다. 게다가 고대의 전통적 작명방식 역시 길(吉)한 소망을 담아 그 존재의 표상으로 삼기 마련이다. 그런데 비형이란 이름은 그러한 기존의 작명 원리를 무시한 것 같았다.

나의 생각이 짧은 탓인지, '코 비(鼻)'자와 '가시 형(荊)'자의 결합에서 우선 그 존재의 역설적 삶의 무게를 떠올려본 게 고작이었다. 즉, 코가 냄새를 맡고 숨을 쉬는 기관이라면 가시는 흔히 찔리는 아픔이 동반되는 고통과 고난을 상징하는 상관물이 아니던가. 그러니 '숨 쉬기 힘든 고통'의 의미론적 존재는, 실로 엄청난 고뇌의 무게를 지니고 태어난 인생이나 다름없다.

하여간 강제로 폐위당해 죽은 진지왕의 영혼이 사람으로 현신하여 도화녀에게 잉태시켜 비형을 낳았다는 소문이 서라벌에 퍼졌다. 선왕(先王)에 관한 이 기이한 소문을 들은 후임자 진평왕은 아이를 궁중에 데려다가 길렀다. 그가 열다섯 살이 되자 왕은 집사(執事)라는 벼슬을 내려주었다. 국가의 기밀과 서정(庶政)을 맡아보던 최고의 행정직이었다. 그러나 비형은 밤마다 궁성을 빠져나가 멀리 도망가서 놀았다. 이 사실을 안 왕은 용맹한 병사 50명으로 하여금 그를 감시하며 지키도록 했으나 그는 언제나 월성(月城)의 담벼락을 날아 넘어갔다. 당시 월성은 토루(土壘) 위에 흙과 돌을 섞어서 세운 반달 모양의 궁성

으로 그 주위가 약 700m나 되었다. 그래서 그 형상을 따 반월성이라
고도 불렀다.

비형은 그 궁성의 담벼락을 훌쩍 날아 넘어가, 서라벌 서쪽 황천(荒
川) 언덕으로 가서는 귀신들을 데리고 노는 것이었다. 뒤쫓아간 용사
(勇士)들이 숲속에 엎드려서 엿보았더니, 귀신의 무리들은 여러 사찰
에서 들려오는 새벽 종소리를 듣고 각각 흩어져 가버렸다. 그러면 비
형랑도 또한 궁성으로 돌아왔다.……

비형랑의 낮과 밤은 이렇듯 이질적인 것이었다.

은유와 상징과 몽환의 색채로 그려져 있기에, 설화의 세계를 어떻
게 해석하느냐는 것은 분석자의 관점에 따라 나름대로 각양각색의
답변들이 마련될 여지 또한 많았다. 워낙 황당무계한 줄거리이어서 그
렇기도 한데, 만약 그런 요령부득의 외피를 걷어내고 다만 사물의 핵
심을 꿰뚫어보는 상상력으로 문제의 본질에 접근하는 동기를 제공하
는 해석이 된다면 그것으로 족하다.

궁성 안에 살면서도 그곳이 마음의 감옥이라 여겼던 까닭일까. 그
가 밤마다 넘는 월성의 담은, 보통 사람들과는 다른 삶의 조건을 지니
고 태어난 그에게는 반드시 초극해야 할 어떤 방벽이었을지도 모른
다.

또한, 현실과 비현실을 넘나드는 비형랑의 존재는, 우선 삶과 죽음
이 둘이 아니라 하나의 현상인 것으로 이야기되고 있다는 점에서도
기묘하고 흥미롭다. 일테면 이 설화의 밑바탕에는 불교의 존재론 혹
은 생사관이 담긴 연기법(緣起法)에 따라 인간을 포함한 모든 존재를
원인과 조건의 산물로 간주한 불교적 인식이 깔려 있다. 하기야, 원전

(原典)인『삼국유사』가 일연(一然) 스님의 저술이기에 더욱 그렇다.

불교적 사유체계에서는 하나의 생명체가 태어나는 것이나 죽는 것도 그 원인과 조건이 결합했다가 흩어지는 현상에 지나지 않으므로 죽음을 단순히 무(無)의 상태로 간주하는 것마저 편견인 것이다. 그러니까 죽은 진지왕의 혼이 나타나 생전의 약속을 상기시키며 도화녀와 교접하여 비형랑이 태어난 것인데, 이 역시 인(因)과 연(緣)―원인과 조건―이 상호 관계하여 성립된 현상에 다름없다. 말하자면 둘의 인연이 없었다면 결과도 없었다는 뜻으로 읽혀진다.

오직 불생불멸(不生不滅)의 실상만이 존재할 뿐이며, 삶과 죽음도 하나의 현상에 불과하고, 하나의 생명체가 인과법칙에 따라 윤회하고 있기에 사후세계는 자기 자신이 이승에서 행한 업(業)에 따라 철저히 영향 받는다는 불교적 존재론을 일깨우고자 한 설화였을까? 그거라면 싱겁기 그지없는 상투적 이야기가 되고 만다.

나는 금세 고개를 설레설레 내저었다. 아무래도 내가 읽은 그 이야기의 인상을 통해 머릿속에 그려지는 풍경은 한마디로 신비의 세계였다. 밤의 너울을 뒤집어쓴 심연 같은 궁성의 높은 담과 그 담 위를 어둠 속의 박쥐나 하늘다람쥐가 그러듯이 훌쩍 날아 넘어가 신비의 세계로 나아가는 비형랑의 기묘한 모습……. 그것은 마치 심연 아래 숨어서 웅크리고 있던 이무기가 한순간 용틀임하며 승천하는 형국과도 같았다. 그리고는 황천 언덕 위로 가서 귀신들을 데리고 노는, 실로 상상을 초월한 그 불가사의한 세계야말로 오랫동안 내 머릿속을 떠나지 않는 구도(構圖)였다.

이윽고 서라벌의 모든 사찰에서 들려오는 새벽 종소리를 신호로 비형랑과 놀던 귀신들은 그제야 주술에서 풀려나듯 제각기 멀어지는 종소리의 여운처럼 하나 둘 흩어져 간다. ……그리고, 홀로 남은 그는 차츰 동트는 어둑새벽의 하늘을 등진 채 현실과 허구의 모호한 경계를 넘어 쓸쓸한 실루엣으로 돌아온다. ……그것은 비유컨대 상상과 몽환의 세계로부터 현실로의 복귀인 양, 또는 이제 막 무의식의 세계에서 의식 상태로의 깨어남과도 흡사한 양상이었다. 그래선지 나는 그 빛과 어둠이 뒤섞여 공존하는 인간의 의식 심연을 들여다본 듯이 비형랑의 낮과 밤을 통해 존재의 어떤 비밀을 좀더 깊이 보았다는 느낌을 지울 수가 없었다.

그 뒤로 나는 종종 과거와 현재의, 무의식과 의식의, 그리고 설화적 세계와 현실 세계의 중첩을 통해 비형랑의 삶과 한제민의 생애를 겹쳐 보곤 하였다. 그러다 보면 비동시성의 동일 요소들을 발견하게도 되는데, 가끔은 오늘날 우리 사회의 일반적 현상들과도 연관지어 겹쳐 보는 버릇마저 생겼다.

봄과 함께 몰아친 황사바람만 해도 짜증스러운데, 도심 한복판에서 매일이다시피 충돌하는 전투경찰과 폭력 시위대는 행인들의 눈살을 찌푸리는 통행혼잡은 물론, 사회질서 자체를 마비시키기 일쑤였다. 세계 1위의 자살률, 현행 교육제도의 모순과 조기유학 붐, 가족 해체와 기러기 아빠들에 관한 기사들을 읽다 보면, 한국사회는 늘 '위기'로 느껴진다. 게다가, 기성사회 못잖은 학교 내 폭력과 집단따돌림, 때와 장소를 가리지 않는 여성 성폭행, 또한 법보다 주먹이 가까운 사회에 만연한 각종 폭력행위들―에 관한 끔찍한 소식들은 선량한 시민들에겐 불쑥불쑥 조국을 등지고 싶은 충동을 자극한다. 그런 경우가 한두 번이 아님을 너나없이 느꼈을 터였다. 대다수 국민을 적대시하는 변덕스런 대통령의 막말과 정치권으로부터 시작된 편가르기 및 국론 분열, 사회의 온갖 분야에서 심화돼 가는 양극화 현상 등등. ……한마디로 끔찍하고 음험한 이 시대의 현실에서 별 상관없을 것 같은 이런 특정한 사건들을 연결하여 그 원인을 캐보면, 거기 어딘가 깊숙이 묻힌 덩굴뿌리처럼 잘 드러나지 않았던 우리 사회의 어떤 어둠의 근원이 발견되지 않을까 생각해 보았다.

무한경쟁의 그늘 속으로 밀려 자기혐오에 빠진 낙오자들은 갈수록 늘어만 가고, 미모 지상주의의 풍조로 인해 성형하지 않은 본래의 제 얼굴이 싫은 열등감에 갇혀 우울과 불안이 영혼미저 잠식하는 병든 사회를 거기서 발견할 수도 있을 터였다.

모두가 황사처럼 앞이 보이지 않는 불투명함에 넋 놓고 있는 사이, 비형랑의 밤과 낮처럼 도저히 믿기지 않는—— 일테면 비현실적 사건들이 버젓이 현실에서 벌어지고 있는—— 이 요령부득의 해괴망측한 상황들이 서기 2천년대의 한국 사회에서 펼쳐지고 있었다. 그리고 우리의 삶을 숨막히도록 고통스럽게 만드는 그 상황들 가운데 단연 으뜸은 역시 최근의 황사였다.

더욱이 한 달 이상 지속된 이상고온 현상에 강풍까지 겹쳐 누런 흙먼지를 더욱 부채질하였다. 중국 해안 도시들의 공장지대에서 마구잡이 뿜어대는 굴뚝 연기 속에 섞인 농도 짙은 중금속의 맹독성과 어울려 불어오는 황사. 그것은 사람들의 삶을 황폐화시키는 재앙의 바람이었다.

발생지인 몽골고원과 고비사막 지대가 겨우내 심한 가뭄으로 유난히 건조한 상태로 되면서 햇빛으로 강하게 가열된 지표면에서는 대류현상이 발생해, 모래나 흙덩이가 바람을 타고 차츰 공중으로 떠오르게 되는 것이다. 모든 시작은 그렇게 나비의 날갯짓처럼 미미하나 결과는 엄청난 것임을 절감시키는 봄철 황사였다.

동아시아 상공을 보통 100만 톤 가량의 흙먼지로 뒤덮는 이 재앙은 한 해도 거르지 않고 찾아드는 불청객이다. 반갑잖은 손님을 피하려고 사람들은 모두 마스크에 모자와 안경을 착용하고 얼굴을 거의 가린 채 거리를 다녔다. 여자들은 대개 긴팔 옷에 긴 치마를 입고 얼굴을 스카프로 감싸고 있었다.

강한 북서풍을 타고 2천 킬로미터나 날아와 한반도에 내려쌓이는 미세먼지만 해도 7만 톤 가량이라고 하니, 사람들은 그냥 그 자리에서 매일같이 먼지폭탄을 맞고 있는 셈이었다. 이쯤 되면 자기의 정체를 감추는 패션이 유행하기 마련이다. 스키 마스크에 가려진 익명의 모습으로 살아가는 습관이 몸에 배기 시작한다. 한마디로 숨 막히는 세상이다. 병원엔 천식과 비염과 피부병과 결막염 환자들로 넘쳐났다. 익명의 네티즌들이 컴퓨터 앞에서 누군가를 표적 삼아 온갖 악담과 유언비어를 퍼뜨려 멀쩡한 사람을 자살로 몰아넣는 무서운 세상으로 변했다. TV나 신문 등의 언론이 전하는 한국의 이미지는, '무법천지의 암흑' 이었다. 컴퓨터와 황사와 각종 공해로 국민들의 시력은 점점 나빠져, 서서히 청맹과니처럼 돼가는 중이었다.

나 역시 낮엔 자고 밤에 글을 쓰는 생활이 계속되는 동안, '낮밤' 과 '밤낮' 이 착종(錯綜)된 시간들을 보냈다. 이를테면 한제민의 수기를 소재로 한 본격소설을 시도하며 밤과 낮의 모호한 경계를 헤매고 있던 나날의 반복이었다. '본격소설' 이라고 말한 데는 나의 목적이 그 수기의 내용을 충실히 그대로 옮기듯 되풀이하여 들려주는 데에 있지 않기 때문이다. 그런 짓은 무의미한 일이었다. 따라서 내가 소설로서 본격화하려는 대목은, 그의 수기를 구성하고 있는 내용 중에서도 그의 일생의 마지막 밤에 대한 서술에 초점을 모았다. 특히 그의 마지막 하루에 해당하는 상세한 내용들은 본인이 직접 서술한 것이 아닌 듯하여 더욱 나의 흥미를 끌었다. 나는 그의 탈출 후의 행적보다는 오히려 그의 자살을 이해하는데 꼭 필요한 것만 이야기할 생각이다. 나로선 사실에 얽매인 전기(傳記)를 쓸 의도는 없다. 오직 삶을 새롭게 구성하는 작가의 사명대로 상상력을 곁들인 재구성의 필요성 때문에 본래의 수기와는 달리 창의적인 데가 많아진 것은 부득이한 일이었다.

오래 고심한 끝에, 나는 소설의 서두를 다음과 같이 썼다.

"세상 사람 모두가 잠든 밤에, 나는 깨어 있는 사람이었다. 낮은, '전설적 도깨비'인 내게는 모습을 드러낼 수 없는 현실의 세계를 의미했다. 그러나 밤은, 자유로운 상상으로 활개 치는 시간이었다. 그 어떤 불가능도 없는……

현실은 끔찍했다. 그리고 세상은 어둡고 시끄러웠다.……"

시작 부분의 이 몇 문장은 실은 요즈음의 내 생활상과도 무관하지 않았다. 서로 전혀 모르는 사람들에게 제각기 개별적으로 일어나는 사건들——그래서 전혀 무관해 보이는 그 사건들이 사회 전체에 영향을 미치는 까닭은 무엇일까. 그것은 진원지로부터 수천 킬로미터 떨어진 곳까지 소위 나비효과처럼 서로 영향을 미치는 황사현상을 통해서도 깨달을 수 있는 일이었다.

평소 의식하지 못하고 살아서 그렇지, 실은 어느 누구도 혼자일 수 없이 연결된 세상에 모든 것은 인과관계로 촘촘히 얽혀 있는 것이었다. 그럼에도 불구하고, 하늘에 수많은 별들이 흩어져 앉은 것처럼, 또는 바다에 의해 각자 고립된 섬들처럼 사람들이 서로 소통하지 못하는 이유는 진정한 경계가 개개인들의 내부에 존재하기 때문이 아닐까.

하여간 내가 소설의 첫머리를 그렇게 서술한 것은 비로소 한제민의 생애가 나의 삶과 무관하지 않다는 깨달음의 반영이기도 하였다. 알고 보면 우리가 살고 있는 세상은 생각보다 훨씬 좁다. 그리고 알게 모르게 사회 네트워크로 촘촘히 연결되어 있는 것이다. 불교식으로 말하면 천지만물이 다 한 몸이었던 것이고, 그런 복잡계의 유기적 관계를 내가 새삼스레 이해한 것에 지나지 않았지만.

6. 담―(『잠랑수기(潛郎手記)』)

"……그들은 기어이 나를 찾아내어 감옥으로 되돌려 보내려 할 것이다. 언젠가는 꼭 그렇게 되리라는 불길한 예감은 구치소에서 탈출한 이후 줄곧 내 머릿속을 떠나지 않고 있다. 나를 체포하려는 경찰의 끈질긴 추적에 대한 내 나름의 도피방법은 낮엔 은밀한 곳에 들어박혀 잠을 자고, 밤이면 헤매는 것이었다.

원래는 나도 인간들과 함께 어울려 즐겁게 대낮의 세상을 활보하고 싶었다. 그러나 세상 사람들이 그걸 용납하려 들지 않으므로 부득이 변장술이라도 익힐 수밖에 없었고, 또 자기의 정체가 탄로나지 않기 위해서는 밤도깨비처럼 어둠을 보호색으로 삼지 않을 수 없었던 것이다. 하늘에 뜬 별이나 달처럼 아침이 되어 밀려가는 어둠과 함께 사라져선 대낮의 한구석 어둠침침한 곳에 웅크려서 낮잠을 자다가, 다시금 어둠이 잇달으면 나는 몸을 드러낸다. 말하자면 나는 언제나 밝은 한낮의 눈초리에 쫓기는 몸이었다. 그래서 낮이면 나는 세상모르게 깊은 낮잠을 자는 것인데, 이는 아예 세상을 외면하고자 함이다.

사람들은 어느덧 나를 도깨비만큼이나 두려워한 나머지 극도로 혐오하고 있었다. 그들이 이미 도깨비 취급을 한 나의 입장에서 보면, 내가 딛고 설 땅이란 인간 세상엔 없는 셈이다. 인간사회로부터 추방을 당했다는 느낌을 떨쳐버릴 수 없을 만큼 나는 답답하고 억울하고 허전하다. 언제부터선지 나는 인간들의 미움을 받으며 위험한 적으로 취급받아 왔었다. 그래서 나는 다른 도리가 없이 대체로 밤에만 나타나서 행동했다. 하지만 밤이라 해서 결코 안전한 것도 아니다. 도깨비사냥을 위한 그물들이 밤에도 사방에서 포위해온다. 이 질기디질긴 굴레가 나를 답답하게 한다. 순찰 경관이 던지는 감시의 눈초리와 야경꾼이 부는 추적의 호루라기 소리…….

나를 체포하려는 수사기관과의 술래잡기는 정말 고달프기만 하다. 지금 이 시간에도 혈안이 되어 나의 소재를 더듬고 다니는 자들의 그림자를, 나는 나의 밖에서가 아니라 나의 안에서 느낀다. 이상하게도 그것은 둔중한 종소리의 여운 속에 휩싸였을 때와 같이 가슴까지 울렁거려 오는 느낌이다. 그런 이명(耳鳴)을 경험하기 시작한 건 비단 어제 오늘의 일이 아니다. 아주 오래 전부터 나는 그런 소리의 아득한 여운을 일종의 예감처럼 반추하며 늘 밤이 오기만을 기다려 왔다.

대낮이란, 내게는 밖을 내다볼 수 없게 닫혀 있는 일종의 덧문이다. 눈꺼풀처럼 닫아 붙인 덧문 틈새로 아직 햇빛이 남아 있을 동안이면 난 잠을 잔다. 밤을 기다린다는 것은 평소의 내게는 어떤 기대감 속에서의 설렘이 아니라 단지 낮잠을 뜻했을 뿐이었다. 그리고 밤이 되면 나는 걷는다. 깊은 낮잠에서 깨어난 뒤로 긴긴 밤 시간을 헤매고 다니며 내가 활동할 에너지의 축적을 위해 실컷 음식을 퍼지게 먹은 다음이면 언제나 짓궂은 밤도깨비 장난을 한바탕 벌여놓곤 했던 것이다.

그러나 이젠 사정이 달라졌다. 따라서 밤의 의미도 달라진 셈이다.

날개 잃은 박쥐처럼 활동이 정지된 채, 밤도깨비마저 함부로 나다닐 수 없이, 두려움 많은 인간처럼 잠들어야 하는 밤이다. 나는 내 주위의 사방이 차라리 그런 영원한 밤이기를 학수고대하며 요새는 죽음을 대하듯 밤을 맞는다. 그런데 밤에는 또 잠 속에서 자주자주 그 종소리를 듣는다. 처음엔 추적의 호루라기 소리에 쫓기는 악몽을 꾸다가 깜짝 놀라 눈을 뜨면 귓가에 생생하게 남아서 맴도는 범종(梵鐘)의 아득한 여운에 휩싸이면서 마구 가슴이 울렁거리는 것이다.

어쩌면 도깨비로 둔갑한 내 몸에 저주를 내린 주술(呪術)을 풀어 나를 다시 인간으로 소생케 하는 종소리라도 되는 양 그 소리에 눈을 뜨면, 밤에 익숙한 나의 생리가 뒤바뀌는 예감처럼 덧창문엔 새벽이 밀려와 있다.……

현재 나는 서울과는 참으로 먼 옛 신라의 도읍지 경주로 내려와 은신중이다. 내가 벌써 이곳에 피신해 있으리라곤 아무도 예측하지 못할 게다. 경찰의 손길이 여기까지 미치기엔 아직 요원하다. 당분간은 안심해도 좋다. 고작 어림짐작에 따라 탐문수사나 벌이며 전단을 뿌려 시민들의 제보를 기다리거나, 뒤늦게 공범 여부 따위를 캐고 있는 그들의 비과학적 수사방식으로선 나를 체포하기엔 어림없는 노릇이다. 매일 아침 '두꺼비'가 가져다주는 조간신문을 보고 나는 저능한 그들의 머리를 비웃었다. 내가 아직 서울 시내를 벗어나지 못했으리라고 판단한 채 경찰은 수색 범위를 그쪽으로 한정시켜 놓고 있는 실정이다. 신문이나 TV에서는 어디까지나 경찰에서 제공한 정보에 따라 나와 관련된 추측보도만 무성할 뿐, 수색의 단서조차 못 잡고 오리무중 속을 헤매고 있는 꼴이었다. 서울을 빠져나가는 길목의 요소요소마다 아무리 검문검색을 강화한들 그건 이미 헛그물에 불과하다. '뛰는 놈 위에 나는 놈 있다'는 속담의 평범한 진리를 나는 신봉한다.

그런 상식조차 모르는 자들의 교만함 때문에 정치가들은 국민 알기를 어린애 취급하고, 수사관들은 나 같은 도둑의 지능을 업신여겨 깔보는 것이렷다. 하지만 내가 보기엔 도리어 그들의 짓거리가 우스꽝스럽고 얼치기 같은 존재로만 여겨진다.

내가 안전하게 서울을 빠져나올 수 있었던 건, 사전에 두꺼비 녀석과의 연락 끝에 짜놓은 치밀한 계획과 신속한 행동 때문이었다. 서울과는 천릿길이나 떨어진 고도(古都) 경주에서 '서라벌'과 '토함산'이란 이름의 모텔 두 채와 유흥주점을 경영하고 있는 두꺼비가 나의 탈출을 돕기 위해 미리 계획을 세워 손을 뻗쳐 왔었다. 내가 무기형을 선고받은 것을 그냥 두고 볼 수는 없다는 거였다. 참 기특도 하지. 세상의 인심이 다 변해도 녀석의 의리 하나만큼은 변하지 않을 거라고 난 자신한다.

하기야, 오늘날과 같이 어엿한 사업가로서 두꺼비의 성공이 있기까지는 그 옛날 구두닦이 통을 메고 다니던 때부터 몸에 지닌 녀석의 성실함과 착한 성품에도 원인이 없는 건 아니지만, 지금의 모든 것이 결국 내 은혜 덕분임을 녀석은 죽어도 잊지 못할 게다. 내가 훔친 그 수많은 귀금속이며 보석들의 상당수가 녀석의 사업밑천으로 꽤 많이도 들어갔다. 그런데도 난 결코 그걸 미끼로 치사하게 녀석을 내 조직의 하수인으로 끌어넣어 의도적으로 이용하려 들진 않았다. 착한 놈에겐 그냥 착하게 살 수 있도록 내버려 두어야지 결코 불명예스런 전과를 달아주어선 안 된다. 나는 녀석이 어려울 때 그냥 부지런히 뒷바라지만 해주었던 것인데, 지금은 그 덕분에 번듯한 모텔 두 채에 속칭 '룸살롱'이라 불리는 유흥주점도 따로 운영하면서 당구장과 커피숍이 딸린 건물주가 되어 이 고장에선 제법 버젓이 행세깨나 하고 있다. 비록 고아원 출신에 학교 문턱이라곤 제대로 못 가본 처지였는데도 녀석의 머리는 아주 비상하다는 걸 내가 잘 안다. 언젠가 나는 두꺼비 녀석에게 이런 말을 한 적이 있었다. 아마 그날 녀석한테 내 정체가 도둑이란 사실을 솔직히 밝힌 날이었던 것 같다.

——너랑 나랑 공통점이 뭔지 알아? 부모도 모르고 자란 놈들이란 거야. 출발부터 우린 어려운 조건을 안고 세상에 나온 셈이지. 그래 처음부터 남들보다 수백 배 힘겨운 삶을 시작할 수밖에 없었던 불쌍한 놈들……. 가난하니 학교도 제대로 다닐 수 없어 못 배우고, 못 배우니 가방끈이 짧아서 더 가난해지지. 넘기 힘든 삶의 장벽이 우리 앞에 운명처럼 가로막혀 있는 거나 같애. 이런 장벽 앞에서 누군가는 비관하고 자살하지. 그럼으로써 그 힘겨운 삶에 대해 영원히 침묵하는 쪽을 택하는 거야. 그리고는 이내 살아 있는 사람들의 기억에서 지워져 버리지. 자살은 이미 이 시대에 습관화된, 우리 사회의 한 보편적 현상으로 자리잡은 지 오래 됐잖은가.

또 누군가는 세상과 운명을 저주하며 평생 그 힘겨움에 대해 원한을 품은 채 살아가지. 어느 쪽이든 다 패배한 삶이야. 어느 시대건 성공한 자보다 패배한 자가 훨씬 많은 세상인데도 실상 패배자가 설 땅은 적어. 그게 세상의 법칙이야. 그래서 세상의 불평등은 절대로 깨지지 않아. 마치 보이지 않는 담벽이 인위적으로 헐리지 않는 것처럼 그 어떤 혁명의 파괴력도 세상을 부숴뜨리지 못하는 법이야.

반면에, 누군가는 자신의 한계를 뛰어넘어 그 힘겨운 조건의 장벽 너머에서 새로운 경지를 열어가는 이도 있지. 많지는 않지만, 그래도 이렇게 세상에 대한 원망과 저주를 희망으로 바꾸고, 자기 삶을 새로이 창조적으로 개척해 나가서 마침내 성공하는 자들도 더러 있기는 하데. 하지만 그것도 옛말이야. 비록 가난해도 남보다 더 부지런히 노력하고 열심히 공부하면 성공한다는 말, 그거 다 거짓말이야. 아무리 이 악물고 열심히 일해도 그런 꿈이 현실로 바뀐다는 말 같은 건, 이젠 아무도 안 믿는 시대야. 잘 알잖아? 돈이 돈을 벌고, 돈이 있어야 좋은 학교도 가고, 출세도 할 수 있다. 이건 너도 워낙 가진 것 없이 살아봐서 뼈저리게 알고 있잖아? 그것이 한국사회의 흔들림 없는 구조적 틀이니까. 이 엄격한 시스템에 적응 못하면 절로 낙오자가 되는 거야. 말하자면, 돈 없이는 누구도 혼자 힘만으론 불리하게 타고난 자기 조건의 장벽을 넘을 수 없는 시대가 돼 버렸지. 흔한 말로 천민자본주의 시대라던가, 뭐, 그런 세상으로 변한 거야. 너처럼 구두닦이 통이나 메고 다니면 평생 가난뱅이 신분으로 사는 수밖에……

가난 탓에 꿈과 기회를 잃고 일단 장벽 앞에 주저앉아 뭉그적대는 계층으로 한번 전락하면 담을 넘기가 점점 어려워진다는 건 아주 간단한 셈법이야. 담벽이 높을수록 제 손을 붙잡아 끌어올려 주고 담 너머의 미래를 보여줄 누군가의 힘이 절대적으로 필요한 법이지. 그래서 말인데, 지금부터선 내가, 이 한제민이가 너의 손을 붙잡아 이끌어 주겠어.

——내사 형님만 있으면 든든하죠. 그런데 말이유, 형, 정작 그런 형의 손은 누가 잡아주는데요?

두꺼비란 별명처럼 그 큰 눈을 끔벅거리며 나를 쳐다보던 녀석의 엉뚱하고도 순진한 질문에 나는 소리 내어 웃었다.

그 당시 녀석의 나이가 열아홉 살이었던가. 아주 어려서부터 고아원을 뛰쳐나온 뒤로는 줄곧 길거리에 나돌며 험하게 성장해 온 녀석치곤 어딘가 고지식하고 순박한 데가 있었다. 사람들의 이합집산이 빈번한 역전이랑 버스터미널 같은 곳을 근거지 삼아 진치고 노는 건달패나 시장판의 각다귀 같은 왈패들의 틈바구니에서 잔뼈가 굵은 그였지만, 날으는 파리도 잡아먹는 두꺼비처럼 든직했다. 녀석은 그 큰 덩치만큼이나 서두르지 않고 뚜벅뚜벅 걸으며 각다분한 삶을 꽤 착실하게 살아왔다. 나는 녀석의 그런 모습을 눈여겨 봐왔고 또 미더 워했다.

——너나 나나 태어날 때부터 우린 이 세상의 너스래미 같은 존재로 나온 거야. 출생의 비밀조차 모르던 나를 거두어 길러주신 분은 현공 스님이었지. 난 어릴 때 절집에서 컸어. 그래서 절이 유일한 내 집이 야. 아버지도 없는 내게 그분은 나의 정신적 아버지였던 셈이지. 현 공 선사께서는 늘 내게 이렇게 말씀하시더라. 이승의 한계에 갇혀 사 는 자는 어느 누구도 혼자 힘만으론 험난한 삶의 방벽들을 넘어갈 수 없다고. 그래서 선사께선 내 손을 붙잡아 올바른 부처의 길로 인도코 자 한다고 말이야. 쉽게 말해서 중이 돼야 한댔어. 하지만 난 타고난 내 조건을 사랑하는 법을 배우기 위해 부처의 힘에 의지하는 그 길을 스스로 포기했어. 내게 덮씌워진 월장도화살을 떨쳐내는 대신 오히 려 담을 넘는 운명대로 살기로 했거든.

——월장도화살이란 게 뭔데요?

——담을 넘는 도둑 팔자란 뜻이야. 그동안 너도 내 정체에 대해 어 렴풋이 눈치채고는 있었겠지만 실은 난 도둑놈이야. 알고 있었지?

——대강은 짐작했지만 그래도 긴가민가했어요. 뚜렷하게 하는 일 도 없는데 형님 씀씀이가 엄청 커서 좀 이상하게 생각하고는 있었죠.

——그래? 나에 대해 솔직히 털어놨는데, 듣고 나니 기분이 어때?

——그냥 좀 얼떨떨하긴 해도 뭐, 그런들 어쩌겠어요? 어차피 형님 이나 저나 제 살붙이 없는 세상에서 떨꺼둥이 신세로 만나 의형제가 된 처지인데, 서로 붙안고 의지하며 살아야죠.

——그래, 니 말 맞다. 같은 환경의 떨거지끼리 돕고 살아야지. 인생 역전 같은 성공은 기대조차 할 수 없는 가난이 고착된 사회에, 니 말

마따나 우리 같은 떨꺼둥이들은 희망이 없어. 그래서 난 과감히 금기의 담을 뛰어넘기로 결심했던 거야. 이런 말을 하면 변명 같지만, 세상과 운명을 저주하는 대신 기꺼이 그 운명을 받아들였지. 그리고 운명에 충실하고자 노력한 결과가 오늘의 나란 존재니까, 여기까지 온 삶에 전혀 후회는 없어. 오히려 담을 넘어야 하는 내 운명을 스스로 사랑하는 데서 희망을 본 거야. 개처럼 벌어서 징승처럼 쓴디는 말도 있잖으냐. 어차피 돈이 양반 행세하는 이놈의 천민자본주의 시대에는 돈을 버는 게 최고야. 빈부격차가 국민통합에 큰 걸림돌인 이런 사회에서 좌절과 절망을 벗어나려면 그 길밖에 없는 거야. 서민들 위에 군림하는 저 잘난 정치가나 내로라하는 정부의 고위관리들 봐라. 죄다 부동산 투기로 돈 벌지 않은 놈들이 있더냐? 그치들 말로는 '투기'가 아니라 '투자'라 하고 '재테크'라 하더라만, 용어야 어떻든 그게 그거지. 돈 걸고 돈 따먹기지. 그래서 우선 내가, 너를 합법적인 땅 부자로 만들어줄 테니까, 앞으로 이 형이 건네주는 돈은, 생기는 족족 무조건 건물이나 토지 같은 부동산에 묻어두어라. 알았냐? 땅은 아무도 훔쳐가지 못해서 좋은 거야. 값비싼 귀금속이나 금괴 따위를 사 모으는 자들도 있더라만 그런 건 도둑맞을 우려가 있어. 나 같은 도둑들이 노리는 게 바로 그거니까.……

— 알겠습니다, 형님. 깊이 명심하겠습니다. 형님은 언제나 제가 어려울 때 힘이 돼주신 분이에요. 정말 고맙습니다…….

그렇게 말하던 두꺼비 녀석은 이후로 내 말이라면 무조건 금과옥조처럼 여겨 우직할 만큼 시킨 대로 행동했다.

내가 아직 미결수로 감방에 있을 무렵, 전혀 본 적이 없는 낯선 여자가 나를 면회하러 왔었다. 물론 처음엔 두꺼비 녀석이 시킨 짓이란 걸 까맣게 모른 채 속으로 어리둥절하고 있을 때, 그녀는 나더러 아무

소리 말고 그냥 자기 얘기만 들으라는 거였다. 면회실의 철창 너머에서 여자는 요령부득의 말을 지껄여대기 시작했다. 어젯밤부터 빗소리를 들었는데, 정원 마당에 난데없이 두꺼비 한 마리가 나와 돌아다녔어요. 그 순간 내 귀가 번쩍 띄었던 것이다. 그녀가 전한 그 암호는, 공판이 있을 날짜를 택해 법정 마당에 두꺼비 녀석이 나타나 나의 탈주를 도울 계획을 세우고 바야흐로 어제부터 활동을 시작했음을 암시하는 것이었다. 우리는 면담 내용을 일일이 기록하는 간수가 알아듣지 못할 연락을 서너 차례 더 주고받았다. 막상 탈출하던 날, 구치소에서 포승줄을 풀고 별을 18개나 다는 동안 숙련된 솜씨로 한 쪽 쇠고랑마저 푼 뒤, 환기통을 뜯고 나온 나는 법원의 구내식당 지붕 위에 푸른 수의(囚衣)의 윗도리만 벗어 팽개치고 뒷담을 넘었다. 법원과 담장이 맞붙은 어떤 종합병원의 뒤뜰로 해서 복도를 지나갈 때는 수갑이 달린 오른손을 런닝셔츠 밑에 감추어 아픈 배를 움켜쥔 환자처럼 꾸밀 수가 있었다. 복도가 끝나는 저쪽 현관 대합실의 긴 의자에 때맞추어 두꺼비가 앉아 기다리고 있었다. 그를 보는 순간 나는 눈짓을 한 뒤 옆의 화장실로 들어갔던 것이다. 급히 뒤따라 들어온 두꺼비가 미리 손가방 속에 준비해 온 옷으로 나는 얼른 갈아입었다. 그리고는 색안경을 낀 뒤 죄수복 바지와 검정고무신은 빈 손가방에 바꿔치기로 집어넣고는 함께 현관을 빠져나왔다.

병원 앞 주차장에는 두꺼비가 몰고 온 승용차가 대기해 있었다. 서울 전역에 비상경계망을 펼치고 검문검색이 강화되기 전에 얼른 수도권 밖을 빠져나가야 했으므로 우리는 일분일초가 급했다. 달리는 차 안에서 나는 용의주도한 두꺼비 녀석이 건네주는 성능 좋은 고급 줄톱으로 쇠고랑을 잘라냈다. 가장 빠른 길목을 택해 서울을 벗어날 즈음엔 다행히 경찰의 검문이 아직 없을 때였다. 그만큼 우리의 행동은 경찰의 예측이 못 미치는 바로 그 허점을 노렸고 또한 민첩했던 것이다.

그 뒤 나는 경주까지 내려와 두꺼비가 운영하는 서라벌 모텔에 은신한 채 바깥 동정을 살피며 일절 외출을 하지 않았다. 이곳에 와서야 비로소 그동안 께끄름하던 몇 가지 의문점이 확실하게 풀렸다. 언젠가 나를 면회하러 왔던 여인은 두꺼비의 하수인 노릇을 한 어자로 녀석과는 매우 정분이 깊은 그렇고 그런 사이였다. 어디선가 입수한 남의 주민등록증에 가짜 사진을 붙이고 두꺼비의 사주(使嗾)로 나에게 몇 번 면회만 온 다음 그녀는 자취를 감추었다. 지금은 부산 쪽 어딘가에 있는 룸살롱의 얼굴마담으로 빼돌려 놓았다고 하는데, 하여간 두꺼비 녀석의 두뇌는 생김새와 달리 놀랄 만큼 지능적이었다. 그리고 또한 매사에 신중했다.

내가 투숙하고 있던 그 방은 일반 손님을 아예 받지 않는 아늑한 밀실이었다. 좌우로 여닫는 덧창문이 뒤뜰로 향하고 있었다. 담쟁이넝쿨이 잎사귀를 닥지닥지 매달고 기어오르는 담벼락 쪽에 무성한 잔가지를 뻗친 물푸레나무와 키 큰 왜목련(倭木蓮) 두 그루가 서 있었다. 내 몸 속의 어딘가에서 울리는 종소리의 이명에 시달리다 눈을 뜰 때마다 나는 악몽을 몰아내듯 창문을 열고 처음 얼마간은 그저 우두커니 그런 바깥 경치를 내다보았다.

그 방 안엔 언제라도 리모컨만 작동하면 볼 수 있는 대형 텔레비전이 있었지만 뉴스 시간 외에 다른 프로는 도통 흥미를 못 느껴 잘 보지 않았다. 그 대신 매일 아침 두꺼비가 가져다주는 일간신문들을 꼼꼼히 읽었다. 그 때마다 사회면에 대서특필로 보도되고 있는 '대도(大盜) 한제민의 수사보고서'를 나는 비웃음과 불안이 반씩 섞인 묘한 감정으로 대하곤 했다. 나의 탈출 사건으로 인해 애매한 피라미들이 불심검문의 그물에 수없이 걸려들고 있는 우스꽝스런 상황이었다. 여느 때와 똑같이 경찰의 구태의연한 엉터리 수사가 진행되는 동안 심증이 갈 만한 혐의자들이 속속 공범으로 몰려 심문을 받고 있는 내용들을 모든 신문들은 낱낱이 보도하고 있었다. 얼토당토않은 용의자들이 괜히 나 때문에 또 얼마나 많이 어처구니없는 수난을 겪을지 알수가 없었다. 어떤 날은 내가 알 만한 이름들이 신문지상에 오르기도하고, 또 다른 날엔 제법 예리한 추리로써 실제와 거의 비슷한 탈출경로가 보도되기도 했다.

무기형을 언도받은 이른바 중죄자의 탈주사건으로 법무장관이 성명을 발표하였다. 이에 경찰청장이 직접 나서서 그 책임을 물어 마침내 경찰당국의 많은 관련자들이 무더기로 경질, 해임, 또는 파면되는 인사조처가 단행되었다는 소식을 나는 이 방의 침대 위에 누워서 TV를 통해 들었다. 그날은 하루 종일 뉴스 시간대마다 이 소식과 함께 내 얼굴 사진이 브라운관에 떠올랐다. 경찰청의 요청으로 방송국을 통해 공개수배하게 된 상황을 전국의 시청자들에게 알리며 시민들의 적극적 협조와 제보를 기다린다는 내용이었다. 심지어는 스폿뉴스로도 몇 번 더 방송되었고, 정규 프로그램의 화면 아래 스쳐가는 자막으로 나오기도 했다. 나를 잡으려고 가히 혈안이 되어 있었다. 나는 방안에서 브라운관에 때때로 긴급뉴스와 속보를 타고 나타나는 내 얼굴을 맞대하는 심정이 묘해서 이후로는 TV를 안 보기로 작정했던 것이다.

낮엔 주로 덧창문 위에 블라인드 커튼을 내려놓고 지냈으나 나중엔 그것마저 걷어버렸다. 창문틀에 몸을 기대고 의자에 앉아, 왜목련의 그 곧고 길게 치솟은 둥치와 유난히 넓은 잎사귀들에 시선을 고정한 채, 그 잎사귀 하나하나를 헤아려 보며 갑갑한 은신생활의 무료함을 달래곤 했다.

　내가 일시 몸을 숨기고 있는 이 방은 평소 두꺼비만을 위한 개인 밀실이었다. 모텔 사장인 그의 공식 집무실은 따로 있었다. 손님을 맞거나 공적 사무를 보는 곳은 거기였고, 이 은밀한 전용실은 일테면 두꺼비 혼자만 출입하는 일종의 비밀 방이었던 것이다. 그의 개인 금고가 있고, 그가 어떤 일에 대해 심사숙고하며 결정을 내려야 할 때 찾는 방이었다. 사람은 누구나 가끔씩 아무 간섭도 받지 않고 혼자 있고 싶을 때가 있는 법이다. 그럴 때 그는 혼자 이 밀실에 들앉아 조용히 시간을 보내기 위해 이용한다고 말했던 것이다.

　그런 용도로 꾸며놓은 방답게 꽤 화려하면서도 아늑한 느낌이 들었다. 한 쪽 벽면에는 진열장에 보드카나 코냑 혹은 유명브랜드의 각종 최상급 양주들이 가득 비치되어 있는 간이 바로 꾸며져 있었다. 두꺼비 녀석은 나를 위해 이 방과 방 안의 모든 것을 마음 편히 이용하기를 간청했다. 나는 녀석의 그런 마음 씀씀이가 고마웠다. 잠이 오지 않을 때면 나는 가끔 침대에서 일어나 술병이 가득 진열된 장식장의 유리문을 열고 손에 잡히는 대로 아무 병이나 꺼내 잠을 청할 요량으로 몇 잔씩 홀짝거리곤 하였다. 온몸에 서서히 퍼져오는 취기를 빌려 억지로라도 잠들어 보고자 했으나 그럴수록 더욱 머릿속이 말똥말똥해졌다. 어둠속에서 도리어 눈이 뜨이는 평소의 습관을 어쩔 수가 없었다. 이런 때면 대개 불도 끄지 않은 채 침대에 누워서 천장만 우두커니 올려다보기 일쑤였다. 크리스털로 된 샹들리에가 눈이 부시도록 휘황찬란하게 빛을 반사하고 있었다. 빛이 들면 질끈 눈을 감는 조건반사에 따라 억지 잠을 청해 보려 했지만 그것도 쉽지 않았다. 잠에 대한 집착이 오히려 잠을 방해하고 있었다. 40여 년을 살아온 지금까지 내가 늘 올려다본 것은, 불행하게 타고난 현실적 조건의 높은 담벼락이었지, 결코 귀금속이나 보석 따위가 아니었다. 하물며 두꺼비 녀석이 화려하게 장식해 놓은 이 방 천장의 저 고급스런 샹들리에나 벽면 한 쪽에 멋지게 꾸민 진열장의 값비싼 고급 양주 따위는 더더욱 아니었다.

까닭을 알 수 없는 회한의 감정이 밀려와, 술기운에 맥이 풀리듯 온몸이 나른해졌다. 여태 살아오면서 정작 내가 이 세상에 남길 만한 것은 아무것도 없다는 서글픈 느낌이 가슴을 억눌렀다. 무언가 한 가지라도 내가 이 세상에 존재했다는 증표라도 남겨야 할 것 같았다. 내 살아온 사연을 절절히 담아 누군가 나의 이 신산한 생애를 추억해줄 글이라도 남기고 싶었다. 기록하지 않은 시간은 잊혀진 과거가 될 뿐이다. 그러기에 어떤 형태를 빌려서라도 내 삶의 흔적을 기록해 두는 것도 뜻있는 일일 터이다. 기껏해야 어설픈 자서전이거나 회고록쯤 된다 해도 그건 결국 '도둑놈의 수기'로 끝날 공산이 크다. 하지만 뭐가 됐든 상관없다. 하다못해 유언장이라도 남겨 둬야 할 기분인 것만은 사실이었다.

느닷없이 떠오른 그런 생각이 일시적 감정의 충동 때문이 아니란 걸 나는 뒤늦게 알았다. 그래서 나는 두꺼비에게 글 쓸 도구 일습을 장만해 놓도록 일러두었다. 방안에 들어박혀 아무 하는 일없이 무료하게 소일하자니 갑갑해서 글이라도 끼적거리며 시간을 보내는 게 덜 심심할 것 같다고 말하고는, 요새 네 사업은 잘 돼 가느냐고 물어보았다.

──예. 다 형님 덕분이죠 뭐. ……제가 오늘날 이만큼 되기까지 물심양면으로 보살펴주신 형님이 안 계셨으면, 어찌 제가 인생에 대해 눈 뜨기나 했겠어요?

아무렴. 어엿한 소시민으로 기반을 잡고 남부럽잖은 위치에서 이제는 누가 봐도 출세했다고 말할 수 있는 녀석의 모습이 참 대견하기도 했다.

──근데, 더 중요한 문제는 인생의 방향과 목표에 있단 말이야. 그러니까 어떻게 사느냐 하는 게 중요하단 뜻이지. 뭔가 좀 사람답게 살려면 어떻게 하는 게 가치 있는 건지도 이젠 생각해 볼 때가 되지 않았어? 지금까진 오직 돈을 벌어야겠다는 일념으로 나름대로 열심히 살아왔겠지만, 그 다음엔 뭘 어떻게 하겠다는…… 말하자면, 무슨 목적으로 여생을 보내겠다는 생각 같은 거 해봤어?

──그럼요. 당연히 해봤죠.

미심쩍어하는 내 눈길을 두꺼비는 당당하게 맞받으며 밝은 미소로 응답했다. 그는 몇 년 전부터 슬롯머신을 개조한 신종 파친코 사업으로 떼돈을 벌었다고 했다. 그 돈으로 얼마 전 경주 시내 근교, 동해 쪽으로 빠지는 길목에 위치한 전촌 삼거리를 좀 지나서 해안선이 보이는 구불구불한 길이 나타나는 그 어디쯤, 산비탈의 천수답과 산달까지 포함한 그 일대 수만 평의 면적에 이르는 땅을 사두었다는 것이다. 그리고는 내가 녀석에게 틈만 나면 입버릇처럼 조언했던 대로 번 돈은 가급적 토지나 기타 부동산에 투자하고 있다는 얘기를 새삼스레 들먹였다. 게다가 그것이 형님의 가르침이기에 반드시 실천하고 있다고 덧붙이기를 잊지 않았다. 그런데 녀석의 이야기를 마저 듣고 보니 시내 근교의 땅을 사둔 목적이 따로 있었다. 그것은 단순히 축재수단으로서가 아니라, 오래 전부터 계획해 온 사회봉사 사업을 위한 일차적 기반조성의 터전을 우선 장만해 둔 셈이라는 거였다. 앞으로 여건이 조성되면 거기에 고아원과 노숙자의 쉼터, 또는 무의탁 노인들을 위한 양로원 같은 무료 복지시설을 세우거나 어려운 가정의 청소년들을 위한 직업기술학교 건립 같은 운영계획도 함께 구상하고 있다고 하였다.

──형님이나 저나 사회의 밑바닥 진흙탕을 뒹굴며 성장해 온 과거가 있잖아요? 그 아픈 기억을 잊지 않고 옛날의 우리 같았던 처지에 있는 많은 사람들을 위해 뭔가 꼭 도움 될 만한 일을 하고 싶었거든요. 제 인생의 방향이나 목표가…….

──그래? 앞으로 자선사업가 노릇을 하겠다, 그 말인가? 하긴, 그것도 썩 나쁘진 않지. 나도 옛날엔 인생의 밑그림을 그릴 때마다 확신도 없으면서 막연히 구렁텅이의 진펄 속에서 자라는 연꽃을 떠올리곤 했지. 아마 절간에서 컸던 과거의 불교 영향 때문이었던가 봐. 그래도 난 세상의 구원이나 내세 따위는 애초부터 믿지 않아. 다만 연꽃이 더러운 진흙 구덩이 속에 뿌리를 박고서도 막판엔 그렇게 우아하고 예쁜 꽃을 피우는 걸 보면, 마치 썩은 옛 등걸에 다시 새순이 돋는 기적을 보는 듯이 경이롭거든. ……아무튼, 두꺼비 너는 그 방향으로 세상의 무대 중심으로 성큼성큼 걸어 들어가서 니 인생의 꽃을 피우면 되는 거야. 그것이 니가 타고난 힘겨운 조건의 담벽을 넘는 방법일 수도 있으니까. ……근데, 그런 거창한 사업을 펼치려면 말이야, 사회적 명망을 먼저 쌓아야 해. 그래야 그런 원대한 계획이 수월하게 성사되니까. 가령, 앞으로 시의원이 된다거나, 나아가 이 지역 국회의원에 출마한다거나…….

──어쩜, 형님은 제 속내를 그렇게 훤히 꿰뚫어 보십니까? 제 입으로 말하기 쑥스러워 망설였지만, 실은 다음번 선거엔 제가 시의원에 한 번 출마해 보려고요. ……이건 주제넘은 야심도 아니고, 결코 터무니없는 만용도 아니라고 봐요. 노력만 한다면 충분히 전망도 있어요. 제가 비록 배운 건 없지만, 밑바닥에서 출발해 오늘날 어엿한 사업가로 성공한 자의 이미지를 내세워 자수성가한 입지전적 인물로 부각

시키면…… 당선 가능성이 전혀 없는 것도 아니죠. 꼭 그런 점을 노려서라기보다 꽤 오래 전부터 양로원을 수시로 방문해서 기부금도 내고, 몇몇 소년소녀 가장들에겐 약속한 생활보조금을 정기적으로 지급하며 꾸준히 돕고 있어요. 그건 물론 순전히 제 어릴 때의 처지를 되돌아본 자각 때문이긴 하지만요. ……특히, 부모 없는 제겐 효도할 길도 없으니까 자식 없이 버려진 무의탁 노인들이 예사로 뵈시 않아서 그런 사람들 찾아가서 나름대로 돌보고도 있구요.

　──그래, 잘 생각했어. 비상한 니 머리에 비할 바는 못 되지만 나도 지금껏 감방을 열여덟 번이나 들락거리는 동안 대한민국 사회구조가 어떻게 짜여서 움직여 돌아가는지, 그쯤은 훤히 꿰뚫어 보게 됐거든. 아닌게아니라, 감방은 사회제도나 법률, 경제, 정치, 인간심리, 범죄학 등등 온갖 것을 두루두루 다 배우는 최고의 교실이니까. 암튼, 한국에서 출세하는 데는 갖가지 유형들이 있긴 해도 평범한 서민이 택할 수 있는 가장 효과적이고도 흔한 방식 두 가지가 있어. 그게 뭐고하니, 우선 어떻게든 돈 많이 벌어서 지역 유지로 발돋움하는 거야. 지금 너처럼. 사회봉사 활동하며 여기저기 부지런히 얼굴 내밀고 그러면서 명망을 얻는 거지. 그런 다음 국회의원에 출마해서 당선되면 비로소 정치권력의 중심무대로 나아갈 길이 열리고, 제 하기 나름으로 장차 한국사회의 중앙부 상류층으로 편입하는 그 방식이 하나 있고. ……또 하나는, 운동권에 몸담고서 반체제활동의 투사로 감옥에 몇 번 들락거리며 정의와 개혁을 외치는 사도(使徒)로 이력을 쌓는 거지. 그 뒤엔 적당히 탈바꿈하여 현실정치의 개혁을 명분으로 정계에 투신해 기존 세력권에 슬그머니 발을 들여놓는 방식이 있지. 뭐, 하여간 이런 게 소위 코리안 스탠더드 아니겠어? 근데 그 과정에 반드시 신경 써서 주의하지 않으면 안되는 게 있단 말이야. 바로 남들한테 흠

잡힐 만한 과거사야. 장차 정치가로 뜻을 세워 신분상승을 노리고 있다면, 두꺼비 너도 이 점은 깊이 유념해야 해. 도덕적으로 뭐 지탄 받을 만한 일들이 있는지 없는지 자꾸 자신을 되돌아 봐야 해. 혹시, 지금 하고 있는 파친코 사업, 그거 너 불법으로 도박장 개설해 놓은 건 아니겠지?

──아, 그럼요. 여기 경주는 국제 관광도시라 다른 곳과는 달라요. 엄연히 영업허가 받고 하는 거죠.

──그렇더라도 드나드는 손님들이 전부 외국인 관광객은 아닐 테고…… 거개가 인생 막판에 몰린 서민들이 그저 목매고 한탕주의로 혈안이 돼서 들락거리기 일쑤겠지. 그러다 패가망신하기 딱 좋지. 결국 가난한 서민들 등쳐먹는 업종이란 건 딱히 안 봐도 뻔해. 게다가 룸살롱도 어쩐지 좀 그렇고…… 사회적 인식이 별로 안 좋잖아. 그리고 이 모텔도 마찬가지야. 이용하는 손님들의 정체가 수상쩍어. 내가 이 방에 들앉아 있는 동안 심심해서 창밖을 내다보고 있자니 대낮에도 뻔질나게 손님들이 드나드는데 모두 남녀 쌍쌍이야. 그 모습들이 아무래도 십중팔구 불륜관계 같거든. 이름만 모텔이지 실은 러브호텔인 거 다 알아. 거개가 유부남과 유부녀의 짝짓기 행각으로 비쳐 보이던데, 사실이지? ……하여튼, 요새 내가 이 방 안에서 보고 느끼는 모든 게 현실 같지 않고 꼭 거짓말 같은 세상 속에 갇혀 있는 것 같더라니까. 그래서 하는 말인데, 좌우지간 조심해야 돼. 두꺼비 니 마음 속에 품고 있는 장래의 야심이랄까, 나름대로의 꿈을 실현하려면 말이야, 너랑 관계된 주변의 이런 여건들을 항시 되돌아보고 살피지 않으면 안 되지. 직업에 귀천 없이 돈 벌어 그럭저럭 잘 먹고 잘 지내며 평범하게 살려면 문제될 게 없지만서도…….

거기까지만 말하고, 무심결에 목구멍까지 올라온 그 다음 말을 나는 꾹 삼켰다. 우리 사이를 남들이 속속들이 안다면 국회의원에 출마하여 정계로까지 진출해 보겠다는 두꺼비의 장래 희망에 치명적 흠집을 내게 될 것이 뻔하다. 그러니 앞으로는 나를 아는 척도 하지 말라는 말을 해주고 싶었으나, 성급히 지금 그렇게까지 선을 그어 굳이 말할 필요는 없다고 생각하여 꾹 참았다. 그 대신 조만간 때를 보아 그의 곁을 떠남으로써, 현재까지 착하게 살고 있고 앞으로도 대난한 인생설계를 꿈꾸는 두꺼비의 부담을 덜게 해 주리라 생각했다. 그것만이 진심으로 그를 위하는 길이었다. 내가 더 이상 누(累)가 되어 그의 명예를 더럽히기 전에 조용히 사라져 주어야 한다. 그렇게 나는 결심하고 있었다.

　　──지금까지 내가 한 말, 너무 고깝게 생각지 마라. 나중에 니가 선거에 출마했을 때는 이런 게 모두 상대방 후보로부터 나쁜 표적이 돼서 악재로 작용할 수도 있으니까, 노파심에서 하는 말이야. 알겠지, 내 말뜻?……하여간 조심해야 돼.

　　──예, 형님. 저도 생각이 없는 놈은 아니니까, 형님 말씀 깊이 명심하고 또 조심하겠습니다. 막상 그런 큰일을 앞두고 때가 닥치면 지금 하는 사업들은 처분하든지, 영업 간판을 바꾸어 다른 이름으로 신장개업하든지, 그렇게 해야겠죠.

　　──단지 상호를 바꾸는 것만으로 과거의 자기 정체가 달라질 수는 없어. 넌 생각하는 게 영판 정치하는 놈들의 수법이랑 어찌 그리 닮았냐? 민심이 등을 돌린 정당이 당을 해체한 뒤에 다른 이름으로 창당하고 나서는 수법이랑 똑같은 발상인데, 그런 변장이나 위장은 얄팍한 속임수라서 금방 들통나는 법이야. 하여간 매사 잘 생각해서 행동하고 실천해라. 그리고 뭣보다 가장 중요한 건, 이젠 너도 결혼해서 건실한 가정을 이루도록 하는 거야. 금년에 너 서른여덟 살이지? 한

집안의 어엿한 가장과 남편으로, 또 우리가 한 번도 불러보지 못했던 '아버지', 그래, '아버지'가 되는 일이 중요해.

두꺼비와 단둘이 그런 말들을 나누기도 하면서 이 방 안에 은신한 지 한 주일이 지나면서부터는 답답함에 짜증이 나기 시작했다. 머릿속에선지 귓가에선지 아득히 울려오는 범종(梵鐘)의 여운은 요즘 들어 눈을 뜨고 있어도 점점 심해졌다.

그동안 숨어 지내면서 직접 또는 간접으로 알게 된 소식들을 종합해보니, 국민들의 여론이 차츰 나를 동정하고 비호하는 쪽으로 쏠리고 있음도 나는 알 수 있었다. 전과 18범의 경력 중에 단 한 번도 사람을 해친 적이 없었던 점, 범행대상이 하나같이 부유층이거나 권력을 쥔 고위층이었고, 그런 집들을 노려 주로 귀금속이며 패물들만 몽땅 털어가되 범행시간도 십 분을 넘기지 않았던 점, 가령 한정된 시간을 넘기거나 발각이 되었을 땐 훔친 것을 고스란히 그대로 두고 나오는 괴상한 습벽 등등.

이제껏 내가 벌인 절도행각의 소상한 내력들이 특종기사감으로 신문에 다뤄지면서 '흉악범 한제민'이 어느 틈에 괴도(怪盜) 루팡에 비유되기도 하고, 심지어 의적(義賊)으로까지 미화되고 있었다. 더더구나 내가 그 집을 턴 적이 있는 누구누구 유력한 저명인사들의 명단이 하나 둘 공개되면서 이번 사건은 바야흐로 나라 전체를 들끓게 한 충격적인 사회문제로까지 번지고 있었다. 정부 고관인 김 아무개, 이 아무개, 박 아무개 등은 청렴해야 할 공직자로서 어떻게 수억대가 넘는 보석들을 소유할 수 있었는지, 하물며 그것이 밀수품이란 걸 알고 있었는지 진상을 밝히라는 소리가 곳곳에서 높아가고 있었다. 임시국회 때에도 그 문제가 야당측 국회의원들에 의해 거론되기도 했는데 내가 보기엔 그 모든 짓거리들이 그저 한심하고 우스꽝스러웠다. 어째서 사태가 이 지경으로까지 발전하게 됐는지 정작 나로선 어안이 벙벙하여 도무지 종잡을 수가 없다.

다분히 흥미 위주의 기사로 독자들의 눈을 끌려는 기자들이 도둑 괴담을 계속 유포하고, 미디어는 이를 확대 재생산하고 있었다. 그래서 신문과 TV방송에서도 노골적으로 '신출귀몰하는 한국 도깨비'라는 희한한 용어를 예사로 쓰기 시작했다. 처음엔 약간 시큰둥하게 들었는데 이젠 나도 한갓 남의 일인 양 무덤덤하게 여기고 있었다. 하여간, 밖에서는 날이 갈수록 범인의 행적은 오리무중인 채 추측만 무성하게 나돌며 억측과 낭설들이 활개치고 있었다. 그 모든 소문들이 실제와 부합되는 점보다는 그릇된 추측에서 나온 것이 더 많았다. 실상 내가 특권층의 집들만 노린 것은 단지 그들이 사회적 체면을 고려하고 또 나쁜 소문을 우려해서 도난 신고를 잘 않는다는 약점을 이용했던 것뿐이다. 게다가 내가 탈출한 원인이 뭐 달리 있는 게 아니고 그저 단순 절도범에게 무기형을 때린다는 게 너무 심하고 억울해서였다. 아무리 귀에 걸면 귀걸이 코에 걸면 코걸이 식의 법이라 해도 이건 높으신 법관 나리들께서 정말이지 기분 꼴리는 대로 나를 마구잡이 조지려 드는 데야 나도 가만 앉아서 당하고 있을 수만은 없잖은가 말이다.

그 전에 더욱 치사했던 건 서(署)에 붙들려 가 형사 앞에서 취조를 받을 때였다. 누구누구 집을 언제 어떤 식으로 털었는지 사실대로 술술 불어 놓으라기에 나는 그대로 했을 뿐이었다. 훔친 물건의 양이나 보석의 종류 따위도 솔직하게 다 털어놨다. 한데, 그 형사 양반께선 시중 시가로 몇천만 원 혹은 몇억이란 말에 깜짝 놀란 눈빛으로 도무지 안 믿기는 모양이었다. 안 믿으면 그만일 터인데, 진술조서를 작성한 지 이틀 뒤에 엉뚱하게도 새로 조서를 꾸며야겠다는 거였다. 그날은 된통 식겁을 했다. 첫마디부터 이 새끼, 너 정말 어마어마하게 뚱쳐먹었구만, 어쩌고저쩌고 들입다 욕지거리를 쏟아 붓고는 만약 그런 비밀이 공개되면 엄청난 사회문제가 발생할지도 모르니 적당히 깎아내려 말하라고 으름장을 놓고 위협하는 게 아닌가. 나 참, 기가 막히고 답답해서……. 하지만, 그렇게 해야 나중에 재판에서도 조금이나마 감형을 받을 수 있고 또 신상에도 좋을 거라는 데야 난들 별수 있나.

알고 보니, 실은 도둑맞은 저택의 높은 어르신들께서 진상이 폭로되면 사회적인 체면문제도 있고 하니, 되도록이면 자기 이름은 빼달라고 경찰 당국의 고위책임자한테 사후에 입김을 넣은 모양이었다. 그런데 그게 아래로 내려올 동안 딱딱한 명령조로 바뀌어 막상 나를 심문하던 담당 형사에게 이르러선 마침내 겁주는 엄포로 나타난 것이다. 나는 더럽고 치사해서 어떤 이름들은 빼주기도 하고, 훔친 물건의 가격도 깎아내려 애초에 말했던 내용을 수정하기도 했던 것이다.

그런 치사한 지난 일들을 떠올리며, 나는 삼층의 창가 높이보다 더 솟은 왜목련의 넓적한 잎사귀들이 그늘을 드리우는 문틀에 기대앉아 40여 년의 내 일생 가운데 반 이상을 보냈던 감방에서의 그 지겨웠던 나날들을 막연히 헤아려 보았다. 기억 속에 있는 나날이란 언제나 내게는 동일한 느낌을 줄 뿐이다. 그저 고독하게 갇혀 있던 답답한 수년간의 세월. 그러니 어차피 이 방안에서 종소리의 이명에 시달리며 지내는 우울한 시간들도 그 감옥생활의 연장에 불과했다. 담은 항시 내게 보호막이면서 장벽이었고, 또한 구속이기도 하였다.

쫓기거나 은신하며 늘 긴장을 풀지 못하고 숨 가쁘게 사느라 그동안 나는 계절의 변화에도 너무 둔감했다. 더욱이 낮엔 바깥을 잘 나돌아 다니지 않은 것도 이유 중의 하나였다. 실은 지금까지 내게는 세상의 그 어떤 일도 마음 쓸 게 없는 하찮은 것들에 불과했기에 그랬다. 그저 세속의 모든 일이 사소한 일처럼 생각되어 무관심했고, 도무지 이런 내 마음을 나도 모른 채 살았을 뿐이었다. 그런데, 두꺼비의 전용 밀실에 숨어 지내는 요즈음엔 이 창문을 통해 모처럼 바깥 풍경들을 유심히 관찰할 기회를 얻은 셈이 되었다. 얼마 전부터 왜목련의 가지 사이로 내다뵈는 후원의 풍경이 확 바뀐 것 같은 느낌이었는데, 사세히 보니 봄꽃들이 요 며칠 사이 한꺼번에 꽃망울을 터뜨린 것이다. 그건 저만치서 얼찐거리던 봄이 확연히 찾아온 변화였다.

뒤뜰의 담쟁이덩굴이 갑옷 비늘 같은 연두색의 새 잎사귀들을 주렁주렁 매달고 담장에 그물처럼 얽혀 있었다. 그 담장 가까이엔 세 그루 목련이 가지마다 눈부신 순백의 함박웃음을 일제히 터뜨렸다. 그리고 그 아래, 콩과식물인 박태기나무가 잎보다 먼저 핀 진분홍색 꽃숭어리들을 불꽃처럼 피워 올리고 있었다. 개나리가 서 있는 곳엔 이미 한 사나흘 땅에 떨어져 널브러진 노란 꽃잎들로 바닥이 어지러웠고, 그 꽃 진 자리에 숨어 있던 새순이 가지마다 파릇파릇 돋기 시작할 무렵이었다. 키 작은 관상용의 영산홍이 아직도 겨울잠에서 덜 깬 듯 후원의 여기저기 돌 틈 사이로 땅바닥을 베고 누워 봄꿈을 꾸고 있는 반면, 자목련은 머잖아 만개할 시기를 준비하고 있었다. 후원의 뒷문 입구에 있는 그 자목련 나무 아래로 지금 막 승용차에서 내린 손님 둘이 모텔로 들어서고 있다.

나이가 사십대 중반은 족히 돼 보이는 양복 차림의 신사가 앞장서고 아직 새파랗게 젊은, 스물네댓쯤 보이는 여자가 뒤따른다. 사내는 약간 고개를 수그리고 있기에 얼굴이 잘 보이지 않았는데 뒤의 여자쪽이 오히려 얼굴을 뻔뻔스레 치켜들고 있었다. 이런 장소가 아니라면 두 사람 사이를 부녀지간으로 착각할 정도였다.

서라벌 모텔의 뒷문은 후원과 바로 연결되어 있는데 그 후원의 담장 바깥쪽에 손님들을 위한 주차장 시설의 공터가 있었다. 여기 창가에서는 거기서 차를 타고 내리는 사람들의 면면이 대충 내려다보였다. 아무래도 정문 쪽으로 당당히 걸어 들어오는 것을 피하고 싶은 손님들을 위해 후문 쪽에 주차장 시설을 갖춰두고 있는 듯했다. 그들도 나처럼 가급적 정체를 숨기고 싶어 몰래 이곳을 드나드는 것으로 보아 나름대로 비밀을 간직한 자들이긴 마찬가지였다.

숨어 지낸 지 열흘째 되던 날부터 사흘 내리 황사바람이 불었다. 텔레비전과 신문에선 한반도 전역에 심한 황사경보가 내려졌다는 소식을 전했다. 온종일 부연 흙먼지로 인해 창밖 너머 불투명해 보이는 현실의 삶이 오히려 환상처럼 느껴졌다. 창문으로 내다보는 시야 가득 누리끼리한 햇빛 속에 끊임없이 부유하는 미세한 모래먼지 속을 사람들은 실루엣처럼 움직여 다녔다. 황사와 같은 기상이변이 아니더라도 바깥출입은 엄두를 낼 수 없는 내게는 날씨 상태가 나쁠수록 오히려 도움이 되었다. 그런 때면 대개 경계망이 느슨해진다는 것을 경험으로 터득하고 있었기에 내 쪽에서도 어느 정도 긴장을 풀 수가 있기 때문이다.

한 사나흘 황사바람이 쓸고 간 대지 위로 이번엔 4월의 돌개바람이 미친 듯 불어 시커먼 비구름을 몰고 왔다. 밤처럼 캄캄해진 한낮에 번개가 치고 천둥이 울리더니 굵은 빗줄기와 함께 때 아닌 우박이 쏟아졌다. 그 느닷없는 회오리 소동에 후원의 봄꽃이 놀라 후두둑, 떨어졌다.

다음날 비는 그치고, 비에 씻긴 청명한 하늘 아래 봄빛은 더욱 푸르렀으나 정녕 내 마음의 봄은 언제 올 것이지, 미련 없이 지는 꽃들을 보며 나는 생각했다. 사람의 한 생애가 꽃처럼 피었다 사라진다는 것은 아무리 엄정한 자연의 순리라 해도 무자비한 일이다. 그것도 숨어서 지는 꽃이라면 더더욱 서글프고 허망하지 않은가. 하물며 인생은 지더라도 꽃은 끝없는 순환의 고리로 피니, 오직 일회성인 인간의 삶은 앞으로 다시 필 저 꽃들에 비해 상대적으로 너무 가련하다. 그렇기에, 봄이 와도 봄 같지 않다는 옛 말이 절실하게 가슴에 다가오는 요즘의 현실이었다. 나는 할 수만 있다면 이 끈질긴 업보의 사슬을 끊어버림으로써 끝없는 윤회의 고리로부터 빠져나가 다시는 인간으로 태어나지 않게 되기를 간절히 바랐다.

꽃잎들이 시나브로 흩날리고 봄볕이 따사로운 바깥세상을, 나는 창틀에 턱을 괴고 앉아 하염없이 내다보다가, 관목인 줄 알았던 개나리가 담벽을 타고 넘을 만큼 저렇게 크게 자라는 것을 처음 보았다. 저기, 노란 꽃잎들이 벌써 져버린 개나리 줄기들은 거대한 문어발 같은 곁가지들을 사방 어지럽게 뻗어, 어떤 것은 담장 위에 걸친 채 휘늘어졌고, 어떤 것들은 해를 향해 오르지도 못하고 축 처져 땅을 기고 있었다. 그것은 마치 억제된 감정처럼 숨을 죽이고 낮은 포복으로 으슥한 곳을 향해 뻗어가다가, 언젠가 가녀린 줄기마다 감춰져 있던 푸른 잎들이 총총히 돋으면 다시 결연히 일어서려는 듯한 자세였다.

서울을 탈출한 직후부터 줄곧 은밀한 곳을 택해 이 방 안까지 피신해 온 나의 자발적 유폐도 미구에 스스로 어떤 결연한 행위로써 끝막음하지 않으면 안 될 것 같은 느낌이 들었다. 그 느낌은, 굳이 말하자면, 언뜻 머릿속을 스쳐간 예감이라기보다는 왠지 까닭 모를 불길함을 동반한 채 가슴을 꿰뚫고 솟구치는 결연한 의지에 가까운 것이었다. 그래서 이 방 안이 더욱 갑갑하고 불편해졌다. 숨어 지낸 지 보름 남짓 된 어느 저녁 때, 나는 처음으로 잠깐 외출을 시도했다. 두꺼비는 당황하며 만류했지만 나는 걱정 말라고 그의 어깨를 다독거리고는 기어이 밖으로 나갔다. 그러나 두꺼비는 문밖까지 따라 나오며 언제 준비해 두었는지 도수 없는 안경을 굳이 건네며 약간 변장이라도 하고 가라고 간청하기에 나는 그것마저 물리칠 수는 없었다.

　그동안 현상금이 붙은 나를 수배하는 전단과 벽보들이 사진과 함께 여기저기 나붙어 있었다. 그래도 오랜만에 맛보는 바깥세상의 자유로움에 젖어 나는 거리를 돌아다녔다. 걸을수록 억제된 감정의 분출 같은 시원함에 가슴이 확 트이는 기분이었다. 어두운 길이 뻗어 있는 대로 발길을 옮기면서도 내게는 일정한 방향이 없었다. 방향은 없지만 평소 거리를 돌아다닐 때면 떠오르는 달이나 별을 보고 방향을 잡을 수밖에 없기에 오히려 밤의 어둠을 이용하여 내가 해야 할 일이 무엇인가를 예전엔 항시 잊지 않고 있었다. 그 사실을 나는 뒤늦게야 깨닫는다. 겉으로 한 번 척 보기만 해도 웅장하고 부유하게 느껴지는 어떤 저택 앞에서 나는 습관처럼 걸음을 멈춘다. 담벽 옆에 서 있는 전신주를 쓱 일별하자마자 금시에 나뭇가지를 타는 원숭이 모양으로 찰싹 달라붙어 날렵하게 기어오르던 지난날의 습관을 상기했다. 불확실하지만 이런 행위는 내가 스스로 의식하지 못한 채 우연히 삶의 한 방식으로 채택한 어떤 계기의 기억을 일깨워 주는 것이다. 처음부터 도둑놈으로 살고자 원한 건 아니었기에, 남의 집 옥상이나 지붕 위에서, 안방의 주인과 식구들이 모두 잠들기를 기다리는 동안 곧잘 떠오르는 이 돌연하고도 밑도 끝도 없는 기억의 환기에 가끔 몸서리를 치기도 했다. 물론 대부분의 경우, 그런 기억은 일순간의 전율에 그칠 뿐 오래 지속되거나 더 이상의 쓰라린 기억의 연장을 가져오진 않는다.

　내가 남의 집 담을 일삼아 넘게 된 건 꽤 오래 전 통금(通禁) 시간이 있던 시절의 어느 한밤중부터였다. 밤늦게 거리를 싸돌아다니던 나는 통금시간에 걸려 방범순찰대의 호루라기 소리에 쫓겼다. 그때 엉겁결에 근처의 담벽을 타고 올라가 지붕과 옥상으로 건너뛰며 추적을 따돌리려 했던 것이 첫 계기였다. 일정한 거주도 뚜렷한 직업도 없는 나로선 통금 시간대를 넘겨 붙잡히는 것만으로도 정말 골치 아픈 일이었다. 서(署)에 끌려가 취조를 받는 그때부터 이런저런 곤욕을 치를 것은 빤한 일이었다. 그게 현실의 내 저시였으니까. 그래서 처음엔 단지 그런 귀찮은 일로부터 잠시 피신할 방책으로 담을 넘은 것에 지나지 않았던 것이다. 지붕 위에서 방범대원들의 호루라기 소리가 멀어지기를 한참 기다릴 동안 내려다본 고요한 도시의 밤은 낮에 본 풍경과는 완전히 다른 얼굴, 다른 모습을 하고 있었다. 지상의 위험에서 일시 벗어난 호젓한 기분으로 허공에서 내려다보는 도시의 모든 집들이 숨을 죽인 채 내 발 아래 엎드려 있었다.

그때 문득 내 눈길을 오래 잡아 끈 것은 상상을 초월할 정도의 호화롭기 그지없는 어느 대저택의 정원이었다. ——풀장이며 테니스 코트를 갖춘 드넓은 마당의 한 쪽으로, 조경이 잘된 숲과 작은 동산, 그리고 인공으로 조성된 연못 위에 걸쳐진 돌다리가 끝나는 곳에 작은 정자까지 딸린 거대한 정원. 도심지 중심가에서 조금 벗어난 곳이긴 해도 서울 복판에 이처럼 넓은 공간을 가진 호화로운 대저택이 있다는 사실을 알게 된 것은 새로운 발견이었다. 집안 곳곳에 설치해 놓은 휘황한 조명등이 어둠을 밝히고 있는 그 저택의 드넓은 정원을 허공에서 내려다보고 있자니 불현듯 엉뚱한 생각들이 떠올랐다. 평소엔 감히 근처를 얼씬거릴 엄두조차 못 낼 만큼 위압감을 자아내는 웅장한 건물 외곽과 높다란 붉은 벽돌담에 가려진 집의 내부를 처음으로 엿본 경험은 나로 하여금 또 다른 강렬한 호기심을 자극하기에 충분했다. 대관절 저런 곳에 사는 사람들은 뭘 먹고 사는지, 집안 구조는 어떻게 생겼으며 각각의 방들은 어떻게 꾸며 놓았는지 등등. 궁금증은 꼬리를 물고 잇달아 머릿속을 뒤숭숭하게 만들었다. 그때 나는 처음으로 건물의 내부를 들여다보고 싶다는 강한 충동을 억제할 수가 없었다.

그 새벽에 비로소 집안까지 몰래 숨어 들어간 첫 경험 이후로 나는 서울 시내엔 이런 호화로운 저택들로 이뤄진 부자동네가 수백 군데도 더 된다는 사실을 차츰 알게 되었다. 내가 암울했던 신군부독재 시절의 국가 정책 중 유일하게 박수갈채를 보내는 것이 있다면 과감하게 통행금지 시간을 폐지한 그 일이었다. 나 같은 밤도둑들에게 공식적으로 날개를 달아준 거나 다름없는 그 정부시책에 나는 속으로 열렬한 환호성을 질렀다. 이후로 밤거리에서 방범대의 호루라기 소리도 더 이상 들리지 않았다. 어둠에 덮인 서울의 야경에 나는 한없이 매혹되어 갔다. 밤이 깊어질수록 내 눈엔 '보석처럼' 반짝이는 불빛과 간판들의 네온사인과 가로등을 제외하곤 집집의 전등불이 하나둘 꺼져갈 시간에 올라간 지붕이나 옥상 같은 공간은 내게 허공에서 줄타기하듯 아찔함을 동반한 현실적 공간이었을 뿐, 결코 낭만적 공간과 혼동하는 일은 없었다.

낮의 문화에 길들은 사람들이 잠들기 전에 꺼버린 전등이나 텔레비전의 침묵은 밤도깨비인 내가 활동하기엔 더없이 안성맞춤이다. '밤새 안녕하십니까?'라는 한국식 아침인사가 무색하게 될 나의 활동이 바야흐로 시작될 시간이다. 낮 동안 부지런히 일한 덕분에 벌어놓은 돈이나 보석, 또는 값진 패물 등속을 순식간에 감쪽같이 훔쳐내 오는 도깨비장난에 대해 이튿날 아침이면 아연실색할 인간들의 꼬락서니를 상상해보면 고소하고 재미있다. 이런 순간이면 간혹 일종의 야릇한 전율과 함께 나를 온통 사로잡으며 소생하는 어린 시절의 막연한 기억 속에 나의 지나간 삶의 뿌리가 확실하게 담긴 채 확인돼 오는 것이었다.

하지만, 이날 밤만은 여느 때와 달랐다. 하루 일을 끝내고 지쳐 돌아가는 선량한 노동자처럼 나는 막 답답함에서 해방된 이 상쾌함을 좀더 연장시키고 싶었을 뿐이었다. 내 신분의 노출에 극히 신경을 쓰면서 한적한 거리에 즐비한 포장주점들의 어떤 천막 안으로 들어가 술을 마셨다. 나는 그때 도수 없는 안경을 끼고 인상을 위장하고 있었지만 안심이 안 되어 곧 나왔다. 마침 내 옆자리에 앉아 있던 술 취한 두 사람의 화제가 바로 세상을 떠들썩하게 만든 탈주범에 관한 것이었기 때문에 더더욱 마음이 켕겼다.

두 사람은 한창 언쟁을 벌이고 있었다. 그 중 한 쪽이 탈주범 한제민을 홍길동에 비유하자 다른 한 쪽이 그걸 반박하고 있었다. 반박의 요지는 권세추구를 위해 수단방법을 가리지 않는 홍길동이란 인물의 정체에 대해 한국 사람들은 대체로 그릇된 인식을 갖고 있다는 것이었다. 조선조 허균이라고 하는 자가 지었다는 그 소설 속의 홍길동이란 놈은 바로 허균 자신의 분신과도 같은 인물이라는 거였다. 왠가 하니, 악당 이이첨에게 아부하고 야합하면서 광해군을 업고 천하에 몹쓸 짓을 했던 게 허균이란 놈이다. 예컨대 그는 자신의 권세와 출세를 위해 영창대군(永昌大君)을 죽이는데 앞장섰고 능창군(綾昌君)을 죽게 하고, 또 많은 그의 반대파를 죽이거나 모함하여 귀양 보내고 파직을 일삼았던 악행을 저지르며 출세길에 나아가 형조판서에 오른 그런 자였다. 그처럼 수단방법을 가리지 않고 권세잡기에 인생의 목적과 성공을 걸었던 허균의 이른바 '출세주의 인생관'에 딱 들어맞게 그려놓은 인물이 홍길동이라는 것이다.

요컨대 홍길동 이야기는 서출이면서도 똑똑하여 나중에 성공하게 된다는 줄거리인데, 남의 재물을 약탈하는 활빈당의 괴수 노릇을 했건 무슨 짓을 했건 간에 나중에 병조판서가 되고, 나아가 임금이 되고, 잘 살았다는 식의 결과론적 출세주의를 찬양하는 이야기의 주인공이 결코 국민적 영웅일 수도 없고, 또 그렇게 되어서도 안 된다는 주장이었다. 나라를 구한다는 그럴듯한 명분으로 군사쿠데타를 일으켜 반대파를 숙청하고 민의도 무시한 채 주동자가 스스로 대통령이 되는 길을 만들어 권력을 빼앗고, 반대하는 자들을 붙들어다 고문을 하든 선량한 국민들을 탄압하든 어찌하든, 이기는 자가 정당화되는 세상은 병들고 썩게 마련이란 거였다. 하여간 우리 역사에는 그런 전례가 있었기에, 5·18 광주학살사건을 일으킨 신군부세력이 다시금 무력으로 권력을 잡게 한 모델이 되었고, 우리가 그 독재정권에 대해 분개하고 저항하는 것도 다 그 때문이 아니겠느냐고 한 사내가 열변을 쏟아내는 것이었다. 포장주점에서 그 말을 듣고 보니 과연 그럴 듯하였다. 내가 정작 담을 넘어 들어가 털어먹을 만한 데가 있다면 그게 바로 홍길동 이야기 따위를 꾸며낸 허균과 같은 간악한 놈들의 집이 아니겠는가, 하고 새삼 깨달아지는 바가 있었다.

또, 나를 대도(大盜)라고 하지만 실제 따져 보면 진짜 큰 도둑놈들은 바로 그들이라고 생각하자 속이 수꿀하였는데, 기껏 나를 홍길동에 비유하는 자가 있는 것에 대해서도 잔뜩 못마땅하여 나는 이래저래 성이 났다.

포장주점의 천막을 들치고 나온 직후부터는 더 이상 산책할 기분이 싹 가서 버렸다. 그 길로 서라벌 모텔의 은신처로 되돌아가려고 몇 걸음을 옮기는 순간, 으슥한 길가의 전봇대 옆에 두꺼비 녀석이 서서 기다리고 있었다. 예상치 못한 그 상황에 나는 깜짝 놀랐다.

──니가 여기 웬일이야?

──별 일 없으시죠? 형님.

　두꺼비는 허리를 굽실하며 내 곁으로 다가왔다. 아마도 나 혼자 길거리로 나선 것에 마음이 안 놓인 녀석이 줄곧 먼발치서 내 뒤를 밟아 왔다는 것을 직감으로 알 수 있었다. 녀석의 그런 마음씀씀이가 갸륵해서 나는 그의 어깨를 툭툭 쳐주며 응, 별 일 없었어, 라고 고개를 끄덕였지만 괜스레 가슴이 찡하였다. 우리는 참으로 오랜만에 이께동무를 한 채 별 말 없이 밤길을 돌아왔다. 그날 밤은 유달리 심한 종소리의 이명 때문에 잠 한숨 자지 못했다.

　그런 일이 있고 나서 며칠이 더 지난 어느 날, 두꺼비가 심상찮은 전갈을 가져왔다. 경찰이 나의 어린 시절의 연고지인 이 경주까지 어느덧 수색의 손길을 뻗치기 시작했다는 것이다. 그렇잖아도 얼마 전부터 어렴풋이 그런 기미를 눈치채고 신변의 위협을 느끼고 있었던 나는 마침내 결단을 내릴 순간이 왔다고 생각했다. 그래, 지금부터는 두꺼비와의 모든 관계마저 청산할 때가 온 것이야, 라고 맘속으로 판단하며 나는 말했다.

　　──아무래도 이젠 떠날 때가 된 것 같다. 잘 있어라. ……그동안 참 고마웠다.

　　──아니, 형님, 정말 여길 뜨겠단 말씀인가유?

　두꺼비 녀석은 적잖이 당황하는 모습으로 낯빛까지 변했다.

　　──그럼. 떠나야지. 어차피 나야 쫓기는 몸이라서 어딘들 위험하긴 마찬가지야. 하지만 우리가 함께 있다가 너까지 위험에 빠지는 건 내가 원치 않아. 더구나 우리 사이를 남들이 속속들이 아는 날엔 그건 네 앞길을 가로막고 그동안 쌓아올린 너의 명예에 치명타를 입힐 수 있거든. ……생각해 봐, 너한테는 장차 반드시 이뤄내야 할 꿈이 있잖아? 그러니 너는 현세적 가치를 중시하는 생활인답게 삶을 쉽게 포기

하지 말고 살아남아야 해. 이 시점에서, 니 장래를 위해 난 더 이상 폐를 끼쳐선 안 된다고 생각해서 떠나는 거야…….

──도대체 어디로 가실 건데요?

──흐음. 마음속에 정해둔 곳이 있긴 한데…… 글쎄, 절집에라도 한 번 들러볼까 해.

──서라벌인 이 경주 일대에 하늘의 별만큼이나 많은 게 절간이라는 옛말도 있는데, 어느 절 말입니까?

──그야, 내 아버지…… 아니, 내 마음속 아버지가 계신 절이지. 마지막으로 그분을 한 번 찾아뵙고 싶어…….

──아! 현공 스님 계신 곳?

──그래. 그곳에 가 보고 싶어. ……솔직히 말하면, 그동안 살아오면서 아무도 모르게 몇 번 법당에 찾아간 적은 있어. 가서는 시주만 하고 슬그머니 돌아오곤 했지만, 직접 스님을 만나 뵌 적은 한 번도 없었거든…….

하여간, 내가 두꺼비의 승용차를 이용하여 당장 경주를 떠날 결심을 한 것은 그날 오후였다. 서라벌 모텔의 밀실에 은거하고 있는 동안 줄곧 염두에 두고 있던 마지막 피신처로 옮겨 가 내 몸을 의탁할 생각이었다. 그런데 달리는 차 안에서 두꺼비는 내 결심을 되돌려 보려고 애를 썼다. 지금이라도 자기가 손을 쓰면 얼마든지 해외로 탈출할 수 있는 밀항선 같은 수단을 쉽게 마련할 길이 있다며 넌지시 운을 뗐다. 그리고는 경주 가까운 곳의 감포항(港)은 물론이고, 울산의 방어진이나 장생포 쪽에도 원양어업 관련자와 긴밀히 손이 닿는 관계여서 충분히 가능하다고 했다. 시일이 급한 대로 소형발동선을 내어 대마도나 후쿠오카 연안을 중간 기착지로 상륙했다가 거기서 동남아의 어딘가로 피신할 수도 있다고 했다. 위조여권도 별로 어렵잖게 해결

할 수 있을 거라고 꽤 구체적인 부분까지 언급했다. 그리고는 몇 년 전에 두꺼비는 실제 그런 방법으로 어떤 사람을 해외로 도피시킨 경험이 있다고 털어놓았다.

　──평소 친분 있는 성당의 신부님 부탁이었죠. 제가 여기저기 기부금을 좀 내어 불우 이웃돕기 같은 사회봉사 일을 하다 보니 그 신부님이 관련된 단체와도 연을 맺게 되면서 가까워졌어요. 한번은 공인 당국의 지명수배를 받고 있던 어느 반체제 인사를 신부님이 숨겨주고 있다가 내게 몰래 국외로 빼돌릴 수 있게 협조를 요청해 와서 그때 성심껏 도와준 적이 있어요.

　──공안사범이라? 그러니까, 일테면 사상범이었구먼. 거, 뭐라더라? ……그래, 이데올로기나 사상에 귀신 썬 사람들도 알고 보면 나처럼 쫓기며 숨어 다니는 밤도깨비 같은 생을 살아야 할 운명이지.

　──그러니 형님도 이번 참에 아예 바다 건너 멀리 어딘가로 몸을 피해, 더 이상 쫓기는 신세도 면할 겸 맘 편히 살아가면 오죽 좋겠어요?

　그런 말로 두꺼비는 조심스레 내 의중을 떠보는 것이었다. 나는 굳이 그럴 필요 없다고 잘라 말했다.

　──그렇게까지 신경 쓰는 니 마음, 내가 모르는 바 아니지만……실은 내겐 세상의 그 어떤 일도 진실로 마음 쓸 게 없는 하찮은 것들이었어. 그러니 너도 더 이상 나 때문에 마음 쓰거나 걱정하지 마. 그래, 인마. 난 정말 괜찮으니까 너도 이젠 너무 애태우지 마라.

　경주 시내를 벗어나서 동해안의 어느 한적한 시골길에 이르자 차를 멈추게 한 나의 제안으로 잠시 꽃구경이나 하자고 했더니, 두꺼비는 자못 의아해 하면서도 마지못해 나를 따라 함께 차에서 내렸다.

　행인의 발길을 붙잡는 눈부신 봄의 신록, 그 연두색 물결 사이사이로 산허리를 붉게 물들이고 있는 진달래꽃 군락을 우러러보며 나는 한껏 긴 숨 호흡을 하였다. 주변 일대의 야산은 과수원으로 경작되어 있었는데, 지금 거기엔 한창 살구꽃이며 복사꽃이 일제히 붉은 꽃망울을 터뜨리고 있었다. 그 옆으로 배꽃이 하얀 구름 무리를 이루며 산 아래 기슭을 에두르듯 펼쳐져 있었다. 시선이 가닿는 능선 저 위로 오를수록 부쩍 짙어진 싱그러운 잎사귀들이 숲에 생명력을 더했다. 능선을 타고 내려오는 산바람이 불 때마다 봄꽃들이 흩날려 붉고 흰 분말처럼 뒤섞인 채 허공을 휘돌다가 어지럽게 길 위로 내려앉았다. 봄이 가는 자취인 양 물기 없는 메마른 결별을 위하여 꽃들은 지금 생의 화려한 정점에서 미련 없이 떨어진다.

　——저 꽃들 다 지고 나면, 또 언제쯤, 우리 둘이 함께 잠깐이나마 세상 걱정 접어두고 꽃구경하는 이런 때가 있을까? ……글쎄, 모르긴 해도 아마 그런 날이 다시는 더 오지 않을 성싶다. 왠지 그런 느낌 때문에 이 봄이 더 애틋해지네…….

　——정말 그렇네요. 가는 봄도 그렇지만, 형님과 헤어지는 걸 되돌릴 수 없다는 게 저는 지금 더 아쉽고 섭섭해요.

　우리의 이야기는 그것으로 끝이었다.

　꽃들은 때가 오면 어김없이 스스로 온몸의 수분을 다 짜내어 오직 작은 열매 하나를 남기려고 존재했던 것처럼, 고갈된 열정의 마지막 잔해들을 무참히 사방으로 흩어내며 사그라지고 있었다. 모든 것을 각오한 생인 듯 조용히 파열하는 그 화려한 소멸의 광경을 눈에 담고 있는 동안 내 마음의 한 쪽 가장자리 공백을 꽃비로 물들이는 이 봄은 애틋하다 못해 처연하게만 느껴졌다. 돌이켜보면, 언제나 해 다 진 저문 길로만 다녀야 했던 내 삶의 고독한 현실이 이 순간 몸서리쳐지게 가슴을 저민다. 내게는 지나간 추억과 생존에 급급한 매일은 있어도 머릿속으로 그리며 장차 꼭 그렇게 되리라고 믿는 기다림은 없었다.

얼마 뒤, 나의 제안으로 우리는 거기서 미련 없이 헤어지기로 하였다. 나는 두꺼비에게 그동안 고마웠다고 말하고 마지막 작별 악수를 했다. 이제 다시는 나를 만날 수 없으리라는 예감에 두꺼비 녀석은 채신머리없이 울먹이는 것이었다.

나는 그의 어깨를 두드려 준 뒤에 차에 태워 먼저 돌려보냈다. 그때부터 나 혼자 산길을 타고 올라가다가 등성이에 이르러 되돌아보니, 멀리 산 밑에서 두꺼비 녀석이 돌아가다 말고 도중에 차를 멈춘 채 길가에 우두커니 서서 하염없이 이쪽을 쳐다보고 있었다. 나는 속세를 등지는 심정으로 그때부터는 아예 뒤도 안 돌아보고 절간을 향했다.

연한 자색의 산봉우리들이 멀리 부챗살을 펼치고, 그 앞으로는 다시 녹색의 능선이 가로막듯 뻗은, 동해변의 험준한 연산(連山)들. 며칠 전의 봄비에 하루가 다르게 녹색 물결로 질감을 더해 가는 숲과 나날이 풍성해지는 산의 치장. 그 어디쯤 한 자락 산기슭의 우묵한 골짜기에, 나무들이 겹겹이 그늘을 짓는 속에서, 굵은 기둥에 떠받쳐진, 이끼 낀 기와지붕의 처마 밑에 단청이 현란한 법당의 구조가 신비로운 산기운을 싸안고 조용히 서 있을 것이었다.

나는 흐르는 물을 내려다보며 묵묵히 개울 둑길을 걸어 올라갔다. 괴상한 형태로 옹골차게 버티고 앉은 바위를 감돌며 부서져 내리는 개울물 소리가 높아져 갈수록 숲속에 도사렸던 냉기와 적막이 더 한층 가까이 다가든다. 오솔길은 무성한 풀숲에 숨어 버리고, 걸을 때마다 후두둑 떨어지는 물방울이 순간적으로 희게 빛나며 잎사귀 밑으로 사라진다. 고개를 들자, 머리 위에 얽힌 나뭇가지들 저쪽에 절간의 입구가 바라보였다. 나는 산문(山門) 앞의 돌다리 난간에 걸터앉아 밑으로 흘러 내려가는 개울물을 잠깐 내려다보았다. 다리 건너 무너진

흙담장 안쪽에 대나무가 우거져 그 푸른 댓잎 너머로 승방(僧房)의 기와지붕이 건너다 보인다. 두꺼비의 도움으로 서라벌 모텔의 한 구석 으슥한 밀실에 은신하고 있는 동안 줄곧 내 머릿속에 그려 보던 바로 그 산사(山寺)의 모습을 나는 지금 눈앞에서 보고 있다. 또한 내 몸속 어느 깊숙한 곳에서 둔중하게 울던 종소리의 근원을 찾은 듯한 느낌 속에서 나는 다시금 범종의 희미한 환청을 들었다. 배경만 바뀐 동일한 상황이 펼쳐지고 있었으나 막상 기억의 어디쯤에선가는 더 아득한 과거의 장면들이 떠오르고 있었다…….

　겨우 젖 떨어질 무렵부터 절집에 맡겨져 부모가 누군지도 모르며 주지스님 밑에서 철모르게 자라던 한 어린 행자승의 영혼에 깃들기 시작한 고뇌가 차츰 깊어간 곳. 그런 장소에의 세세한 추억들이 떠올랐다. 그러나 산사에서 불경을 익히고 염불을 외며 상좌승으로 소년기를 보낼 동안 그는 견딜 수 없는 호젓함에 마음의 평정을 잃고 밤의 처마 밑을 거닐 때마다 하늘 저쪽, 텅 빈 공간의 어둠과 마주쳤다. 또는 개원전(開院前)의 이른 새벽 사원의 뜰에 흩날리는 낙엽을 쓸고 있을 때, 어둠 속에 희뿌옇게 빛나는 물결 같은 처마의 곡선들을 바라보며 풍경(風磬) 소리가 뎅그렁 뎅그렁 울리는 고요한 절간으로 숲의 저쪽에서 건너오는 음산한 바람과도 만났다. 그 적막과 그 소리들은 어린 상좌의 마음에 허무를 불어넣고 그를 견딜 수 없는 답답함 속에 가두었다. 그리하여, 슬프고 허망한 사념에 사로잡혔던 산사의 생활은 답답함 그 자체였고, 어쩌면 그것이 인간의 원초적 고독 같은 것이었는지도 몰랐다. 말하자면 존재의 상처를 그는 너무 일찍 어린 나이에 알아버린 셈이었다. 어느 날 새벽, 마당을 쓸고 있던 그 어린 행자는 빗자루를 내던지고 아무도 몰래 절을 빠져나가 인간세계로 도망쳐버렸다…….

그 소년은 지금 탈주범이 되어 끝없이 쫓기는 몸이었다. 나는 아까부터 산문 앞 돌난간에 기댄 채 낯익은 사찰의 모습에 자극받아 되살아나는 어린 시절의 막연한 기억을 통하여 나의 지나간 삶의 뿌리를 새삼 확인하고 있었다. 그것은 항상 쫓기고 도망치는 숨가쁜 겨를에 떠올린 마지막 피신처인 이곳에서 내가 꼭 확인해야 할 일이었던 것이다. 현공 선사를 만나 내 부모가 누구인지를 알아내는 일은, 나의 근본과 존재이유를 알 수 있는, 내게 주어진 마지막 기회였다. 부모 쪽에선 나를 버린 입장이었을 테지만 내 쪽에서 볼 때는 잃어버린 것이었다. 양친의 존재는 나에게 잃어버린 삶의 의미였다. 어쨌든 나는 내 생애의 막바지 고비에 이르러 거꾸로 삶의 의미를 캐묻는 셈이 된다. 그렇게 생각하고 막상 현공 스님을 만나려고 하니 가슴이 또 답답해 온다.

나는 돌층계를 올라가서 그 절의 이름이 새겨진 '비속사(非俗寺)'라는 현판 밑을 지나 문 안으로 들어갔다. 다시 네 개의 돌계단을 밟고 오르자 고요한 사원 내부가 거기 잠들어 있었다. 나는 멍청히 서서 한참 바라보고 있었다. 처마 밑의 그 휘어진 선(線)들의 흐름을 타고, 밑에서 떠받들어 올리는 기둥의 작용에 호응하듯 또는 반항하듯, 푸드덕 날개를 치며 허무의 일점을 향하여 허공으로 상승하려고 웅크린 거대한 새와도 같은 검은 지붕. 있는 듯 없는 듯 허공에서 끌어당기는 그 무슨 힘에 의해 금방 날아오를 듯한 처마의 날개에 실려 어느 틈에 나는 내 몸뚱이가 그 용마루에 올라앉아 있는 듯한 착각 속에 빠져들었다. 그러자 현실의 눈은 차츰 그 밑바닥의 주춧돌에서부터 기둥을 더듬어 올라가 처마의 흘러넘칠 듯한 곡선의 파도를 타고 그 건축물의 정상까지 올려놓은 자기 그림자와 함께 서 있다가, 순식간에 허공으로 승천하는 것 같은 홀가분함에 마음을 내맡기고 있었다. 아까 비속사의 산문을 들어서는 순간부터 어쩐지 꿈을 꾸고 있는 듯한 기분이었다. 뜰 가운데 서 있는 노송이며 저쪽 담 곁의 수양버들이며 활엽수의 굵은 잎사귀들은 그래도 옛날과 다름없었다.

인기척이 났다. 나는 얼른 그쪽으로 시선을 보냈다. 저쪽 승방의 모퉁이를 돌아 회색 승복을 입은 머리 깎은 한 젊은 중이 석등(石燈) 옆을 지나 이쪽으로 걸어오고 있었다. 나는 그 젊은 중에게 다가가 공손하게 두 손을 모아 절하고 현공 스님을 찾았다. 지금 방장(方丈)에 계십니다, 라는 대답이 돌아왔다. 때맞춰 잘 왔다는 안도감과 반가움은 잠깐 내 생각 속에서 머물렀을 뿐, 곧 이어 찾아온 불안감에 주저하며 나는 방장으로 나아갔다.

나를 보자마자 현공 스님은 대뜸 눈을 부릅뜨며 큰소리로 꾸짖었다. 네 이놈! 못된 심술로 인간을 골탕 먹이고 세상을 어지럽히다가 홀연히 도깨비처럼 나타났구먼. 새삼스레 여긴 왜 왔어?

나는 무릎 꿇고 앉은 채 더욱 머리를 조아렸다. 마음이 괴로워 불도량을 찾으면 평정심을 얻을까 해서 왔습니다…….

이 녀석아! 그런 의도라면 잘못 왔다. 불도량은 장소가 아니라 마음속이야. 아무리 세월이 흘렀다 해도 초발심 자경문(初發心自警文) 정도는 아직 기억하고 있겠지? 옛날에 이 비속사를 빠져나간 이후로 세속과 교통하며 타인으로 하여금 미워하게 만들었으니, 나와 남을 위한 일이 아무리 착하다 해도 생사윤회의 원인이 되니, 그 업을 어찌할꼬? 마음속에 사랑을 여읜 것을 '사문(沙門)'이라 하고, 세속을 생각지 않는 것을 '출가'라 하는데, 네녀석은 거꾸로 행했으니, 그 업을 또 어찌 할꼬? 잘못 왔다 싶을 때는 멈추는 것이 도리고, 허물을 돌아볼 줄 알아야겠지. 그런데 속인들은 부처를 죽이면서 스스로도 죽어가고 있어…….

나는 수그리고 있던 고개를 쳐들고 마침내 찾아온 이유를 불쑥 말했다.

세상에서 가장 비참하고 불행한 건, 내가 왜 태어났는지 자기의 존재 이유조차 모를 땝니다. 제 아버지는 누굽니까? 그리고 제 어머니는요?

그러나 현공 스님은 그때부터 아예 입을 닫아버리고 눈을 감은 채 염주만 굴리면서 요지부동이었다. 내 마음은 또 굳게 닫히고, 답답함 속에 갇히었다. 저 위쪽 법당에선가 들릴듯 말듯, 끊어질듯 말듯, 목탁 소리가 산사의 경내를 울리고 있었다.

그런 걸 안다고 해서 새삼스레 무슨 소용이 있냐? '가족'에 대한 집착의 끈을 잘라버리지 못하는 '나'라는 존재가 늘 스스로를 가로막는 장벽인 게야. 무엇보다 '나'라는 아집을 태워버리는 게 그 장벽을 뛰어넘는 일이지. 우리 같은 구도자에겐 가족이 웬수야. 그저 모든 게 업보다, 업보니라. ……한참 만에 현공 스님은 눈을 감은 채 또 중얼거렸다. 아직도 전생의 업에 갇혀 헤어나질 못하는 게야. 나무관세음보살…….

그러자 나는 마치 주술에 갇힌 듯 옴짝달싹도 못하고 아무것도 더이상 물을 수가 없었다. 현공 스님의 그 무표정과 육중한 자세가 그것을 거부하고 있었다. 이곳에 오래 있을 생각은 마라. 딱 사흘만 머물다 떠나거라. 본디 도깨비란 주변을 변화시킬 뿐 아니라 자신도 변화시키는 능력이 있는 법이니라. 그러니 아무 소리 말고 스스로 탈바꿈을 하도록 하여라. 세상이 바뀐다고 '나'란 존재가 바뀌는 건 아녀. 허지만, 내 자신이 바뀌면 저절로 세상이 바뀌어 오는 법이여. 알아듣것냐? 그리고는 그만이었다.

무엇을 암시하려는 속셈인지 너무도 엉뚱한 말들을 지껄이는 현공 스님은 어찌 보면 눈을 감고도 모든 걸 꿰뚫어보고 있는 듯싶었다. 그 요령부득의 말뜻을 헤아려보며 나는 절집에서 사흘을 머물렀다. 절을 떠나던 날, 현공 스님은 내게 또 한 번 납득불능의 말씀을 간곡히 전하였다. 이제 가거라. 옛날 바다에 장사지낸 왕의 무덤이 보이는 곳으로. 거기서 내 말을 생각하며 유가(瑜伽)의 자세로 나무관세음보살을 외거라. 간절히 바라면 어쩜 운 좋게도 물가에서 해수관음보살을 만나 대자대비(大慈大悲)를 내려 해탈케 해줄 거야. 이승에 드리운 너의 그림자가 영원히 사라지면 도리어 네 존재는 영원히 살게 될 터이니, 내 말 속에 담긴 이 수수께끼가 풀릴 때 너의 그림자를 벗어버리고 스스로 탈바꿈을 하여라. 그러면 무거운 업에서 해방될 수 있느니라. 이 말을 부디 명심하여라. 사람은 누구나 자식으로 태어났다가 또 언젠가는 부모가 되는 끝없는 순환의 고리에 얽매여 있지. 이처럼 부모자식의 인연은 늘 고단하면서도 번뇌의 연속이거늘…… 다행히, 너는 더 이상 부모자식의 인연을 짓지 않았으니, 이 끝없는 윤회의 고리에서 빠져나가 다시는 인간으로 태어나지 않게 되기를 빌고 또 빌어라. 자, 그럼 떠나거라. 차후 너의 그림자는 내가 고이 거두어 아무도 모르게 감춰줄 터이니…….

나는 다시금 속세로 내쳐졌다. 그 뒤 나는 동해의 거친 파도 위로 아련히 떠오르는 작은 바위섬, 대왕암(大王岩)이 바라보이는 바닷가에 와 있었다. 옛 신라의 성역이었던 그곳 일대의 마을 이름이 봉길리(奉吉里)라고 했다. 토함산(吐含山)의 깊은 골을 굽이굽이 돌아 흐른 대종천(大鍾川)이 바다에 와서 닿는 곳이다. 나는 문득 서라벌 모텔에 은신하고 있을 동안 도망자의 불안에 의해 매일매일 열심히 읽던 신문에서 내 눈길을 끌던 어느 한 난을 기억했다. 어느 날 아침에 받아본 그 신문의 여러 면을 훑어가며 나와 관련된 기사를 찾다가 문득 어디쯤에선가 내 시선이 머물렀다. 그때부터 나는 유독 그 난에 시선을 고정시켜 꼼꼼히 읽었던 것이다. 그것은 잃어버린 전설의 동종(銅鐘)에 관한 기사였다.

삼국통합의 위업을 달성하고 당(唐)의 세력을 이 땅에서 몰아내는 데 몰두한 신라 제30대 문무왕(文武王) 때의 일이다. 당시 왕은 동해안에 출몰하던 미개한 일본 해적에 대해선 등한시했던 탓으로 왜구들이 가끔 신라의 해역에 침입하여 노략질을 했었다. 그래서 왕은 왜구를 진압하고 동해 바닷가에 절을 짓다가 미처 완성하지 못하고 세상을 떠났다. 그때 유언을 남겼던 바, '내 죽은 후에 나라를 지키는 용이 되겠다'는 것이었다. 유언대로 그 아들 신문왕(神文王)은 부왕을 화장하여 동해의 큰 바위에 장사지냈다. 그것이 바로 봉길리 앞바다에 있는, 문무왕의 유골을 모신 해중릉(海中陵)인 대왕암이다.

아들 신문왕은 부왕이 착공했던 사찰을 완성한 뒤 부왕의 뜻을 기려 감은사(感恩寺)라 일컬었다. 축조 당시 금당(金堂)의 섬돌 밑을 파서 동쪽을 향하여 긴 굴(穴)을 내었는데, 그것은 문무왕의 넋인 동해의 용이 들어와 서리게 하기 위한 것이었다. 그 뒤 죽은 문무왕은 해룡이 되어 감은사 금당 동쪽 계단 아래 쉴 자리로 마련된 큰 구멍을 통해 절에 들어와서 놀다 가곤 하였다. 육지에서 보면 동해 가운데 작은 산이 떠서 감은사로 향하여 오는데 물결을 따라 내왕했다. 용을 처음 본 곳에 그 아들 신문왕이 또한 이견대(利見臺)를 세웠고, 훗날 호국불교의 성격을 띠고 토함산에 세워졌던 석굴암(石窟庵)의 아미타불이 동해를 향해 바라보는 장소도 역시 이 대왕암 근처였다.

그 뒤 오랜 세월이 지나 다시 침략한 왜구가——그들로서는 그처럼 크고 정교한 것을 제조하는 기술을 몰라 그저 신기하게 여겼을 뿐더러 또한 생전 처음 보는 엄청난 그 규모에도 놀랐던——감은사의 거대한 동종과 청동반자(靑銅飯子)를 약탈하여 배에 싣고 돌아가다 대왕암 근처에 이르러, 마침내 해룡의 분노로 말미암아 거친 풍랑을 만나 난파했다. 이것이 잃어버린 '전설의 범종'에 관한 내용이다.

이곳 주민들 사이에는 아득한 옛날부터 내려오는 이 전설을 사실로 믿고 있는 자들이 많았다. 게다가 실제로 물 속에 잠겨 있는 종을 보았다는 사람들의 이야기도 함께 전해오고 있었다.

자세한 내용인즉, 머구리꾼(잠수부)들이 바다 속에서 용의 머리를 보고 소스라쳤다는 것이다. 이는 필시 종뉴(鐘鈕)를 가리키는 것이겠다. 아무튼 이런 점들로 짐작컨대, 이곳 바다 밑에 종이 잠겨 있을 가능성은 많았다. 주민들은 또 큰 파도가 밀려오는 날에는 물 밑에서 더엉, 더엉, 울리는 종소리를 들었다고 한다. 이 소리는 이건대가 위치한 봉길리와 대본리(臺本里)를 잇는 큰길까지 들려왔다고 했다. 두 마을 사이에 흐르고 있는 하천의 이름 역시 종과 관련된 대종천(大鐘川)이다. 지난번에 내가 읽은 그 신문에는 그에 관한 최근의 사정을 이렇게 적고 있었다.

……이 해역에 '전설의 범종'이 존재할 것으로 추정하고 문화공보부 산하 문화재관리국 조사단이 심해잠수부들을 동원하여 최근 해중릉 근처에 잠자고 있다는 신비의 종을 찾아 나선 뒤 이 일대를 열흘 넘게 샅샅이 뒤졌으나, 끝내 찾지 못하자 전설의 종은 없다는 결론을 내리고 모두 철수했다…….

지금 그 전설의 바다엔 아무런 흔적도 찾아볼 수 없이 그저 푸른 물굽이만이 무한량의 넓이로 넘실대고 있다. 그 바닷가에 앉아, 나는 허송한 시간들의 축적으로 여기까지 확대된 공간을 관류하는 어둡고 긴 내면의 길을 되돌아보았다. 그러고 있노라면 인생은 그나마 약간 즐거웠던 때도 있었지만 대체로 괴로웠던 과거와 함께 그 윤곽을 내게 보여준다. 오늘 여기까지 오는 동안, 많은 사람들이 쉽게 선택하는 동일한 방향의 평탄하고 안전한 길을 버리고 새로운 길을 찾아 나서곤 했는데, 여태껏 살아온 내 인생의 길이 되돌아보면 그러했다. 한번도 가본 적이 없는 미지의 땅을 흐르는 강물 같은 마음이 되어 때로는 쫓기며 그 길을 달리고 또 걸어온 것이다. 조용한 제 본래의 마음을 되찾고자 망망한 바다에의 꿈자락을 붙들고 이따금씩 좁은 굽이를 돌쯤에는 잠시 아우성치는 강물같이……. 공동묘지를 지나자 바다가 보였다. 어쨌든 여기까지 흘러온 힘을 지닌 채 이 세상 밖을 벗어나는 곳까지 흐를 심산으로 오늘 겨우 도착한 이 해안에서 한숨 돌리며, 나는 새로이 수평선을 바라보고 있다.

4월 하순의 바닷가는 춥고 쓸쓸했다. 바다의 물결소리가 더듬더듬 예까지 흘러온 내 과거를 이야기하듯 쑤군거리며 다가온다. 그리곤 내 발밑에서 부서질 때는 동해 연안의 찬 해풍과 어울려 웅성거리고, 나도 또한 바람결에 귀가 열리면서 이제야 겨우 황혼녘의 바다 위에 떠도는 사고(思考)의 번쩍이는 편린들을 발견한다. 산다는 게 뭔가? 아득한 바다 앞에서 나는 난생 처음 꼴같잖게도 진지하게, 이런 질문을 스스로 해 보았다. 모르겠다.

하여간, 현공 스님의 말씀대로 내게 들린 이 무거운 마법 같은 업의 굴레를 풀어버릴 수 있는 비밀의 신력(神力)을 얻을 때까지 나는 일부러 굴 껍데기가 다닥다닥 들러붙은 바윗돌 위에서 결가부좌(結跏趺坐) 한 채로 오랫동안 사유 속에 침잠해 있었다. 처음엔 그 암반 위의 무수한 굴 껍데기들이 엉덩이를 찌르며 아픔을 가해 와 바늘방석에 앉아 참선하는 기분이었다. 그러나 그것도 시간이 흐를수록 무감각해졌다. 어릴 때는 절집의 선방에서, 좀더 커서는 감방 안에서, 수도 없이 이런 자세로 앉아 요가를 했던 기억이 연상되었다. 그것은 대상을 마음속에 그리며 생각하는 불교식 사유(思惟) 속에 나를 맡김으로써 현실의 잡념을 떨쳐내던 방편으로 내가 자주 취하던 요가 자세였다. 지금, 사유 속에서, 홀씨 하나 바람에 날린다. 홀씨는 허공을 떠가며 어디에 닿을지 모른다. 우연히 땅에 떨어져 뿌리를 내리면 그때부터 생은 시작된다. 산다는 건 그처럼 우연의 연속이 아닐까. 그러나 종국에 오면 모든 게 한결 같다. 막다른 골목에 이르는 것이다. 더 이상 물러날 데도 없다. 죽음의 담벽이 앞을 가로막아 선다. 지금 바다를 앞에 두고 나 역시 이제껏 쉼 없이 죽음을 향해 온 인간의 현존재임을 비로소 깨닫는다. 죽음이란 뭔가? 이번에도 나 자신을 향해, 늘 피하고 싶었던 그 질문을 정면으로 던져보았다. 그동안 살아오면서 체득한 생생한 경험에 의한 답변으로 그것은 결코 삶의 단절이 아니었다. 언제나 나는 막다른 골목까지 쫓기었고, 더 나아갈 데 없는 궁지에 몰렸을 때도 결코 주저앉아 버리지 않았다. 사방이 봉쇄된 그런 골목길에서도 나는 결연히 몸을 솟구쳐 손쉽게 장벽을 넘어섰던 것이다. 전혀 두려움이라곤 없었다. 서라벌 모텔의 밀실에서 내다봤던 그 후원의 개나리 줄기들이 안간힘을 쓰며 담벽을 타고 넘어가려던 모습을 생각해 보았다. 입으로는 쉼 없이 나무관세음보살, 나무관세음보살…… 하고 중얼거렸다.

살아가면서 자기 한 생애의 방향이나 운명을 일시에 바꾸어 놓을 기적의 순간에 단 한 번만이라도 맞닥뜨리고 싶은 소망은 누구한테나 있다. 그런 힘과 능력을 지니고 신처럼 다가오는 존재를 나는 어쩜 이 물가에서 운 좋게 만날 수 있기를 고대하는 중인지도 몰랐다.

밤이 되었다. 사방이 어두워지면서 답답함이 또 가슴을 짓누른다. 나는 눈을 감고 기도하였다. 달리 무엇을 의도해서가 아니었다. 그저 그렇게 하고 싶었을 뿐이었는데 뜻밖에 생각나는 게 있었다. 교도소

안에서 기결수로 형기(刑期)를 살 동안 주일이면 으레 무료하여 들어 봤던 목사님의 설교와 기도가 지금 연상되는 것이었다.

……여호와여, 주께서 전에 내게 말하시기를, '네 고향 네 족속에게로 돌아가라. 내가 네게 은혜를 베풀리라' 하셨나이다. (구약, 창세기 32:9)

……얍복 나루를 건널 새 그들을 인도하여 시내를 선네미 그 소유도 건네고 야곱은 홀로 남았더니, 어떤 사람이 날이 새도록 야곱과 씨름을 하다가 그 사람이 자기가 야곱을 이기지 못함을 보고 야곱의 환도뼈를 침에 야곱의 환도뼈가 그 사람과 씨름할 때에 위골되었더라. 그 사람이 가로되, 날이 새려 하니 나로 하여금 가게 하라. 야곱이 가로되, 당신이 내게 축복하지 아니하면 가게 하지 아니 하겠나이다. 그 사람이 그에게 이르되, 네 이름이 무엇이냐. 그가 가로되, 야곱입니다. 그 사람이 가로되, 네 이름을 다시는 야곱이라 부를 것이 아니요 이스라엘(하나님과 겨루어 이김의 뜻)이라 부를 것이니, 이는 네가 하나님과 사람으로 더불어 겨루어 이기었음이니라. 야곱이 청하여 가로되, 당신의 이름을 고하소서. 그 사람이 가로되, 어찌 내 이름을 묻느냐, 하고 거기서 야곱에게 축복한지라. 그러므로 야곱이 그 곳 이름을 브니엘(하나님의 얼굴)이라 하였으니, 그가 이르기를 내가 하나님과 대면하여 보았으나 내 생명이 보전되었다 함이더라. 그가 브니엘을 지날 때에 해가 돋았고 그 환도뼈로 인하여 절었더라. (구약, 창세기 33:22~32)

게 뉘시오? 누군가 나를 부르는 듯한 소리에 나는 흠칫 놀라 눈을 떴다. 저만큼 해안에 아까는 보지 못했던 조각배 한 척이 들이닿아 있었다. 어부인 듯한 그림자가 뱃고물 근처에 벌건 모닥불을 피워놓고 앉아 불을 쬐며 내 쪽을 향해 말했다. 여보슈, 젊은이. 게서 뭘 하오? 생각 있음 이리 와서 한 잔 하슈. 나는 일어나서 모닥불 근처로 갔다.

가까이서 본 그 어부의 얼굴은 첫눈에도 나이가 아주 지긋해보였다. 불빛을 받아 벌겋게 물든 그 얼굴에서는 이상하게도 여느 뱃사람들한테서 보지 못한 광채가 나는 듯했다. 노인이 사발에 부어 건네주는 술을 받아 마셔보니, 그 맛이 아주 특이했다. 이게 무슨 술이죠? 내가 물었다. 옥수수로 빚어 만든 곡주야. 처음 맛보는 게로군. 노인은 어디선가 가다귀 삼아 긁어모은 삭정이를 불 위에 던져 넣으며 말했다. 불길이 후루룩 소리를 내며 번지고 불꽃이 탁탁 튀는 소리, 마른 삭정이 꺾어지는 소리가 났다. 한데, 젊은이는 대관절 어디로 갈 참이기에 이 해변까지 와서 어정거리는 게요?

글쎄요, 나는 주저하면서 말했다. 특별히 갈 데가 있는 것도 아니고 그냥 마음에 답답한 일들이 많아 바다를 보러 왔습니다. 말하면서 나는 그 바다 쪽으로 눈길을 돌렸다. 주위가 아직 완전히 어둡지는 않았으나, 달은 뜨지 않았다. 노인의 어깨 너머로 검푸른 바다가 아득히 펼쳐져 있었고, 단조로운 파도소리가 웅성거리며 끊임없이 우리 주위를 에워싸고 있었다.

그런데, 이런 말 하긴 좀 뭣하지만서두, 내가 보아하니 젊은인 아무래도 갈 데 없이 쫓기는 몸인 것 같단 말씀이야. 노인은 천연덕스럽게 말하더니 껄껄 웃었다. 예에? 무슨 말씀이신가요? 나는 가슴이 철렁하여 물었고, 반사적으로 온몸이 긴장했다. 아니, 아니, 그냥 농담으로 해 본 소리야. 노인은 다시금 소리 내어 껄껄 웃었다. 그러더니 혼잣말처럼 중얼거렸다. 모든 걸 다 버리지 못하고 집착에 빠져 있으면 그건 물이 흘러가다 웅덩이에 고인 채 썩거나 얼어붙는 것과 같단 말씀이야. ……젊은이가 뭘 하든 여기서 멈추지 말란 얘기였는데, 별 뜻은 없네. 자, 들게.

우리는 조용히 한참동안 그 맛이 이상한 술을 마셨다. 어느새 사방이 깜깜해졌다. 갑자기 하늘에는 수없이 많은 별들이 돋아났다. 별로 할 말이 없어 잠잠히 있다가 내가 물었다. 영감님은 이 고장 어부신가요? 그런 셈이지. 노인은 흘려보내는 말투로 대답했다. 나는 문득 이야기의 계기를 찾았다. 그러시면 저 대왕암의 전설에 대해서도 잘 아시겠네요?

알다마다. 아까 해질녘에 내가 거룻배를 타고 온 곳도 바로 그 쪽이야. ……전해들은 옛날 얘기로는, 왕이 죽기 전에 평소 가까이 지낸 지의법사(智義法師)에게 자주 한 말이 있었는데, 자기는 죽은 후에 큰 용이 되어 불법을 받들어서, 나라를 지키려 한다는 거였지. 말을 들은 법사가 용은 짐승의 응보(応報)이거늘 어찌 용이 되려 하시느냐고 걱정하자, 왕은 대답하길, 나는 세간의 영화를 싫어한 지 오래요. 만약 추한 응보로써 짐승이 된다면 오히려 나의 뜻에 맞소…….

그래서, 대왕은 죽은 뒤 동해의 용이 됐는데, 왜구들이 저 감은사에서 약탈하여 싣고 가던 도중 물속에 빠뜨린 범종이 울릴 때마다 용은 인간으로 환생한다더군. 물론 그런 얘기는 전혀 세간에 알려져 있지 않아. 더욱 재미있는 것은 이승에 드리울 그림자가 없는 어둠 속에서만 인간으로서의 환생이 가능해서, 밤에만 사람의 형상으로 뭍에 나타났다가 날이 새면 곧 물 속으로 되돌아간다는 게야. 그건 마치 밤도깨비가 날이 밝으면 그 추한 모습을 감춰야 하는 것과 같은 이치지. 그러나 그 대신, 도깨비나 귀신은 자신을 드러내지 않음으로써 더 무섭고 신비한 존재로 남아 있게 되지.

옛날, 신라 진평왕 때도 비형랑이란 젊은이가 있었는데, 매일 밤 서라벌 서쪽 언덕인 황천(荒川)에 가서 도깨비 귀신들을 데리고 놀았다는 얘기가 전해오지. 왕이 보낸 용사들이 뒤쫓아가서 숲속에 엎드려 숨어서 보았더니, 귀신 무리들은 여러 절의 새벽 종소리를 듣고는 각각 사라지고, 그도 또한 궁중으로 돌아왔다는 게야. 도깨비란 그의 추한 모습이 현실의 눈에는 안 보일 때 항상 두렵고 위대한 존재로서 빛을 내는 법이거든. 안 그런가? 단지 딱한 것은, 제 그림자를 영원히 벗어버릴 수 있는 밤이란 이승에서 보면 죽음의 세계란 사실이야. ……한데, 비형랑의 전설에서 또 재미있는 건 그의 어미 도화녀의 미모에 반한 진지왕의 얘기지. 평소 정사(政事)는 돌보지 않고 패륜만 일삼은 왕이었는데, 죽어서 귀신이 되어 나타나 그와 동침하여 낳은 도화의 자식이 비형랑이었지. 이건 이미 출생 때부터 비형랑이 타인과는 정상적으로 어울릴 수 없는 저주스런 운명을 지니고 나왔다는 의미가 되는 게야. 그 뒤 그는 왕에게 불려가 궁중에서 길러지게 되는데, 이건 왕으로 상징된 어떤 절대적 권위나 질서에 얽매이게 된다는 뜻으로 해석되네. 열다섯 살이 되자, 왕이 집사 벼슬을 임명했더니, 밤마다 멀리 도망가서 놀았다는 게야. 이건 또 뭘 뜻하는고 하니, 원체 틀에 얽매인 일상적인 삶에서부터 자유스러워지고 싶은 욕망을 얘기해주는 대목이지. 왕이 용사 50명을 시켜 그를 지키게 했지만, 번번이 그는 월성(月城)을 날아 넘어가서 귀신들과 놀았다는 것이야. 말하자면 현실의 억압과 감시가 심한 만큼 그는 허무맹랑한 상상의 세계로 날아다닌 셈이지. 헌데, 도깨비들과 각각 헤어져서 그가 언제나 현실로 되돌아오게 되는 각성의 계기가 절의 새벽 종소리였더란 말일세. 그는 해가 뜨는 세속의 길로 그제야 돌아오곤 했던 것이지만, 이건 거꾸로 자신의 어두운 내면으로 되돌아오는 셈인 거야. 결국, 이 '비형랑' 설화는 인간의 한계와 허무에 대해 말해주고 있는 이야기지…….

내가 술에 취했음을 깨달았을 때, 시간이 몇 시였는지 알지 못했다. 그새 별자리가 이동했고, 모닥불이 사위어 갈 무렵이었다. 나는 감옥에 있을 때 들었던 목사님의 설교 중에서 야곱의 신기한 체험 이야기를 이때 잠깐 떠올렸다. 동시에 이 정체불명의 노인이 방금 전까지 들려주던, 해룡이 된 문무왕의 전설 속에서도 아직 헤어나지 못한 채였다. 맛이 특이한 그 이상한 술 탓으로 점점 몽롱해오는 의식을 겨우겨우 가누며 나는 물었다.

영감님은 도대체 누구십니까?

내가 누구냐고 묻는 겐가? 나는 바닷사람이야. 이제 곧 닐이 셀 걸세. 밝기 전에 얼른 얼른 어구를 챙겨 다시 바다로 나가봐야 하네.

술기운과 졸음이 한꺼번에 엄습했다. 하늘이 출렁거리면서 별빛이 마구 내 얼굴에 쏟아졌다. 나는 곯아떨어졌다. 해안가에 쓰러진 그대로 한참 자다 말고 으슬으슬한 찬 기운에 눈을 떴을 땐 간밤에 만났던 노인의 거룻배와 함께 그의 자취마저 흔적도 없었다. 간밤에 본 것은 모두 꿈이었던가, 하고 자신의 기억을 의심했다. 그러나 모닥불을 피운 자리만은 아직 덜 깬 술기운 속에 뚜렷이 남아 있어 뭐가 뭔지 몰라 어리둥절해 있는데, 그때 참으로 놀라운 일이 벌어졌다.

더엉!── 더엉!── 덩!──

새벽 밀물을 타고 바다 속 깊은 곳에서 울려오는 종소리를 나는 아직도 꿈속에선지 나의 의식 속에선지 분간 못할 상태에서 들었다. 그것은 확실히 전설의 범종 소리였다.

더엉!── 더엉!── 덩!──

참으로 신비로운 현상이 벌어지고 있었다. 처음에 나는 고막을 울리는 이 종소리가 한갓 이명이거나 환청인 줄만 알았다. 날이 희부옇게 새고 있었다. 어찌 된 일인지 다음 순간 나는 스스로도 주체할 수 없는 어떤 견인력에 조종되듯 몸을 일으켜 바닷물 속으로 끌려 들어가고 있었다. 마치 의족(義足)을 해다 끼운 것처럼 느껴지는 나의 두 다리는 의지와는 상관없이 무작정 조금씩 앞으로 나아가고 있었던 것이다. 나도 모르는 사이 바위에 다리뼈가 부딪친 것이 아니라면 아까 술 취한 채 한데서 웅크려 잠을 자다 뭔가에 헤쩌서 일어나는 바람에 다리가 일시적으로 마비된 탓일까. 감각이 저린 다리를 절뚝이며 나는 걸었다. 나는 황천 너머 언덕으로 귀신들과 어울리러 갔던 비형랑처럼 바다를 건너려 했다. 그밖엔 아무런 생각도 없었다.

빛이 바다 쪽에서 솟아날 때 어둠은 차츰 물러가고 있었다. 나는 어둠이 트여오는 그 바다 너머를 향해 중얼거렸다. 아제아제 바라아제 바라승아제 모지 사바하. ……그렇게 세 번을 소리 내어 읊었다. 차디찬 동해물이 무릎께에 닿고, 가슴에 닿고, 이윽고 턱 밑에 차올랐다. 그 사이 줄곧 내 머릿속을 꽉 채우고 있던 종소리와 함께 오직 한 가지 신념이 나를 지배하고 있었다. 나를 추적하는 자들에게 체포되어 웃음거리가 되어선 안 된다. 나는 예전에도 그랬지만 앞으로도 사람들 틈에 섞여서 살아갈 수가 없는 존재다. 어차피 그와 같은 운명이라면 세상에서 영원히 신출귀몰하는 전설적 도깨비로서 인간들의 상상력 속에 살아남아 있지 않으면 안 된다. 그러기 위해서 날이 완전히 새기 전에 영영 자취를 감추어야 한다. 대도(大盜) 한제민은 끝내 체포되지 않으리라 믿고 있을 국민들의 기대와 환상을 깨뜨리지 않기 위해서도…….

아버지이!……

나는 이승에서의 마지막 발악인 양 돌아올 메아리도 없는 허공을 향해 부르짖었다. 숨이 막혀야 터져 나오는 긴 한숨처럼 지금껏 내면에 가득 찼던 나의 허욕과 생의 번뇌와 거짓을 토해내는 외침이었다.

아버지이!……

숨이 막힐 때까지 바닷물의 중력에 눌려 몸뚱이가 짜부라지는 통증 속에서, 내 몸의 오장육부로부터 짜낼 수 있는 만큼의 모든 더러움을 다 짜낼 듯이 마지막 거품까지 토해냈다. 이승의 사슬에 매달려 물속에 드리운 닻처럼 가라앉고 있던 내 육신이 어느 순간 저주의 고리에서 풀려나 자유롭게 아득한 곳으로 떠가고 있었다.……"

7. 미스터리

이리하여, 그의 익사체가 현공 스님에 의해 세상 아무도 모르게 수습되어 조용히 불교식의 화장(火葬)을 거쳐 그 뼛가루는 어딘가에 몰래 뿌려진 것일까. 아니면, 아예 시체조차 찾을 수 없게 물고기밥이 돼버린 것은 아닌지, 그 뒷이야기에 대해 나로선 전혀 알 길이 없다.

하지만, 그의 수기를 소설로 재구성하는 과정에서 나는 아무래도 석연찮은 부분들이 마음에 걸려 뒷맛이 찝찔해서 그냥 넘길 수가 없었다. 한제민은 정말 죽은 것일까?

그가 직접 쓴 수기 같은 게 실제 남아 있었다면 그것은 서라벌 모텔의 은신처를 떠나기 직전까지의 내용이 기록의 전부였을 것이다. 그 이후로 벌어진 일들은 도대체 믿을 수가 없었다. 그런데도 내 친구 희도의 손을 거쳐 내게 보내온 그 수기엔 그의 자살이 명백한 것처럼 서술되어 있었다. 그것이 참으로 미심쩍은 부분이었다. 그도 그럴 것이, 한제민의 마지막 행적을 지켜본 사람은 단 둘뿐이었다. 그 중 하나인 '두꺼비'는 떠나는 그를 배웅코자 비속사로 향하는 산길까지만 동행했고, 현공 스님은 그가 산사에 머문 지 사흘 만에 작별한 것이다. 그 뒤로 한제민을 본 사람은 아무도 없었다. 이 점은 확실히 따져봐야 할 대목으로, 그가 정말 스스로 동해의 수중고혼이 되어 생을 하직한 것인지, 뭣보다 그 진상이 내겐 무척 궁금했다. 이처럼 의문스럽거나 납득하기 힘들어 궁금증을 자아내는 곳을 따지기로 든다면 한두 군데가 아니었다.

그 수기 속의 사건들은 지금부터 이십 년도 더 된 옛날에 있었던 일로 판단된다. 특히 동해의 대왕암 근처 어딘가 해저에 묻혀 있다는 그 '전설의 범종'을 찾기 위해 문공부 소속(현재는 '문화관광부'지만 20여 년 전에는 '문화공보부'였던 것이 사실이므로) 문화재관리국에서 벌인 수색 프로젝트에 관한 것이 그 증거였다. 나 역시 신문에서 그 기사를 접했던 것이 벌써 20년 남짓 전의 일로 기억되기 때문이다. 하여간에 한제민이 세상으로부터 행방을 감추면서 서라벌 모텔 방에 남겨둔 수기를 훗날 희도가 근무하는 신문사로 보낼 만한 장본인이라면 그것은 누구보다 두꺼비였을 개연성이 높다. 만약 그게 사실이라면 두꺼비는 대도 한제민의 이름이 세상에서 충분히 잊혀질 만큼의 세월이 흐른 그 스무 해 남짓 동안 그의 유품 같은 기록물을 보관하고 있었다는 셈이 된다. 이승에서 그의 마지막 흔적물일 수도 있는 그것을 두꺼비는 20년 넘게 간직하다가 무슨 연유로 느닷없이 신문사로 우송했을까. 게다가 앞으로 최소한 10년 간은 비공개로 해달라는 단서를 붙인 까닭은 또 무엇인지. 이것저것 따지고 들수록 납득불능의 궁금증만 증폭될 뿐이었다.

그러한 궁금증과 갖가지 의구심의 끄트머리에 내가 도달한 것은, 이 모든 의혹의 진원지가 희도일 수밖에 없다는 사실의 깨달음이었다. 나는 희도가 한제민의 수기를 받아보고 특히 마지막 부분을 직접 의도적으로 가필하면서 살을 붙여 조작했을 가능성에 착안했다. 그래서 나는, 그가 내게 부쳐준 그 수기의 복사본을 다시 뒤적여, 필체가 분명히 다른 점을 확인했다.

동일인의 글씨를 제법 흉내내긴 했으나 자음 획의 날카롭게 각진 모양과 내리긋는 모음의 삐침에서는 시작 부분이 갈고리 모양의 특징을 띠는 것은 희도의 필체임을 감출 수가 없었다. 내가 발견한 그 달라진 필체의 내용 부분은 이러했다.

"……이때, 나는 물속에서 울리는 범종 소리를 들었다. 그것은 결코 이명이 아니었다. 산다는 것이 끝없는 윤회의 회로 속에 갇혀 있는 형국이라면, 저 범종 소리를 따라 본원(本源)으로 되돌아가는 것이야말로 나의 이 욕된 삶을 옭아매고 있던 인연의 사슬을 영원히 끊겠다는 의지의 표현이라고 믿었다.

나는 종소리가 울려오는 곳을 향해 망설임 없이 걸었다. 그것은 해저(海底)와도 같이 어둡고 은밀한 자아의 깊숙한 부분에서 자기의 정체성과 정면으로 마주치는 가장 확실한 방식이었다.……"

희도는 한제민의 삶의 마지막 행적을 이런 식으로 처리함으로써 무엇을 노렸던 것일까. 그 의문에 대한 해답은 어디까지나 희도의 내면 상태와 직결되는 문제일 터였다. 왜냐하면 남의 수기의 결말을 굳이 이런 방식으로 조작할 때의 희도의 심리상태를 알아내는 것이야말로 곧 그 의문에 대한 해답이 될 것이므로.

세상에서 종적을 감춰버린 한제민을 두고 희도는 실종, 잠적, 행방 불명 따위의 모호한 미완의 결말을 바라지 않았을지도 모른다. 그래서 보다 확실하고 가혹한 '자살'로 그 이야기의 끝을 맺고 싶어 했다면, 정작 그런 마무리를 기대한 희도의 심리상태가 내겐 더 궁금해졌다.

신문사 사회부 기자로서 한국사회의 어두운 이면을 누구보다 잘 알고 있을 그였다. 어쩌면 그런 그에게 한국에서 산다는 것은 여러 면에서 분통이 터지고 숨 막혀 죽을 지경인 상태를 억지로 참아가며 불만의 나날을 보내는 것이나 진배없다는 생각을 골백번 곱씹어 보던 결과였을까. 이런 곳에서 맨정신 갖고 살기 힘들다고 생각하고 있기에 아예 한제민을 '자살'로써 처리했다면──몇 가지 단서조항을 붙인다는 조건으로──거기엔 나도 공감할 수 있었다. 그랬기 때문에 처음엔 별 의심 없이, 희도가 그 수기의 끝부분에 상상으로 꾸며내어 가필한──여러모로 희도의 필체로 의심되는──그 문장들에 촉발되었던 것이고, 거기에 힘입어 나 역시 허구로써 그려낸 그의 죽음의 장면을 비로소 완성할 수 있었던 것이다.

그렇게 따지고 보면 희도와 나는 은연중 결탁하여 한제민을 상상 속에서 '죽임으로써' 그의 생애의 결말을 신비롭게 채색하려 한 유사한 심리상태를 공유하고 있었던 게 아닐까. 진실이야 어떻든 간에, 전설처럼 부풀려진 한제민의 생애에 대한 일화 속에서, 특히 그의 최후에 관한 진상은 영원한 미스터리로 남을 것이었다.

8. 언어와 상관없이 피는 꽃

아무튼, 그동안 글쓰기에 몰두하느라고 나는 밤을 낮 삼아 지냈다. 밤새 깨어 있다가 날이 샐 무렵에야 거꾸로 잠들기 일쑤였으니 깊은 잠에 빠질 수가 없었다. 번번이 자는 둥 마는 둥 하다 보니 갈수록 피로만 쌓여 쉽게 지쳤고, 기력도 거의 바닥난 상태였다. 한낮이 되어서야 눈을 뜨면 몸은 천근만근 무거웠을 뿐 아니라 설친 잠 때문에 머릿속은 땅하게 어지러웠다.

탈고한 날에도 그랬다. 밤샘한 뒤의 피로가 한꺼번에 엄습하여 몸 곳곳에 매질을 당한 듯 근육이 욱신거리며 아려왔다. 그래도 마침내 원고를 끝냈다는 뿌듯함, 일종의 정신적 희열삼으로 육체적 피곤을 간신히 이겨내고는 있었으나 마음은 찜질방이나 사우나실에 가서 땀과 함께 몸의 독소를 빼내고 뜨거운 물에 푹 잠기고 싶은 욕구로 가득차 있었다. 바깥에는 그날 봄비가 내리고 있었다. 방안에선 비의 기척을 느낄 수 없을 만큼 조용히 내리는 실비였다. 탈고의 가벼운 흥분 때문에 여느 때처럼 날 샐 무렵에 거꾸로 잠을 청하던 것과는 달리, 일어나 서성거리며 커튼을 걷고 창밖을 내다보고 나서야 비로소 비가 내리는 것을 알았다.

벽에 걸린 달력을 보니 마침 그날이 곡우(穀雨)였다. 4월이 다 가고 있었다. 요 며칠 새 밤과 낮을 뒤바꿔 보내며 두문불출한 까닭에 종점 마을까지 나들이 삼아 산책하는 것도 잊어먹고 날짜 가는 줄도 몰랐던 것이다. 본격적인 농사가 시작되는 곡우에 비가 오지 않으면 그해 가뭄이 심할 징조라며 곡우의 강수량에 따라 한 해 농사의 풍흉을 가늠한다는 옛말도 있는데, 때맞춰 내려준 단비였다.

촉촉이 대지를 적시며 비는 사흘을 더 내리고는 그쳤다. 오랜만에 황사가 말끔히 씻긴 하늘은 투명하고 날씨는 눈부시게 청명했다. 밤낮이 바뀐 생활로부터 나는 다시 정상적 일상으로 돌아왔다. 그러나 현실의 일상은 너무나 단조로웠다. 날마다 먹고, 자고, 생리적인 일처리로 화장실에서 시간을 보내고, 신문이나 책 읽기와 산책하는 것 말고는 별 할 일이 없는 나 같은 조기퇴직자에게 일상의 반복은 지겹도록 낭비되는 시간의 연속이었다.

비가 그치고 화창해진 그날, 아내가 지난 번 밀린 빨랫감이며 빈 반찬통 등속을 가져간 지 약 3주 만에 다시 숲안골로 찾아왔다. 그날은 주 5일제 격주휴무일인 두 번째 토요일이어서 교직에 있는 아내는 모처럼 일찍 오전 중에 황톳집에 도착했다.

그녀는 습관처럼 항상 열려 있는 사립문 안까지 차를 몰고 들어와서는 클랙슨을 한 번 눌러 지금 막 도착했다는 요란한 신호를 내게 보냈다. 그 소리에 나는 얼른 창문을 열고 창틀 밖으로 고개를 내민 채 마당 쪽을 내다보는 게 정해진 반응이었다. 그런데 그날은 마당에 줄지어 깔아둔 넓적한 디딤돌을 딛고 안으로 들어오던 아내가 낮은 탄성을 지르며 혼잣말로 중얼댔다.

"어휴, 이 잡초들 좀 봐! 마당이 온통 무성한 풀밭으로 변했네!……"

아닌게아니라, 곡우 날부터 내린 비로 마당엔 어느 샌가 잡초들이 다붓다붓 더미를 이루며 우거져 있었다.

나는 슬리퍼를 끌며 현관문 밖으로 나가 아내가 손에 들고 있던 반찬통 담은 비닐봉지와 빨래해 온 옷가지를 싼 보퉁이를 얼른 받아들었다.

"쉬엄쉬엄 풀이라도 좀 뽑으며 지내잖고…… 이렇게 잡초가 길길이 자란 걸 보니 꼭 폐가 같은 느낌이 들어."

"하긴, 마당 꼴이 말이 아니네. 하지만, 이걸 어느 세월에 다 뽑겠어? 조만간 제초제라도 확 뿌려야지."

나는 남의 일 말하듯 변명 삼아 그렇게 얼버무리긴 했으나, 주위를 한 번 쓱 둘러봐도 집 마당은 엉망일 만큼 잡초가 더부룩하였다. 잎 모양이 날카로운 톱니 같은 방가지똥과 엉겅퀴는 무릎 높이로 자랐고, 길찬 왕바랭이는 앞마당에서 쇠뜨기와 함께 가장 흔한 잡초였다. 그밖에 강아지풀, 왕비늘사초, 질경이, 민들레, 방동사니 따위도 쉽게 눈에 띄었다. 또한 쑥이 지천이었다. 아내는 농담인지 진담인지 나중에 쑥을 좀 캐서 국이라도 끓여야 되겠네, 하더니 아리송하게 웃었다.

"하지만 이미 못 먹을 만큼 쇠어버린 다북쑥인 걸……"

내 말에 그녀는 들은 제 반 체하였다. 그리고는 마치 시간이 아깝다는 듯이 집안으로 들어서자마자 벌써 오늘 할 일을 머릿속에 그리고 있었던 양 부산하게 움직였다. 가져온 반찬통을 냉장고에 챙겨 넣고 싱크대에 잔뜩 쌓인 설거지 그릇들을 씻어 정리하고 말끔히 빨아온 옷가지들을 붙박이 서랍장에 차곡차곡 개켜 넣는 일에까지 쉬지 않고 부지런히 서둘렀다. 그동안 나도 우두커니 소파에 앉아 있기가 좀 멋쩍어 진공청소기로 마룻바닥을 훑고 다녔다.

"식사는 제때 좀 하시고, 끼니마다 라면으로 때우는 건 정말 안 좋아요."

점심 때 식탁을 차리며 아내는 은근히 걱정된다는 투로 주의를 주었다. 그 말 속에서 아까 설거지할 때 주방 상태를 보고 최근의 내 생활상을 단번에 짐작했다는 암시가 묻어났다.

"응, 알았어."

나는 건성 대답하고는, 아내가 차려내 놓은 밥과 된장국, 계란 프라이며 또 새로 장만해 온 몇 가지 나물반찬들로 꽤 푸짐한 식탁에서 모처럼 느긋한 식사를 즐겼다. 식후에 부부가 다정히 마주 앉아 커피를 마셔보기도 참 오랜만이었다.

"이 숲안골 뒤쪽 어딘가에 산사(山寺)가 있나요?"

뜨거운 커피를 조금씩 홀짝거리던 아내가 문득 생각난 듯이 던지는 뜻밖의 질문에 나는 의아해서 물었다.

"갑자기 산사는 왜?"

"응, 아까 차를 몰고 여기 오는 길에, 등에 바랑을 진 여승 두 분이 내 차 앞쪽 저만치서 지친 걸음으로 느릿느릿 걸어가데. 나도 속력을 늦춘 채 천천히 뒤따라가면서 태워줘야 하나 말아야 하나, 한참 고민했죠. 알다시피 숲안골 오르는 비탈길은 겨우 차 한 대 다닐 만큼 좁잖아요. 그러니 스님들이 본의 아니게 차 앞길을 가로막고 가는 형국이 됐죠. 한 번도 뒤를 돌아보는 일이 없이 묵묵히 가기에 굳이 태워주겠노라고 클랙슨을 울릴 수도 없고……. 결국 우리 황톳집 옆길로 해서 저쪽 숲속 길로 멀어질 때까지 우두커니 바라만 봤죠."

"으응, 그랬구면. 아마 정명(淨命)을 위해 걸식하는 비구(比丘)들인지도 모르겠지만, 글쎄, 나도 숲안골 저 너머 뒷산 어딘가 후미진 산기슭에 암자가 있다는 말만 들었지 거기까지 가 본 적은 없어. 그런데 그게 비구니의 암자였던 모양이지. 이제 한 열흘 뒤면 석가탄신일이니까 그때 연등 달러 한번 같이 가보든지……."

"그래야겠어. 음력 초파일엔 최소한 절집 세 군데는 들려야 한다는 말도 있던데…… 집안에 우환 없이 가족 모두 평안하기를 기원하는 연례행사이긴 하지만, 그냥 넘겨버리면 왠지 마음이 찝찔해서……"

"하기야, 기독교든 불교든 한국에서의 종교는 기복강녕(祈福康寧) 신앙으로 변질된 지 오래 됐지. 난 죽음 너머의 세계인 내세 같은 건 믿지 않지만, 그냥 현실의 삶이 고단하고 팍팍하니까 누구나 이 현세와 대비되는 탈속의 세계가 거기 어딘가 있다는 믿음을 갖고 싶은 거라고 생각해. 그런 이유만으로도 난 절간의 존재를 소중하게 여기는 쪽이야. 실상 언제 닥칠지 모르는 죽음이 두려우니까 사람들은 항상 그걸 인식하며 현재를 반성하고, 죽음이 삶의 끝이 아닐 거라는 관념으로 절을 찾는 게 아닐까?"

"그렇긴 해요. 한데, 난 가끔 엉뚱한 생각인지 몰라도……"

아내는 뒷말을 곧장 잇지 않고 뜸을 들이더니 잠시 후 다시 말했다.

"속세와 인연을 끊고 수도승이 된 사람들을 대하면, 비록 저마다 나름의 기막힌 세속적 사연들이 있었을 테지만, 왜 그랬을까 하는 의문부터 먼저 떠올라요. 산사나 암자 같은 그 멀고 깊숙한 골짜기에다 자기 존재를 은밀히 가두고 싶은 궁극적 이유는 뭣일까? 어떻게 그처럼 모진 결심을 할 수 있었을까? ……그런 것이 정말 궁금했어요. 하여간 보통 사람들은 아무나 쉽게 그 같은 결단을 내릴 수 있는 건 아니니까……."

아내는 도저히 이해되지 않는다는 표정으로 고개를 갸웃했다.

"그건 말이야, 겨울잠을 자는 동물의 이치를 깨달으면 그 궁극적 의미가 해석될 수 있어. 결코 이해하기 어려운 문제도 아닌걸?"

"어렵지 않다니? 뭔데요, 그 이유가?"

"우리가 흔히 쓰는 상투적 표현 있잖아? '초야에 묻힌 선비' 니 '세상과 담 쌓은 은둔자' 니 하는 말…… 그건 선방(禪房)에 들어앉아 한 세월 동안 세상에 나오지 않는 스님들도 마찬가지겠지만. 그들은 세상이 무섭거나 싫어서 피하고 숨는 게 아니지. 그렇게 함으로써 도리어 제 몸을 살리고, 다시 살아나기 위해서지. 겨울잠을 자는 동물들을 생각해 봐. 혹은 겨우내 죽은 듯이 보이는 식물의 땅속뿌리나 씨앗들을 보면 알지. 그것들은 근본적으로 자신이 살아남기 위해서 숨는 거야. 으슥한 곳에다 한동안 자신을 가두고 몸을 숨긴 채, 그리고 봄을 기다리는 거지……."

내 말에 아내는 알듯 말듯한 묘한 웃음을 흘리며 고개를 가볍게 끄덕거렸다. 그걸 확인한 나는 내친 김에 약간 수떨게 되었다.

"우리 집 마당에 지금 저토록 무성한 풀들을 봐도 알 수 있지. 아무도 거들떠보지 않고 눈길 한 번 안 주어도 스스로 깊어진 내공의 힘으로 어느 틈에 자기들 생을 준비해 왔고, 이제 저렇듯 경이롭게 되살아나고 있잖아. 요즘 숲안골은 온통 풀꽃 천지야. 뒷산에 가면 철쭉꽃도 지금 막 피기 시작하고…… 그야말로 화려하고 거대한 천연의 꽃밭이지. 인간들만이 세상의 중심이고 주인인 양 행세하지만, 그건 착각이야. 봄에 되살아나는 온갖 꽃들과 신록을 보고 있으면 모든 생명에 대한 경외심으로 세상의 주변이 다 중심이었고 똑같이 주인인 걸 느끼게 돼…….”

이런 말을 하면서도 나는 무슨 연관 때문인지 머릿속 한 편에선 한제민의 생애를 연상하고 있었다. 내 마음속에 드리운 그의 그림자가 그만큼 짙고 길어 보였는지 몰랐다.

“그런 얘기 들으니까 괜히 마음이 동하네요. 기왕 온 김에 뒷산에 가 꽃구경이라도 좀 할 겸 암자 있는 데까지 당신이랑 모처럼 산책이나 다녀옵시다.”

아내는 들뜬 소녀 같은 표정을 지었다.

“그럴까? 농담 아니지?”

“농담이라뇨? 아네요. 진짜 꽃구경 못해 본 지가 얼마만인데……. 얼른 설거지하고 이것저것 정리할 거 빨리 해치울 테니 같이 나서요.”

“알았어. 그런데 말이야, 난 한 번도 암자까지 안 가봤지만 그리로 가는 길이 워낙 좁아서 차는 도저히 들어갈 수 없어. 부득이 꽤나 걸어야 할 걸.”

“걷는 게 뭐 대수예요? 오히려 건강에 좋지.”

건강에 좋기 때문에 산책 삼아 걷자는 말처럼 들리긴 해도 실은 갑자기 밝아진 아내의 목소리로 짐작컨대, 오랜만에 나들이 가는 기분으로 함께 할 꽃구경이 즐겁다는 의미인 듯했다.

아닌게아니라, 이 황톳집으로 내 거처를 옮겨온 이후 반 년 남짓 부부동반의 외출다운 외출은 한 번도 없었던 것이다. 게다가 그날은 집안에만 들어앉아 시간을 보내기엔 아까울 만큼 화창한, 4월 마지막 주의 봄날이었다.

며칠 전 곡우 때부터 한 사흘 내린 비가 말짱히 갠 뒤라 들녘은 밀어 보이고 구름 걷힌 하늘은 청명하였다. 황사먼지까지 말끔하게 씻겨 더욱 푸르러 뵈는 나뭇잎에 햇빛이 되쏘는 눈부신 날이었다. 점심때가 지난 오후 2시경의 봄햇살이 제법 따가울 시간이었건만, 숲이 머금고 있는 적당한 습기와 대기 속을 떠도는 바람이 살랑살랑 살갗을 어루만지는 시원한 감촉 때문에 금세 머릿속이 상쾌해졌다. 특히 숲안골의 나무와 풀들이 뿜어내는 축축한 냄새와 야릇한 향기는 연신 코끝을 자극하며 온몸을 부드럽게 휘감는 것 같았다. 산책하기 딱 좋은 분위기였다. 아내도 나도 정말 오랜만에 신혼 때처럼 새삼스런 기분에 젖어 손을 맞잡고 걸었다. 그냥 걷는 것 자체를 즐기면서 우리는 천천히 산길로 접어들었다.

지금, 숲안골 전체가 풀꽃들의 세상임을 곳곳에서 알리고 있었다.

"이건 무슨 꽃이에요?"

"괴불주머니."

"희한한 이름이네. 생김새도 이상하고."

"응."

"저기 저 꽃은요?"

"별꽃이야."

"아, 작은 별처럼 앙증맞게 생겼다고 별꽃인가?"

"그렇지."

"그럼, 저건요?"

"저건 봄맞이꽃. 뿌리에서 긴 꽃줄기를 내어 그 끝에 작은 꽃대마다 흰 꽃숭어리가 달려 있지. 그리고 저 빨간 열매 맺힌 건 뱀딸기."

"그건 나도 알아요. 그런데 참 신기하네. 뱀딸기에 노란 꽃이 피는 건 처음 봐요."

"그래? 그 바로 옆에도 작은 노란 꽃 핀 것 보이지? 유난히 잔털이 많은 게 특징인 저것은 양지꽃."

"여기 길섶에 클로버처럼 생긴 이건 또 뭐예요?"

"괭이밥이야."

나는 우리 집 마당에서도 얼마든지 쉽게 발견할 수 있었던 각종 풀꽃들을 하나하나 가르쳐 주었다. 콩제비꽃, 개망초, 광대나물, 달개비, 산자고, 꽃다지……

"참 신기하네요. 그냥 이름 없는 들풀이라고만 알고 있었던 이것들이 모두 저마다 독특한 이름들을 갖고 있다는 게……. 놀랍네, 어쩜 그렇게 풀꽃 이름을 많이 알아요?"

"글쎄, 이름이란 구별 짓기 위한 것일 뿐이야. 세상에 이름 없는 꽃들이 어디 있겠어? 단지 사람들이 무심해서 존재의 이름들을 알려고 하지 않았을 뿐이지. 어쨌든 난 명색이 소설가니까 평소에도 특별히 관심을 갖고 정확히 쓰려고 관찰하고 꼼꼼히 조사해 온 거지. 글을 쓸 때 무책임하게 '이름 모를 꽃들이 피어 있었다'고 해버릴 수는 없잖아……."

산길을 따라 들어갈수록 골이 깊어지는 것을 느낄 수 있었다. 지난 겨울 꽁꽁 얼었던 계곡물이 지금은 자신의 존재를 확실히 알리듯 귀 기울이지 않아도 숙설거리는 기척을 내고 있었다. 간헐적으로 산골 물소리가 잦아들수록 필경 물은 움푹 팬 웅덩이에 괴어가며 저절로 깊어지는 중이었다. 숨어서 움직임도 멈추고 죽은 듯 조용히 있는 것들은 스스로 내공을 다스려 깊이를 더한다. 그와 마찬가지로 지금 속내를 감춘 으슥한 산속의 적막한 풍경이 침묵의 아름다움을 가르쳐주는 이치를 알 것 같았다.

"신이 숨겨둔 은밀한 장소, 그래서 신만이 아는 곳에서 저 혼자 피었다 지는 꽃들도 있겠지. ……그 사실 속에 어쩌면 존재의 비의(秘意)가 담겨 있을 수도 있어. 부재하는 것은 이름이 없다는 논리는 한갓 인간 중심적 사고일 뿐이고, 모든 존재를 신이 창조했다는 것도 인간의 생각이 그런 믿음을 만들어낸 것일 테니까. 말하자면, 신조차 관여할 수 없는 여지가 세상엔 얼마든지 있다는 뜻이야……."

나는 아내가 내 말의 진의를 이해하리라고는 믿지도 않으면서 그냥 지껄인 셈인데, 실은 최근에 나름대로 깊이 생각해온 바를 솔직히 말한 것이었다.

"도통 무슨 소린지, 수수께끼같이 알듯 말듯 하면서도 모르겠어요."

아내는 농담처럼 응수하며 오히려 즐겁게 웃었다.

나로선 그녀가 심각하게 받아들이지 않는 게 차라리 다행스러웠다. 나는 화제를 바꾸는 듯이 하며 달리 말했다.

"철학자 하이데거란 이름, 당신도 들어봤지? '언어는 존재의 집'이라고 했던 그의 유명한 말도?"

"들어는 봤는데…… 그게, 정확히 무슨 뜻이에요?"

오래 함께 산 까닭에 나는 아내의 표정만 봐도 그 말투의 진의와 속내를 대개 짐작할 수 있었다. 이번엔 진심으로 듣고 싶어 하는 표정이었다. 그래서 웬만한 사람이면 다 아는 그 말에 대해 나는 대충 다음과 같이 설명했다. ──언어는 존재하는 사물의 정의(定義)일 뿐이고 그 존재 자체는 아니다. 요컨대 언어는 존재가 지닌 본질적 모습을 드러나게 하는 수단일 뿐인데, 그걸 가리켜 '언어는 존재의 집'이라고 한 것이다. 좀더 쉽게 말하면, 드러나지 않은 상태의 존재를 드러난 상태의 사물로 바꿔놓는 것이 언어의 역할이다. 즉, 존재하는 사물은 적확(的確)한 표현을 만나야만 그 사물의 본모습을 드러낼 수 있다. 이것을 가리켜, 언어가 존재로 하여금 형태를 띠게 하고 알맞게 들어앉히는 '집'이란 말로 비유한 것이다. 결국 하이데거의 말은, 언어와 사물이 적확하게 결합하는 것이 그 사물(존재)의 본모습을 드러내는 방법(집)임을 표현한 말이라고 해석하면 된다. 부언하면, 언어는 무(無)의 상태를 유(有)의 상태로 바꾸어 놓는다, 혹은 부재 상태를 현존재로 바꾸어 놓는다는 뜻이다. 동양에서는 그걸 '정명(正名)'이란 용어로 설명한다. ──대략 그런 내용이었다.

"그러니까 이름이 없는 것은 존재하지 않는다는 주장은, 엄격히 따지고 보면 비논리적이지. 세상에는 알려지지 않아서 존재하지 않는 것처럼 여겨지는 무명초(無名草)들이 저 혼자 숨어 자라고 있는 경우도 얼마든지 있다는 얘기야. 게다가, 언어가 도리어 존재의 본질을 가리고 흐려놓는 셈이기도 한데, 뭐 하여간, 우리가 꽃의 이름을 뭐라고 부르든 그 꽃들은 실상 언어와 아무 상관없이 피고 지는 법이야. 그게 진실이지."

아내는 그제야 충분히 이해가 됐다는 듯이 고개를 끄덕였다. 잡다한 일상사에 발목 잡혀 지내느라 부부간에 이런 대화를 나누는 것도 연애시절 말고는 참 오랜만이었다.

산길은 갈수록 으슥해졌다. 그 으슥한 골짜기에도 산비탈을 개간하여 만든 작은 논배미들이 더러 눈에 띄었다. 곡우 때 흠씬 내린 비로 모내기할 논물이 벌써 가득 찬 상태였다. 산길엔 행인 하나 없었다. 숲안골 마을이 사실상 인가의 끝이었다. 그 뒤로는 마을 사람들의 노역의 결과인 양 험한 계곡을 낀 산비탈을 깎아내려 일궈놓은, 둔덕으로 된 밭뙈기와 논다랑이들이 척박한 농경지의 전부였다.

그리고, 이내 공동묘지가 나타났다. 암자는 아직도 그 모습을 드러내지 않았다. 막연히 그리로 가는 것으로 짐작될 뿐인 오솔길의 흔적만이 무성한 나무들과 푸새 사이로 보였다. 오전에 아내가 봤던, 바랑을 진 여승들은 아마도 이 길로 지나갔을 것이다. 철쭉꽃이 봉분들 사이에 드문드문 무리지어 피어 있는 공동묘지 근처까지 갔다가 우리는 그냥 되돌아섰다.

"이제 그만 가요."

먼저 걸음을 멈춘 아내가 더 이상 가고 싶지 않다고 말해서 결국 이쪽에서 발길을 돌리기로 하였다.

"막내가 학원에서 올 시간이 여섯 신데…… 때맞추어 저녁 차릴 준비를 하려면 지금쯤 집에 돌아가야 해요."

이번에도 역시 집안일이 발목을 잡았다. 모처럼 부부동반의 산책을 나오긴 했으나 아내에겐 늘 가정사가 우선이었던 것이다.

숲안골 황톳집을 나와 예까지 왔던 길을 되돌아가며 아내는 요즘 막내애의 동태에 관해 이런저런 이야기를 늘어놓았다. 평일에 학교 일과가 끝나면 엄마의 퇴근 시간보다 으레 먼저 도착한 아파트의 빈 집에서 아들은 혼자 저녁밥을 대충 챙겨먹고 학원으로 곧장 간다. 영어와 수학 중심의 과외수업을 받고 나면 밤 10시 반경이나 귀가한다고 했다. 오후 학원 시간에 쫓겨 저녁 식사가 부실할까 봐 아내는 아예 아침에 등교하러 집을 나서는 아이더러 학원 근처의 식당을 이용하라고 용돈을 쥐어 보내는 게 속 편할 때가 많다고 했다. 주말엔 오후 2시부터 시작해 6시까지 네 시간의 강의를 듣고 집에 오면 6시 반,

그 때쯤 아이는 파김치처럼 늘어져 있기 마련이란다. 엄마 입장에서 매일 그런 애를 보고 있자니 안쓰럽기 그지없다고 아내는 말했다.

"그 어린 것이 벌써부터 학교 공부만으론 부족해서 학원 과외수업에 내몰려야 하는 우리 사회의 교육현실이 정말 문제예요."

아내가 '그 어린 것'이라고 말한 막내는 올해 중학교에 입학한 늦둥이 아들놈이다. 그 애 위로 십 년 이상의 연령차가 나는 두 누나는 현재 국내에 있지 않았다. 자매가 함께 일본에 거주하고 있었다. 5년 전 일본으로 먼저 유학을 떠났던 큰딸애의 주선으로 나중 둘째가 뒤따라간 경우인데 둘째 역시 언니가 다녔던 도쿄의 한 예술종합전문학교에 재학 중이었다.

애니메이션 캐릭터 디자인을 전공한 큰애는 학업을 마친 직후 곧 취직자리가 생겨 도쿄의 모 국제무역회사에 딸린 자회사의 웹디자인 계열 부서에서 전문 디자이너로 일하며 회사 홈페이지 꾸미기, 광고 디자인, 한국지사와의 문서 번역 및 통역 등을 전담하고 있었다.

지금 도쿄도(都)의 오오타구(大田區) 이시카와쵸(石川町)에 있는 아파트에 세들어 사는 자매는 서로 의지하며 그럭저럭 타국에서의 생활을 꾸려 나가고 있었다. 그러나 큰애가 받는 초임만으로는 집세와 생활비를 제하고 조금씩 은행에 저축까지 하며 기타 용돈 등을 충당하기엔 빠듯해서, 한 번에 꽤 많은 돈이 드는 둘째애의 등록금 부담은——처음 큰애한테 그랬던 것처럼——순전히 부모의 몫이었다. 둘째 역시 방과 후엔 식당에서 아르바이트를 하면서 스스로 잡비라도 벌고자 나름대로 열심히 노력하고 있다는 소식은 종종 듣고 있었다. 전화 통화에선 늘 잘 지내니까 걱정 말라고는 하지만, 그래도 도쿄의 비싼 물가에 그 아이들이 틀림없이 쪼들리는 생활을 면치 못할 것을 아내는 염려했다. 계절에 따른 옷가지며 포장된 김치며 잡다한 생필

품을 위시하여 두 딸이 한국에 있을 때 특별히 좋아했던 군것질거리
며 두루 챙겨 아내는 한 달에 한두 번씩 꼭꼭 택배로 일본에 부치곤
하였다.

하여간 그 딸애들이 한국에서 고등학교를 졸업할 때까진 그나마 일
가족이 함께 단란히 한 집에서 살았고 지금처럼 이렇게 흩어져 있지
는 않았던 것이다. 그 중심에 가장인 내가 있었으나 현재는 나까지 따
로 나와 지내는 바람에, 결과적으로 두 집 살림으로 분산되자 가족의
구심력이 절로 약해진 것은 당연했다. 그런데 요즘 와서 막내는 엄마
아빠가 떨어져 사는 일에 대해 궁금해 하는 정도를 넘어 부쩍 이상하
게 생각하는 눈치를 보인다는 것이었다.

"엊그제는 막내녀석이 느닷없이 엄마 아빠가 요즘 별거하는 이유
가 뭐냐고 묻는 거예요. 밤늦게 학원에서 돌아와 시장하다기에 밤참
을 차려줬더니 식탁에서 나를 빤히 쳐다보다가 갑자기 그러는 거 있
죠. 하도 어이없어 처음엔 웃었는데 갠 심각하게 생각하고 있는 모양
이에요……."

아내의 말에 나 역시 어처구니없어서 그냥 허허, 웃고 말았다. 아이
들은 정말 모르는 사이에 몸도 마음도 훌쩍 커버리는 것인가.

"녀석이 벌써 사춘기 티를 내는 모양이구만……."

겨우 중1인데도 아비인 나보다 키가 한 뼘 남짓 껑충 더 커버린 막
내의 최근 모습을 나는 잠깐 떠올려 보고, 한두 해 전만 해도 '우리 꼬
맹이'라고 예사로 불렀던 때를 생각하였다. 그리고는 믿기지 않을 만
큼 하루가 다르게 변하는 아이의 성장이 보여주는 마법의 조화 같은
인체의 신비에 그저 아연할 뿐이었다. 그런 막내를 가리켜 아내는 아
직도 입버릇처럼 '그 어린 것'이라고 말한다. 불과 일 년 전까지만 해
도 우리 집 꼬맹이로 통했을 뿐 아니라, 세월이 아무리 흘러도 늦둥이

라는 사실엔 변함없는 그 고정관념에 더하여 부모에게 자식은 영원히 자식일 뿐이라는 선입견이 항상 작용하고 있기 때문일 터였다.

"그래서, 당신은 막내한테 뭐라고 설명했는데?"

"그야 아빠는 글 쓰시는 분이니까 때로는 가정 일에 신경 쓸 수 없는 아빠만의 세계가 따로 있다고 했죠. 사람마다 누구나 추구하는 인생이 다르고 가고자 하는 길이 따로 있기 때문에, 어떤 때는 그것이 가족이나 집안일보다 우선일 때가 있다고 말해주긴 했어요. 그 대신 우리 집 사정은 엄마가 알아서 도맡아 하니까 네가 걱정할 건 아니라고도……. 이해하든 못하든 사실대로 말하는 게 중요하니까."

뜻밖에 아내의 이런 사려 깊은 말은 내게 위안이 되었다. 나는 고개를 끄덕였다.

"하여튼, 막내는 아직 어려서 무슨 말인지 아마 잘 알아듣진 못했을 거야."

"그건 그래요."

아내는 나지막이 중얼거렸으나, 그것이 내 말에 대한 수긍인지 혹은 어린 아들더러 이해하기 힘든 말을 구차하게 설명해야 하는 것이 스스로 딱하다는 것인지, 모호하게 들렸다.

두 집 살림으로 나눠지면서 아버지의 존재가 집 안에서 비게 되자 분명히 옛날과는 달리 가족의 구심력이 느슨해진 것은 어쩔 수 없다 치더라도, 어린 막내한테까지 예상치 못한 말을 듣고 보니 나로서도 속이 편하진 못했다.

이미 성인이 된 두 딸은 지금의 막내 나이였을 때 그런 사정을 이해했을까. 너무 오래 된 옛날 일이라 기억조차 없지만 두 딸을 두고서는 그런 걸 미처 헤아려보고 고심해 본 적이 없었던 것 같다. 그 애들이 어렸을 때, 아버지의 하는 일이나 가고자 하는 길이 때로는 가족보다 우선일 때가 있기에, 자기만의 세계에 몰두한 아버지가 그 때문에 종종 집안에서 겉도는 모습을 전혀 이해하지 못했다 하더라도, 그땐 가족이 지금처럼 헤어져 있지는 않았던 것이다. 그렇기에 새삼스레 아빠만의 할 일이 따로 있다는 이유를 내세워 이렇게 딴살림으로 분리된 속사정을 어린 아들더러 이해해 달라고 말할 수도 없었다.

30년 가까이 잘 다니고 있던 직장생활이 어느 날 갑자기 밥벌이를 위한 수단에 불과하다는 생각이 든 것은 수년 전부터였다. 학생들에게 단순한 지식 전달의 기계처럼 변해버린 나의 일상이 싫었고, 학반을 옮겨 다니며 동일한 내용을 앵무새처럼 지껄이는 타성의 시간들이 아까웠다. 그만큼 변함없이 되풀이되는 출퇴근이 스스로 지겨워질 정도가 되자, 그에 반비례하여 그동안 밀쳐두었던 소설 창작에 대한 나의 갈증은 점점 심해져 갔다. 집필 욕구와 현실의 괴리가 깊어질수록 그 틈새에 낀 나의 행동도 집안에서 더욱 겉돌고 있었다.

아내는 그런 나의 고민을 이해하고 있는 눈치였지만 어차피 말을 꺼내는 것조차 긁어 부스럼이 될 것을 아는 탓에 굳이 내색하지는 않았다. 아이들이 점점 커갈수록 금전상으로 뒷바라지할 부모 몫도 커져가는 마당에 대뜸 직장을 그만두고 수입도 일정치 않은 전업 작가의 길로 나선다는 것은 실제로 무모한 짓이었다.

집안에서 나의 변화는 말수가 줄어든 것으로 표면화하였다. 그리고 틈만 나면 자주 서재에 들어박혀 나만의 세계에 침잠해 있기 일쑤였다. 자연히 식구들과의 대화도 뜸할 수밖에 없었다. '아빠의 방'으로 통칭되는 서재에서 식사시간 외에는 잘 나오지도 않는 나의 존재가 가족의 눈에는 멀찍이 떨어져 고립된 섬처럼 느껴졌을 터였다.

그 무렵의 어느 날, 큰딸애가 조심스레 아빠의 방문을 두드렸다. 아빠, 상의할 게 좀 있어요. 제 고민 좀 들어주세요.……

나는 '들어 달라' 는 말인지 '덜어 달라' 는 말인지 얼핏 헷갈렸으나, 듣고 나니 결국 같은 의미였다. 큰애는 당시 지방에 있는 국립대학을 딱 일 년 다니고 난 직후였다. 겨울방학 때였는데 느닷없이 휴학하겠다며 장래의 진로 문제를 놓고 그동안 심각한 고민에 빠져 있었던 속사정을 털어놓았다. 한국에서, 그것도 지방대학 경영학과를 졸업해 봐야 취업도 어려울 뿐만 아니라, 정작 자기의 평소 꿈은 다른 곳에 있는데 적성에 맞지도 않는 현재의 대학생활에 안주하는 것은 무의미한 일이라고 말했다. 게다가 앞으로 졸업 때까지 3년간의 세월을 더 축내고 있기엔 너무나 아까운 시간들을 낭비하는 일 외엔 아무것도 아니라며, 딸은 1년간 겪어 본 현재의 대학생활에 꽤나 낙담하고 있는 모습이었다.

그래서 어떻게 하면 좋겠냐? 네 뜻을 말해 보거라.

넉살좋은 소리인지 모르겠지만……

딸은 잠깐 망설이더니 해외유학을 가고 싶다는 속내를 조심스레 내비쳤다. 그 말을 듣고 나는 지금의 내 심정을 먼저 토로하고 싶은 충동을 참느라고 한참 말없이 담배만 피웠다. 그러면서 나 역시 적성에 안 맞는 귀찮은 일 다 걷어치우고 서재에 들앉아 글만 쓰고 싶은 욕구를 꾹꾹 억누르고 있다고는 차마 말하지 못했다.

그래, 네 뜻이 정 그렇다면 한 번 생각해 보자. 가더라도 장차 뭘 전공할 것인지 차근히 따져보고, 유학 절차도 알아보고……

큰딸애는 온순하면서도 경우에 따라 매우 당찬 데가 있었다. 나는 어릴 때부터 봐 온 큰애의 결심을 존중해 주었다.

모든 건 네가 잘 알아서 해라. 뒷바라지는 부모 몫이니까 네 엄마랑 내가 의논해서 책임지고 주선할 테니…….

나는 결국 사려 깊고 신중한 가장의 역할로 돌아와, 아이들이 대학을 졸업할 때까지만이라도 우리 사회의 총체적 불경기 속에서 그나마 가장 안정된 생활이 보장된 이 직장을 박차고 나오긴 도시 글렀다고 체념하는 수밖에 없었다.

그날 이후로 큰애는 인터넷의 검색창을 뒤져 유학닷컴의 사이트에도 들어가 보고 여기저기 관련 방들을 기웃거리며 자세히 알아보더니, 최종적으로 일본행을 택하여 애니메이션 캐릭터 디자인을 전공하겠다는 결심을 굳혔다. 애니메이션이라면 일본은 이미 세계적 수준이었다. 그 계통이라면 일본 유학이 적격이긴 했다. 그런데 어학연수 코스를 놓고 도쿄에 있는 일본어학원이 아니라 굳이 삿포로 쪽을 택하는 까닭이 궁금했다.

딸애의 판단은 도쿄나 오사카처럼 재일교포가 많이 거주하는 지역엔 자연히 연고지를 찾아 한국에서 유학 온 학생들의 수도 많아서 그들과 어울릴 기회가 잦으면 모국어 사용습관을 쉽게 떨쳐내기 어렵다는 거였다. 반면에 중심부에서 꽤 멀리 떨어진 홋카이도의 삿포로쯤이면 주위에서 한국어를 듣기 힘들어 도리어 일어공부엔 훨씬 도움이 되리라는 것이었다. 또한 일본의 비싼 물가를 고려하면 도쿄보다 상대적으로 싼 편인 이 지역에서의 생활이 유리할 듯했다. 하지만 그런 것들보다 딸아이의 마음을 삿포로 쪽으로 이끌리게 한 이유는 따로 있었다. 체질적으로 열이 많고 몸이 더운 그녀에게 평균 기온이 딴 곳보다 낮은 홋카이도의 적합한 기후 조건이 무엇보다 가장 마음에 든다는 거였다.

그렇게 해서 큰딸애가 삿포로행 비행기에 오른 것은 스물한 살 되던 6월 말, 후반기 강의가 시작될 7월 초에 맞춰 떠난 것이었다. 태어나서 단 한 번도 부모 곁을 떠나 객지생활이라곤 해 본 적이 없는 딸애를 공항에서 배웅하던 아내는 마치 먼 타국으로 시집보내는 것 같은 기분이 들었는지 돌아서며 눈물을 훔쳤다.

이후부터 아내와 나는 딸의 학업을 뒷받침하기 위해 가급적 절약과 긴축을 생활화하는 습관에 익숙해져야 했다. 나의 창작 열의는 점차 식어갔고 좋은 작품에 대한 꿈도 나날이 퇴색했다.

숲안골로 되돌아오는 길에 마을이 가까워지면서 야트막한 평지들이 다시 보이기 시작했다. 모내기할 준비로 농부 두엇이 논도랑에서 물을 대느라고 삽질하며 논둑의 물꼬를 손보고 있었다. 그렇잖아도 며칠 전 내린 비에 개천의 물이 불어 있었고, 흐르는 물소리도 꽤 우렁찼다. 개울 옆은 종래 옥수수 밭이었는데 지금은 대체 작물인 하고초 재배지로 조성되어 있었다. 들리는 소문에는 양봉하는 동네 노인이 작심하고 올 봄에 하고초를 심었다고 했다. 꽃철엔 꿀을 얻고 갑상선 치료용 한약재로도 효과가 좋다는 하고초는 이제 한 달 남짓 지나면 보라색 꽃이 만발하여 수많은 벌들을 불러들이는 밀원으로 변할 것이다. 하고초 밭가를 지나며 나는 아내에게 물었다.

"일본에 있는 애들 소식은?"

숲안골 황톳집으로 아내가 찾아올 때마다 으레 묻는 말이지만 대개는 아내 쪽에서 먼저 내 궁금증을 풀어주곤 했다.

"둘 다 잘 있대요. 그리고 참! 지지난 주 일요일에 인터넷 화상캠을 설치했는데, 이젠 전화보다 훨씬 편리해요. 진작 말한다는 게 깜빡했네."

작년 여름방학 때 아내는 도쿄에 있는 딸들을 보러 막내와 함께 가서 한 보름 정도 머물다 온 적이 있었다. 그때 딸들과 화상캠코더 설치에 관해 의논하고 앞으로는 인터넷 화상통화를 하기로 약속했었는데 차일피일하다가 6개월이나 늦게, 이제야 비로소 실현하게 됐다고 말했다.

초고속 인터넷 정보기술의 민간 활용도 면에서 일본보다 앞선 한국은 화상통화가 이미 보편화된 지 오래였다. 그에 비해 일본에서는 화상캠 설치가 여의치 않다면서 딸들이 엄마에게 연락하여 한국에서 구입해 달라고 했던 모양이었다. 아내는 컴퓨터 모니터 앞에 앉아 화상통화를 하는 편리함을, 처음 사용하면서 느꼈던 신기함까지 곁들여 내게 전달할 때는 약간 수다스럽게 들뜬 목소리가 되었다.

"설치비용도 아주 싸요. 화상캠 하나만 장착하면 간단히 해결되는 걸. 마주 보고 실시간 얘기를 주고받는 편리함에다 마음대로 조절되는 음량과, 거기다 또 선명한 화상…… 이런 것들이, 목소리만으로 만족해야 하는 전화통화와는 비할 바가 아니죠. 더구나 전화요금은 사용시간에 따라 증가되지만 화상통화는 아무리 쓰더라도 무료니까 얼마나 좋아요! 게다가 통화하면서 동시에 컴퓨터 자판기로 문자전송도 할 수 있는 장점까지……"

첨단기기 사용에 대해선 아직도 어설픈 나는 그저 놀랍기만 했다.

"거 참, 편리한 세상이네. 꿈같은 일이 금방 현실로 변하는 걸 보면…… 우리 같은 아날로그 세대는 도저히 세상 변화에 못 따라 가겠어. 하여간, 큰애는 직장에 매인 몸이라 어쩔 수 없다 치고, 둘째애는 지난 겨울방학 때 잠깐 한국에 다녀갈 수도 있었을 텐데…… 바쁘다던가?"

"방학인데 바쁠 건 없죠. 그렇잖아도 일본은 4월 개학이니까 지난 3월에 둘째애가 잠깐 귀국하려는 것을 내가 오지 말라고 했어요. 황사 때문에 여긴 사람 살기 힘들다고……."

"하긴 이번 황사가 지독하긴 했지. 거의 재앙 수준이었으니까……"

이윽고 숲안골 마을까지 다 왔을 때, 갑자기 저쪽 개울 건너편 버드나무 숲에서 까마귀 떼가 요란하게 울었다. 그 소리는 주변에 메아리로 울려 퍼질 만큼 제법 길고 음산하기까지 했다. 아내 역시 그렇게 느낀 것 같았다.

"까마귀 우는 소리는 들을 때마다 왠지 소름 끼치는 데가 있어서 기분 나빠……."

"그래도 일본의 까마귀에 비하면 한국 까마귀는 얌전한 편이야. 개체수도 아주 적은지 도심지에선 거의 볼 수 없거든. 그 대신 까치 떼가 인가까지 마구 설치고 다니는 건 일본과는 정반대인 것 같데. 큰애가 도쿄로 나오기 전이니까 벌써 한 5년 됐지? 우리가 삿포로에 갔던 게……."

"맞아요. 일본의 다른 지역에서도 그런가는 몰라도 삿포로의 까마귀는 정말 유별났어."

그랬다. 큰애가 낯선 삿포로의 생활에 익숙해지고 일본어에 능통해질수록 점점 어눌해지던 모국어를 잊지 않기 위해 일기처럼 자주 써서 보내오던 편지에도 '삿포로의 까마귀'에 관한 내용이 적혀 있었다. 도심 한가운데서 그놈들이 전신주 꼭대기나 지붕 위에 내려앉아 외마디 비명같이 아악! 하는 소리를 느닷없이 토해내면 예기치 못한 순간에 듣는 사람은 등골이 오싹해진다는 것이다. 아침에 사람들이 잠자리에서 깜짝 놀라 눈을 뜨게 되는 것도 대개 그 음산한 소리가 기상 신호 역할을 하기 때문이란다. 날이 샐 무렵이면 어김없이 떼를 지어 날아온 까마귀들이 먹이를 찾아 인구 밀집의 주택지 곳곳에 놓인 쓰레기통을 헤집고 다니며 시도 때도 없이 으악! 하고 울부짖는 희한한 광경…….

사실이었다. 그것을 실제 경험한 것은 5년 전, 8월 하순의 어느 날이었다. 삿포로의 큰딸애가 세들어 살던 원룸형 빌라의 2층 자취방에서 그동안 헤어져 지낸 지 꼭 1년 2개월 만에 모처럼 일가족이 다 모여 육첩(六疊) 다다미 위에서 함께 첫 밤을 비좁게 보낸 그 다음날 새벽녘이었다. 큰애는 이미 면역이 된 상태였지만 처음 겪어본 우리는 그 비명 같은 소리에 된통 놀랐던 것이다.

하여간 까마귀 울음소리로 눈을 뜨고 아침을 맞는 그 변함없는 일상은 삿포로에 체류했던 열사흘 간 내내 반복되었다. 한국에서 흔하디흔한 까치를 일본에서는 거의 볼 수 없었던 것도 신기했지만, 가는 곳마다 까마귀들이 예사로 눈에 띄는 경우도 한국과는 정반대였다. 집 앞에 내놓은 음식쓰레기 봉지를 그놈들이 함부로 쪼아대고 찢어발겨 지저분하게 흩어놓는 바람에 골머리를 앓던 시민들이 마침내 쓰레기통 위에 그물로 덮씌워 놓는 방법을 고안해낸 모양이었다. 그래서 일정한 요일을 정해 집집마다 음식쓰레기를 내놓는 날에는 봉지를 담아두는 큰 플라스틱 통 위에 그물을 덮어 까마귀의 접근을 막는 동안 쓰레기 수거차가 와서 이를 거두어가는 방식을 채택하고 있었다.

이처럼 잦은 폐해에도 불구하고 일본에선 까마귀가 대체로 길조로 인식되고 있었다. 까마귀가 본시 그 습성이나 생태에서 반포조(反哺鳥)로 불리는 만큼 효(孝)를 상징하는 새이기 때문에 일본인은 길조로 여기는 것일까. 그런 이유보다는 아마도 일본의 전설적 초대 천황인 신무(神武)가 살기 좋은 땅을 찾아 동정(東征)하는 이야기 속에 까마귀가 등장하는 것과 깊은 관련이 있지 않을까 싶다. 왕이 험준한 산중에서 길을 잃고 헤맬 때 꿈에 나타난 조상신의 가르침에 따라 까마귀가 향도(嚮導)하는 대로 우러러보며 따라갔더니 마침내 안전한 곳으로 나올 수 있었다는 데서 까마귀는 일본에서 신성한 새로 인식되었는지도 모른다. 또, 옛날 고구려인들은 세 발 달린 까마귀[三足烏]로써 태양신을 형상화하여 신성시했는데, 이런 문화적 전승이 일본에까지 파급된 결과였을 수도 있다. 다만 추정에 불과한 나의 그런 소견들을 듣고 있던 자리에서 큰딸애는 그때 꽤 흥미 있는 이야기 하나를 전해 주었다. 그것은 딸애가 삿포로의 지인(知人)한테서 들은 이야기로, 홋카이도의 원주민인 아이누 계통의 어떤 부락에서는 까마귀가 자기네 조상의 정령이라고 믿고 있다는 것이다. 이승에 남겨진 것들에 대한 미련과 비원(悲願) 때문에 멀리 떠나지 못하고 환생하여 항시 인가 근처를 맴돌며 텃새가 된 사연이 그 때문이란 것이었다.

북국의 풍치답게 거기서는 자생의 침엽수림과 자작나무 숲이 무성했고, 일본 특유의 인공조림인 삼나무 숲이며 히말라야시더는 홋카이도의 어디서든 만날 수 있는 풍경의 일부였다. 그래서 어디를 구경 가든지 교외로 나서면 쉽게 마주치던 그 숲에서 또한 영락없이 까마귀들이 음산하게 우짖는 광경을 자주 볼 수 있었다. 늘 근접한 위치에서 함께 지내고 거기에 가족끼리의 단란함의 의미를 부여한다면 삿포로에서 보낸 그 열사흘 동안 우리 가족의 모습이 그랬을 것이다.

그 이전에, 큰애에겐 가족과 헤어져 지낸 지 반 년이 지나면서부터 여러모로 힘든 시기였던 것 같았다. 특히 눈이 오지 않는 날이 드문 북해도의 그 혹독한 겨울을 넘길 동안 조금씩 향수병에 시달리는 증세를 보였다. 오후 4시쯤이면 벌써 해가 저물어 캄캄해지는 삿포로의 그 긴긴 겨울의 매일 밤들을 고향과 가족에 대한 그리움에 젖어 모국어로 쓴 일기 형식의 편지들을 일주일 단위로 한 묶음씩 모아 고향집에 띄워 보낸 사연들을 우리는 받아 읽었다.

한 번은 빙판길에 미끄러져 엉덩방아를 찧으면서 엉치등뼈를 크게 다쳐 고생했던 일도 적혀 있었고, 또 방과 후 아르바이트를 마치고 귀갓길에 눈 쌓인 계단을 내려오다 발을 헛디디는 바람에 발목을 삐었던 일로 병원에서 인대가 늘어졌다는 진단을 받아 깁스를 한 뒤 꽤 오래 목발을 짚고 다녀야 했을 때는 더더욱 가족에 대한 그리움이 사무쳤다고 편지에 적고 있었다. 이제는 무슨 생각이라도 하려면 일본어가 먼저 떠오르고 꿈속에서까지 남의 나랏말로 지껄이는 제 모습을 본다고도 썼다. 그만한 고생쯤은 이미 떠날 때 각오했던 것이긴 하지만, 그런 편지들을 받아보면서 아내도 나도 안쓰러운 느낌이 들긴 마찬가지였다. "다가오는 여름방학 때는 꼭 너를 보러 일본을 방문할 테니, 삿포로에서 우리 가족이 함께 만날 그 때까지 힘들더라도 꼭 참고 기다려라."고 자주 전화를 걸어 위로하곤 했다.

그렇게 해서 1년 2개월 만에 일가족이 함께 했던 그 열사흘 동안의 추억을 일일이 동영상으로 담아놓은 비디오용 캠코더의 씨디는, 가족의 화목을 언제라도 확인해 볼 수 있는 뚜렷한 물증이었다. 훗날 가끔씩 비디오를 통해 이때의 모습들을 재생시켜 볼 때마다 우리가 갔던 장소와 그곳에서의 행동들은, 오련한 기억에 다시금 생생한 소리와 색채를 덧입혀 순식간에 현장의 실감으로 바꿔 놓는다.

그런데 자세히 보니 그 비디오의 동영상 속에서는 가족의 중심에 주로 막내가 자리잡는 구도로 초점이 맞춰져 있었다. 예컨대 당시 초등학교 2년생이던 아홉 살배기 어린 막내의 행동반경을 좇아 캠코더의 방향도 이를 따라 움직이고 있는 형국으로 촬영되고 있었다. 그리고 막내가 그리는 동선(動線)의 범위 안에 포착되는 가족의 모습과 풍경들은 일종의 들러리나 배경의 역할처럼 보였다. 아내가 캠코더를 작동시켜 촬영한 영상들이 대개 그랬다. 늦둥이 아들의 성장과정에 초점을 맞추어 갓난애 때부터 찍어 온 습관들이 이때도 은연중 작용했던 모양이었다. 그것은 뒤늦게 비디오를 틀어 보면서 쉽게 깨달을 수 있는 부분이었다.

하여간 삿포로 체류기간에 찍었던 그 비디오의 세계는, 지금과는 판이하게 어린애 그대로인 막내의 모습을 통해 확실히 먼 과거의 시간 속으로 거슬러 가, 우리가 한때 풍경조차 낯선 땅, 낯선 거리를 걷거나, 낯선 장소에 머물러 있었음을 증명해 보여주는 것이었다.

막내만 제외하면 나머지 가족의 모습은 그때나 지금이나 별로 변한게 없어 가까운 과거의 일처럼 생각된다. 그런데 비디오의 화면 속에 막내가 등장하면 이내 '먼 과거'가 눈앞에 다시 펼쳐지는 듯했다. 아내가 피사체를 촬영하는 방식이랄까, 이를테면 영상을 담아내는 순서는 막내로부터 포커스를 맞추기 시작하여 둘째애, 큰애, 그리고 맨 나중에 남편인 나의 모습에 이른다. 비록 무의식적이었지만 대개 그 순서를 따른 것으로 보면, 아내의 무의식 속에서는 가정에서 우선 순으로 돌보거나 보호해야 할 식구부터 챙기는 경향이 있다고 해야겠다. 그것은 물론 사랑이나 관심의 순서는 아니었다. 어찌 됐든, 비디오 화면 속의 나는 대개 맨 뒤에 모습을 드러내는 것이다. 그것도 가족과 약간 거리를 둔 곳에 혼자 동떨어져 담배를 피우고 있거나 뭔가를 물끄러미 바라보는 자세였다.

아내가 인물 중심으로 피사체를 설정하는 편이라면 나는 반대로 공간적 배경이 되는 풍경을 먼저 생각하는 편이다. 사람들은 보통 사진 속의 피사체가 될 경우 가급적 훌륭한 건축물이나 멋진 자연 경치 또는 역사적 장소 따위의, 무언가 기념할 만한 배경을 택하기 십상이다. 나 역시 그러한 구도를 좋아하는 사람들의 보편적 심리나 정서와 다르지 않다. 아마도 어떤 특별한 공간에 자신이 놓임으로써 예사로웠던 것도 비로소 예사롭지 않은 의미를 띠게 되는 까닭일 게다. 그런 때는 바로 그 장소, 그 배경이 일종의 '상징 공간'으로 변모하는 것이었다. 그런 이유에서, 나는 소설을 쓸 때도 사건이 벌어질 공간적 배경을 먼저 설정하고, 그 배경의 무대장치가 되는 풍경 묘사에 꽤 정성을 쏟는 편이었다. 할 수만 있다면 더 정교하고 더 치밀한 예술적 구도를 짜기 위해 심혈을 기울인다. 그렇게 해서 꾸며진 풍경의 구도, 이른바 공간적 배경이라 불리는 이야기의 무대는 하나의 '상징 공간'이자 '은유적 세계'로 변모한다. 내가 유난히 '풍경'에 집착하는 이유도 다분히 그런 의도 때문이었고, 거기서 나는 내 소설의 색다른 서사기법을 위한 미학적 구조를 창조하려고 애쓰는 편이었다.

삿포로 시가지를 약간 벗어나 치토세 공항 가는 길에 있는 '히츠지가오카'(羊ヶ丘:양의 언덕)에 놀러갔던 날, 우리는 양치는 목장의 울타리 곁에서 양떼가 노니는 푸른 목초지를 둘러보았다. 나는 이 '양치는 언덕'이 아주 오래 전 『빙점(氷點)』이란 재미있는 인기 대중소설로 한국에까지 널리 알려졌던 미우라 아야꼬(三浦綾子)의 또 다른 소설 제목이자 그 이야기 속의 한 배경이기도 하다고 설명해 주었다. 홋카이도의 아사히카와(旭川) 출신인 그녀의 소설은, 우리 집 애들이 태어나기도 훨씬 전에 발표된 먼 옛일이어서, 큰애조차 전혀 읽은 적이 없었고 작가의 이름도 모르고 있었다. 그 푸른 언덕 위에서는 멀리 전용 야구장인 삿포로 돔의 은빛 윤곽이 희미하게 보였다. 국제적 명성을 지닌 삿포로 눈 축제의 기념관도 그 언덕에 건립되어 있었는데 우리는 그 기념관을 관람하고 부대시설인 옆의 식당에서 칭키스칸 양요리를 점심으로 먹었다.

비디오 화면 속에는 우리가 자주 갔던 회전(回轉)초밥 집에서 즐겁게 식사하던 광경과 또 어느 날엔 홋카이도의 유명한 미소 라멘을 맛보는 장면도 찍혀 있었다. 식탁을 중심으로 가족이 옹기종기 둘러앉아 함께 식사하는 시간만큼 단란함과 화목을 잘 보여주는 것도 드물다. 아내의 캠코더는 역시 인물을 중심으로 하여 가족의 결속에 초점을 맞추는 구도를 포착하고 있었다. 삿포로 동계올림픽 기념탑과 조

각공원, 시내 중심지에서도 가장 번화가인 오오토리(大通り) 광장의 분수대와 시계탑도 보았고, 그리고 초콜릿 팩토리에 가서는 초콜릿 제품을 만드는 과정도 구경하였다. 그곳 출입구의 휴게소 일대는 장미 정원으로 꾸며져 있었다. 그 정원 전체에 걸리버 여행기의 소인국에 나옴직한 작은 마을과 동산을 짓고 무지개다리를 걸쳐 놓았다. 곳곳에 세워진 작은 집 속을 구경 온 아이들은 엎드려 기듯이 들락거리며 즐거워하였다. 함께 온 부모들은 자녀들의 그런 모습을 카메라로 찍고 있었다. 우리 집 막내도 여기서 보낸 시간을 가장 좋아했다.

귀국하기 며칠 전엔 전철을 타고 오타루 항(港)까지 놀러갔다. 언제 또 다시 오게 될지 알 수 없는 홋카이도에서의 마지막 추억을 남기고 싶었던 것인데, 삿포로 시내를 멀리 벗어나 열차로 2시간 거리의 첫 원행지였다.

오타루는 수운(水運)이 융성하던 시절에 만들었다는 인공운하로 유명한 곳이었다. 제법 긴 운하를 따라 걸으며, 과거에 화물창고로 쓰던 장소들을 개조하여 꾸며놓은 각종 골동품 가게와 카페, 레스토랑 등으로 변모한 곳들을 여기저기 둘러보았다. 그밖에도 오타루는 오래 전부터 유리 세공품과 오르골 제작지로도 유명한 관광지였다. 우리는 갖가지 종류의 음악상자에서 울려나오는 감미로운 선율을 들으며 오르골 박물관을 구경하는 것을 끝으로 삿포로에 되돌아가려고 했다. 오타루 시청 앞을 지나가던 중 사거리 신호등 앞에서 잠시 멈춰섰을 때, 큰딸애는 바로 이 시청 앞과 근처의 우체국 앞길이 한국에서도 인기리에 상영됐던 일본영화 〈러브 레터〉의 첫 장면을 촬영한 현장이라고 설명해 주기도 했다. 나는 그 영화에 대해 아는 게 없었다. 그래서 다음번에 기회가 있으면 꼭 한 번 보마고 말했을 뿐이다.

신호등이 바뀔 때까지 서서 대기하고 있던 그때 갑자기 둘째애가 귀국하기 전에 홋카이도의 광활한 그 북해(北海)를 꼭 한 번 보고 가자고 제안했다. 이곳까지 와서 진짜 바다다운 바다를 한 번도 본 적이 없었던 게 아쉽다는 것이었다. 그래, 북해를 보고 돌아가자고 모두들 동의했다. 그래서 급히 행선지를 바꾸기로 하여 정한 곳이 란시마였다. 란시마는 오타루 역에서 열차로 40분 남짓 서쪽에 위치한 한적한 해안 마을이었다. 큰딸애는 삿포로의 어학원 친구로부터 전부터 이곳에 유명한 해수욕장이 있다는 소문을 전해 듣고는 꼭 한번 가보고 싶었다고 하였다. 특히 희귀 야생난의 자생지여서 이름까지 란시마(蘭島)로 불린다는 곳이었다.

열차 시간표를 알아본 결과 타지에서 란시마까지 가려면 반드시 오타루 역에서 열차를 갈아타야 하고, 반대로 란시마 쪽에서 타지로 나가는 열차 또한 이 오타루 역에서 갈아타야 하는 단일 노선이었다. 말하자면, 오타루 역은 란시마 방향 노선의 시발점이자 종점이었던 것이다. 약간 복잡한 그런 상황들을 마음에 새기며 우리는 란시마까지의 왕복 티켓을 창구에서 산 뒤, 나중 오타루에서 출발하는 삿포로행 마지막 열차를 놓치지 않기 위해 시간표를 다시금 확인하는 등 세심한 데까지 신경을 써야 했다.

플랫폼에서 기다리던 란시마행 열차에 오른 시간은 오후 4시경. 처서(處暑)를 벌써 지난 8월 말이어서 해수욕장을 찾는 피서객의 수효가 급감한 탓인지, 혹은 이쪽 노선의 이용 승객이 평소에도 많지 않은 까닭인지, 객실 차량 대수도 서너 개뿐인 미니열차였다. 차내는 한산했고, 그리고 완행이었다.

란시마 역은 매우 작은 시골 간이역이었다. 역사(驛舍)의 반대편 플랫폼에 내린 우리는 철로 위로 높직이 가로질러 놓인 육교를 통해 건너갔는데, 육교는 누각형태의 목조지붕을 씌워 우중(雨中)에도 안전할 수 있게 대비한 것 같았다. 해바라기와 접시꽃이 역사 옆 뜰에 무리지어 한창 만발해 있었다. 그 작은 역의 개찰구를 빠져나와 안내표지판을 살펴가며 한 10분쯤 걸어가자 예상보다 훨씬 드넓은 백사장이 끝 모를 북해의 아득한 수평선을 배경으로 눈앞에 펼쳐졌다. 철 지난 해수욕장엔 사람의 흔적이 거의 없었고, 모래밭에 끌어올려진 보트들은 밑바닥을 하늘로 향하게 뒤집어엎은 모습으로 해풍에 말려지고 있었다.

우리는 모래밭으로 내려가기 전에 토사가 뒤섞이지 않도록 시멘트로 쌓아올린 긴 방죽의 돌계단에 앉아 바다 쪽에서 불어오는 바람에 잠시 땀을 식혔다. 하늘은 흐리고 저무는 바다는 이제 막 짙푸른 파도로 뒤척이고 있었다. 일렬횡대의 긴 대오(隊伍)를 이룬 검푸른 물굽이는 멀리서부터 흰 갈기를 휘날리며 진군해 와서는, 모래톱의 긴 해안 저지선에 부딪칠 때마다 무참히도 속속 꺾어지며 하얀 물거품으로 사그라지곤 했다.

꽤 가파르게 경사진 해식단애(海蝕斷崖)가 바다 쪽으로 돌출하여 서북방의 시야를 가로막는 곳에서부터 활처럼 오목하게 휘어진 만(灣)을 이루고 있는 그 해안사구는 서남방으로 완만하게 돌아가는 형태로 뻗어 있었다. 그래서 그쪽 서남방향에 아슴푸레 곶(岬)의 형태가 보이는 아득한 공간까지는 거대한 바다가, 차고 거친 북양의 물결과 그대로 이어져 여기까지 심상찮은 물굽이로 밀려들고 있는 것 같았다. 그때 한 사내가 해안선의 저편에서 나타나, 파도가 백사장과의 경계를 적시는 물가를 따라, 천천히, 발걸음을 옮기고 있었다. 내 시선에 한 번 포착된 뒤부터 나는 줄곧 그 사내의 모습과 움직여 가는 방향을 놓치지 않고 응시하고 있었다. 그의 특이한 모습은 결코 낯설지 않았다. 이미 오타루 역에서 그를 본 적이 있었다. 란시마행 열차를 기다리던 플랫폼에서 봤던 그 푸른 눈동자와 갈색의 곱슬머리에 턱까지 내려온 구레나룻을 기른, 큰 키의 이방인은 주변의 동양인들 틈에서 쉽게 구별되었다. 머리숱이 많고 백발이 아닌 것으로 봐서 60대의 연령까진 못 미칠 것 같았다. 40대? 아니면 50대? 도무지 나이를 짐작할 수 없는 용모였다. 그도 우리처럼 란시마에 내려 북해를 보러 온 것일까. 사내는 긴 해안선을 따라 끝없이 갈 것처럼 서남방의 확 트인 그 바다를 바라보며 계속 걷고 있었다.

저 사람, 한 시간 전에 오타루 역의 플랫폼에서 본 그 외국인이야. 란시마까지 우리가 타고 온 열차에 저 사람도 탔던가 봐. 그래, 맞아. 아까 란시마 역에 도착했을 땐 벌써 출구로 나갔는지 플랫폼에선 보이지도 않더니……. 내가 본 것을 딸들도 이미 보았던 모양이며, 내가 시선을 두고 있는 것에 대해 그들도 지금 똑같은 관심을 보이고 있었다. 저 사람, 정체가 뭘까? 국적은 어디지? 이 시간에 뭐 하러 혼자 바닷가를 서성거리고 있는 걸까? 왠지 좀 수상해…….

여긴 북위 43도야. 내가 말했다. 이 아득한 바다와 하늘 저편의 일직선상에 러시아의 블라디보스토크 항이 똑같은 위도상에 있다는 건, 상상도 안 되지?

그럼, 아빠 말씀은 저 사람이 러시아인일 수도 있다는 암시예요?

그건 나도 확실하겐 모르지만 어쩐지 생김새가 슬라브족 계통처럼 느껴어.

아하, 그렇다면 여기 이 바닷가를 찾아와 고국으로 뻗는 망향의 심정을 달래는 기분으로 서성이고 있는지도 모르겠네. 큰딸애가 말했다.

아냐, 그런 것보다는 혹시 조국을 등진 러시아인 망명객일 수도 있지 않을까? 둘째애가 비상한 상상력을 발휘하며 멋대로 추정했다.

설마…… 요즘도 그런 망명자가 있을라고? 소비에트 연방이 해체되고 사회주의 체제가 무너진 러시아가 벌써 자본주의 경제체제로 탈바꿈한 지가 언젠데…… 아직까지 사상이나 이념의 주술에 걸려 귀신들린 듯 취급받아 내몰려 사는 사람들이 어디 있다고, 그런 얼토당토않은 추측까지 다 해? 세상 돌아가는 사정을 좀 더 자세히 알고 있던 큰딸은 제 나름의 논리를 앞세워 타박하듯 반박했다.

에이, 저 사람 얘기 그만두고, 여기까지 왔으니 우리도 어서 바닷물에 발이라도 담가 봐야지.

그제야 우리는 모두 방죽의 계단에서 일어나 모래밭으로 내려섰다. 두 딸은 막내의 손을 잡고 모래더미에 발을 푹푹 빠뜨리며 물가 쪽으로 달려갔다. 아내도 천천히 뒤따라가며 그런 아이들의 일거수일투족을 캠코더에 담고 있었다.

흐린 날의 바다는 하늘과 수평선의 뚜렷한 경계도 없이 혼융되어 일망무제로 뻗어 있었다. 그 묘망(渺茫)한 공간 저 너머의 대안에 러시아의 영토에 속하는 대륙이 있으리라는 추측 따위를 아예 불가능케 하는 이 바다 앞에 나도 섰다. 그 끝난데 모를 바다 앞에서 나는 한없이 왜소하였다. 내 오른쪽 서북방의 해식단애가 우묵한 그림자를 수면에 어둡게 드리워 바다의 수심을 더욱 짐작할 수 없게 만들고 있었다. 그쪽 서북방 해안단애 너머의 외해가 오호츠크 해로, 더 북쪽으로는 베링 해까지 이어져 있다는 느낌도 전혀 들지 않을 만큼 내 생각은 점점 얼어붙고 있었다. 바닷물에 손을 담가 보았다. 8월 말, 북해의 물은 이미 얼음처럼 차디찼다. 이 절대(絶對)의 바다를 건너기 위해서는, 내가 늘 상상해온 그대로, 하늘과 수평선이 한데 맞붙어 꽁꽁 얼어 하나 된 북해의 바다여야 했다. 쇄빙선마저 밑바닥과 뱃전이 얼어붙어 오도 가도 못하게 갇혀버린 얼음바다여야 북해답다고 상상했다. 그때면 비로소, 빙하기의 신석기인들이 캄차카 반도에서 추코트 반도를 거쳐 결빙된 베링 해협을 건너 알래스카로, 아메리카 대륙으로 간 것처럼, 나도 마음 뻗는 대로 어디든 갈 수 있으리라 생각했다.

길 없는 길 끝에서도 파도가 멈추어 얼어붙으면 못 건널 바다가 어디 있으랴. 그러나 아직은 바닷물 어는 소리로 겨울이 시작된다는 이 북해의 물결 높은 해안에 서서 나는 아직도 내 가슴에 설레는 물살조차 지우지도 못하고 있었다. 란시마 해안의 저녁 밀물을 따라 갯벌에 내려앉는 도요새들이 종종걸음을 치며 먹이를 찾는 풍경 근처를 나도 서성거렸다. 지금까지 나는 문학에서 내 길을 찾고 구원을 발견하고자 매달려 왔다. 거기까지 가는 길은 힘들고도 멀었다. 아득한 원양을 건너야 하는 철새의 날개가 없다면 도저히 이르지 못할 만큼 멀어서, 그곳은 아예 내 생각이 미치지 못하는 곳이었다.

나는 가족과도 홀로 떨어져 있었다. 지상의 언어에 매달린 채 나는 현실과 문학의 틈새에서 갈팡질팡하며 매양 바다 앞에 선 것처럼 갈 길을 잃곤 했다. 큰딸애는 남의 나라 말을 배우느라 한동안 모국어를 잊어가는 것이 당혹스럽다고 말한 적이 있었다. 그러나 나는 이날 이때까지 모국어의 손을 꼭 붙잡은 채 단 한 번도 놓친 적이 없었고 하루도 잊어본 적 없이 사랑했으나, 문장으로 옮길 수 없는 빈곤한 내 언어로는 번번이 배반당하는 그 짝사랑에 가슴앓이하며 괴로워했다. 속수무책이었다. 말하고 싶은 바가 있어도 일상의 언어 외에는 발화되지 않는 모국어가 입 안에서 혓바닥과 함께 얼어붙어 나의 기갈을 더욱 가중시켰다. 쓰이지 않는 내 글들은 또 가슴 안쪽에 괴어서 여전히 뱉어내지 못해 답답한 이야기들로 쌓여갔다. 일상의 삶에 발목 잡혀 대책 없이 기갈 들린 채 살고는 있었지만, 나의 목표는 끝끝내 편안히 밥걱정 없이 지내거나 무탈하게 보신하며 현실을 살아내는 데 있는 게 아니었다. 내 꿈은 내가 진정 사랑하는 것에 내 가슴을 연소시키는 일이었다. 뜨겁게 타오르지도 못하고 식어갈 바엔 차라리 꽁꽁 얼어붙기를 기다렸다. 하늘과 땅이 손잡으려고, 강에도 바다에도 천지를 꽁꽁 얼리는 눈이 펑펑 쏟아져 내린 끝에 마침내 한마음이 되듯, 내 가슴 속에도 그렇게 언어의 눈발이 펄펄 내려와 앉아 내 손끝에서 자유자재로 모국어가 꽃피는 구원이 있기를 간절히 바랐다. 눈 녹은 뒤 나뭇가지 끝에, 차디찬 얼음 불에 덴 그 슬프고 아린 사랑의 상처자국에서 나의 문장들이 향기를 머금고 고운 빛깔로 터져 나와 황홀한 언어의 꽃으로 다시 피어나기를 나는 소망했다.……

우리 아이들은 여전히 물가 근처에서 모래성 쌓기를 하며 놀고 있었다. 날이 거의 어두워져 있었다. 아직 돌아가지 않고 남아서 민박하는 피서객인 것 같은 사람들이 저녁식사 후에 해변의 모래밭으로 나와 바다 쪽을 향해 여기저기서 폭죽을 쏘아 올리며 불꽃놀이를 즐기고 있었다. 폭죽 터지는 소리와 와자한 환호성이 적막하던 해안의 허공으로 퍼져 나갔다. 열차시간에 맞추려면 이제 돌아가지 않으면 안 되었다. 그때 갑자기 막내가 긴 해안선의 저쪽을 가리키며 방금 막 어떤 사람이 물 속으로 사라졌다고 소리쳤다. 전혀 예기치 못한 일이었다. 우리는 긴가민가하여 일제히 그쪽을 바라보았으나, 이미 어둑해진 그쪽 해안은 바다와 뭍의 경계조차 모호하게 아득한 어둠에 잠겨 있을 뿐이었다.

잘못 본 것일 게야. 혹시 사람 그림자를 봤다면 저녁 수영하러 물속에 뛰어든 사람이겠지. 또는, 착시현상일 수도 있고……. 자, 더 늦기 전에 얼른 돌아가자.

바다를 등지고 돌아서 올 때 나는 이 란시마 해변에서 끝내 아무한테도 말하지 못하고 가슴에만 묻어둔 모국어에 대한 나의 사랑 고백을 귀국 후 아내에게 꼭 털어놓으리라고 작정했다. 그해 가을과 겨울이 가고, 얼음이 다 녹은 이듬해 봄이 올 때까지 마음에 간직했던 그 고백의 결심은 변함이 없었다.

나의 조기퇴직은 그렇게 해서 결행되었다. 그리고 퇴직금의 일부는 숲안골 황톳집을 구입하여 개조 보수하는 비용으로 충당하였다. 이후 나는 오롯이 나만의 아늑한 글 쓸 공간을 확보한 셈이었다.

"오래 생각해 봤는데…… 아무래도 내년쯤엔 우리 이사해서, 가족 모두 한 집에 모여 사는 게 어떻겠어요? 되도록이면 그런 방도를 강구해야겠다고 작년부터 줄곧 생각해 왔는데…… 물론, 당신 결심 여하에 따라 달라질 수도 있는 일이긴 하지만, 그래도 암튼 내 생각에 내년쯤엔 지금의 아파트 집도 팔아버릴까, 궁리 중이에요."

숲안골 황톳집에 이르러, 막내 때문에 서둘러 진주로 돌아가려던 아내는 작심한 듯 그렇게 말문을 열었다.

아내의 이런 말이 놀랍거나 새삼스런 것은 아니었다. 작년에도 언젠가 한 번 지나가는 말투로 지금 살고 있는 진주의 아파트 집을 복덕방에 매물로 내놓을까 생각 중이라고 은근슬쩍 내 의중을 떠보듯이 속내를 내비친 적이 있었다. 당시 시내 아파트 가격이 한창 치솟던 때라 시세차익을 노린 소위 재테크에 열중하는 이웃의 여느 부인네들처럼 아내도 여기에 관심을 갖게 된 때문이거니 하고 나는 대수롭잖게 생각했었다. 때마침 그 무렵은 숲안골 황톳집을 장만한 뒤여서 아파트 집이 팔리면 이삿짐은 이쪽으로 옮겨오면 되리라는 거였다.

"일부러 시골로 들어오면 시내에 있는 막내아이 학교 문제는 어쩌고? ……또, 당신 직장 생활도 아침저녁 여기서 출퇴근하려면 여간 힘들고 불편한 게 아닐 텐데……."

"만약 이사한다면 그 정도는 감내해야죠. 집에 차가 있는데 뭐가 걱정이에요? 시내까지 넉넉잡아 40분 안팎이면 충분한데요 뭐. 아침에 좀 일찍 나서서 막내부터 학교에 태워준 다음 출근해도 늦지 않아요. 일부러 전원생활을 즐기는 사람들도 많은데, 공기 좋은 곳에서 가족이 함께 지낸다면 그게 두 집 살림하는 것보다 훨씬 낫죠. ……어쨌든, 실행하느냐 마느냐가 문제지, 다른 건 문제될 게 없어요. 뭐 그렇다고 실제로 우리 아파트를 팔겠다는 건 아니고, 그래 볼까 하고 단지 한 번 생각해 본 것뿐이에요."

그때는 그런 정도로 두 집 살림으로 분리된 답답함을 아내 나름대로 약간의 불평을 섞어 하소연하는 셈이라고 나는 이해했었다. 그런데 이날 또다시 지난번과 비슷한 이야기를 끄집어내기에, 별로 새삼스러울 건 없었지만 그래도 듣는 나로선 역시 뜻밖이었다.

"내년쯤 아파트를 처분할 생각이란 건, 아직도 궁리 중이고 지금 당장은 아니란 얘긴 줄은 알겠는데…… 왜 하필 내년이야? 이번에도 그냥 해본 소린가?"

"아뇨. 이번엔 달라요. 내년엔 나도 퇴직할 생각인데, 그때쯤 딸들이 있는 도쿄로 막내를 데리고 가서 가족이 한데 모여 살 궁리를 하는 중이란 뜻이에요. 막내 교육도 제 누나들처럼 일본에서 시키려고요. 지금처럼 가족이 세 갈래로 흩어져 사는 건 더 못 견디겠어요.……다행히 큰애는 취직해서 어느 정도 자리를 잡았고, 둘째애도 내년이면 졸업할 테고……. 아무리 현실이 힘들고 어렵더라도 가족이 함께 하면서 서로 의지하고 힘을 모으면 좀더 쉽게 헤쳐 나갈 방도가 생기는 거니까. 그러니 당신도 합류할 의도가 있는지 묻는 거예요. 내가 지금 말하고자 하는 건…… 미리 마음의 준비를 하라는 뜻이기도 하구요.……"

그런 말로써 아내는 그간 잔뜩 별러오던 자기의 속내를 이번에는 솔직하게 다 내보인 셈이었다. 나는 이 단호하면서도 갑작스런 아내의 주장을 곱씹어볼 동안 잠시 멍하게 대꾸할 말조차 잊고 있었다. 아내는 사랑하는 사람들끼리, 이를테면 가족의 이름으로 현실의 어려움을 극복해 나갈 수 있다고 믿는 모양이었다. 그것이 아내의 유일한 믿음이었다 해도 그걸 잘못됐다거나 탓할 일은 아니었다.

"그러니까…… 지금, 당신은 내년쯤 국내생활을 청산하고 일본으로 모두 건너가자는 얘긴데…… 설마, 무작정 그러는 건 아닐 테고, 무슨 확고한 계획이라도 서 있어?"

"그럼요. 계획도 없이 어떻게 가요? 하지만 일본은 원래 이민을 받는 나라가 아닐 뿐더러 일본에 가더라도 오래 살 생각은 전혀 없어요. 다만 우리 아이들이 거기서 학업을 마치고 각자 나름대로 터 잡고 살면서 자기 발전을 위해 뻗어나갈 확실한 전망이나 진로를 발견할 때까지는 나도 뭔가 뒷받침될 만한 일을 해보려는 거죠. 그런 이후에 고국으로 돌아오는 건 언제라도 가능한 일이니까. ……작년에 애들 보러 도쿄에 갔을 때부터 그 생각을 했어요. 우리 아이들이 더 나은 삶을 살아가는 데에 도움을 줄 수 있다면 뭐든지 하겠다고…… 그래서 나도 뒷일을 위해 취업비자를 받아 일할 수 있는 방법도 알아보고, 이런저런 현지조사도 해보고, 차근차근 준비해온 셈이죠. 지금도 여러모로 궁리 중에 있구요. 당신도 그랬지만 나도 퇴직하면 연금을 받을 수 있으니까 생활에는 아무 지장 없잖아요. 그러니까 결단을 내리자면 우선 당신 마음가짐이 제일 중요한 일이긴 한데……."

"하지만, 말은 쉬워도 막상 거기 가서 내가 할 일이라곤 아무것도 없잖아."

고작 내가 대답할 수 있는 말도 현재로선 그것뿐이었다.

"그러니까 여기 이 숲안골 황톳집만큼은 그대로 두고, 당신은 양쪽으로 오가며 생활하는 것도 괜찮겠죠 뭐……. 글 쓰는 일은 장소에 상관없이 마음먹기 따라 어디서든 가능한 게 아닌가 싶기도 하구요."

"하여간 당신 고집을 누가 말리겠어? ……그래도, 좀 더 시간을 두고, 더 깊이 생각해 보자구."

아내가 손수 운전하여 진주로 돌아가는 차에 편승한 나는 종점마을까지만 따라가서 배웅했다. 오랜만에 구판장에 들러 한 보름 가량 외출중단으로 챙겨보지 못한 신문을 최근 것이라도 몇 부 챙기고, 담배도 한 보루 사올 생각에서였다. 차 안에서 나는 아내더러 "아빠도 우리 막낼 보고 싶어 한다는 말, 꼭 전하라."고 당부한 다음, 다가오는 주말엔 나도 진주로 나갈 테니까 그때 다시 숲안골로 와서 함께 타고 가자고 하고는, 차에서 내렸다.

9. 시간의 뜰

종점마을에서 아내와 헤어진 뒤 잠깐 구판장에 들렀다가 숲안골로 되돌아가려고 혼자 들판길을 천천히 걸었다. 둘러보니 사방은 아직도 꽃 천지였다. 주변에 있는 평지의 논들은 이미 구획을 지은 논두렁을 잘 다듬어 모내기할 준비로 논배미마다 못자리 물이 그득하였다. 도사리가 파릇파릇한 그 못자리 물에 산 그림자가 비치고 오후의 날빛이 수면에서 눈부시게 반사하고 있었다.

문득, 희도 생각이 났다. 오랜만에 그의 안부가 궁금했다기보다는 오히려 그동안 연락 못 하고 지낸 이유인 작품 탈고 얘기와 내 소식도 전할 겸 한제민의 수기에 대해 궁금한 부분들을 그에게 꼭 물어 확인하고 싶었다.

나는 휴대폰을 꺼내들고 그의 번호와 통화버튼을 눌렀다.

"지금 거신 전화는 당분간 수신이 정지되어 있습니다.……"

그리고는 동일한 내용의 영어 안내 음성이 뒤를 이었다. 어? 이게 뭐야? 내가 전화번호를 잘못 눌렀던가 싶어 종료버튼을 누르고는, 한 번 더 희도의 휴대폰 번호를 일일이 확인해 가면서 꾹꾹 눌렀다.

"지금 거신 전화는 당분간 수신이 정지되어 있습니다.……"

이번에도 똑 같은 상황이 벌어졌다. 이게 어찌된 일인지 몰라 나는 잠깐 당황했으나 곧 달리 생각해 보았다. 그가 어떤 개인 사정으로 인해 휴대폰 번호를 바꾸었을 가능성을 염두에 두면서 나는 손에 들고 오던 그날치 신문의 대한일보에서 02—724—○○○○로 시작되는 전화안내 부서로 즉각 통화를 시도하였다. 담당 부원의 안내 목소리가 흘러나오자 나는 사회부에 용무가 있음을 알리고는 그쪽으로 연결해 주기를 부탁했다.

"예. 잠시만 기다려 주십시오. 곧 사회부로 연결해드리겠습니다."

이어, 연결 신호음이 울리더니 누군가의 목소리가 들려왔다.

"예. 사회붑니다.…… 말씀하십시오.……"

억양이 부드러운 남자 음성이었다.

"저어, 곽희도 씨와 통화 좀 하려구요. 지금 자리에 계십니까?"

"예에? 누굴 찾으신다고요?"

"곽희도 씨가…… 사회부 소속 아닙니까?"

"아! 곽 차장님 말씀입니까? 곽 차장님은 얼마 전에 직장을 그만두셨는데요."

"그만두다니요? 신문사를 떠났다는 말씀인가요?"

"예. 사표 내셨습니다."

"그래요? 한 달 남짓 전만 해도 나랑 통화했었는데, 그새 그만두었단 말씀이군요. 거, 참!……"

"실례지만, 그쪽 분께선 곽 차장님과 어떤 관계이신지…… 찾으시는 용건이 뭔지 물어도 될까요?"

갑자기, 전화하는 사람의 목소리가 경계하는 기색을 띠면서 이쪽의 정체에 대해 미심쩍어 하는 것 같은 경직된 어투로 변했다.

"고향 친굽니다. 희도랑 고등학교 동창 되는 사인데…… 뭐, 특별한 용무가 있는 건 아니고, 그냥 안부가 궁금하던 차에 연락해 본 겁니다."

"아, 그러세요?……"

그제야 저쪽에선 한결 안심이 되는 듯 목소리를 누그러뜨리더니, 잠시 여짓여짓하다가 희도는 그동안 사내업무를 정리하고 그밖에 사적인 일의 뒤처리를 하느라고 바빴는데, 바로 얼마 전 한국에서의 생활을 완전히 청산한 뒤 캐나다로 이민을 떠났다고 귀띔을 해주었다. 그 이야기를 듣자, 나는 잠시 멍한 상태에 빠져 있었다. 뚜렷한 이유를 댈 수 없는 허탈감이 밀려와, 전화를 끊고 나서도 한참동안 그 자리에 붙박인 듯 서 있다가, 맥풀린 걸음걸이로 터벅거리며 10분 남짓 걸려 이윽고 숲안골의 황톳집으로 가는 비탈길을 올라갔다. 개인과 가족의 안전이 고국으로부터 멀어질수록 보장되리라는 막연한 생각을 품고 너나없이 떠나고 싶은 이 사회는 도대체 어떻게 돼먹은 것인가, 하고 혼자 곰곰 헤아려 보았다.

종점마을에서 숲안골로 돌아오던 길에 줄곧 그 생각을 하며 둘러보았던 주변은 세상사와 상관없이 꽃들이 지천이었다. 먼발치서 보았던 산기슭의 철쭉이며 황톳집으로 오르는 비탈길에 분분히 꽃잎을

흩날리며 섰던 산벚꽃이며 길섶의 개나리며 언덕배기 텃밭 가에 서 있는 복사꽃에 이르기까지…….

마침내 황톳집 앞에 이르렀다. 내 주변 사람들이 모두 떠나가더라도 나는 이 숲안골 그늘 아래 남겨진 이곳을 홀로라도 지켜야 할 것 같았다. 사립문에서부터 깔아둔 잔돌들이 뒹구는 마당과 현관 앞까지 징검다리 돌을 놓듯 연결된 넓적한 디딤돌 둘레에도 제멋대로 뿌리 내린 잡초덤불들. 그 속엔 드물지 않게 예쁜 꽃망울을 터뜨린 앙증스러운 풀꽃들도 보였다. 이후로도 줄곧 계절 따라 꽃들은 앞다투어 피고 질 것이다.

홀씨들이 바람에 날리고, 주위에서 벌들이 붕붕거리며 부지런히 꽃가루받이를 하는 동안 세상은 결코 부서지지 않는 질서를 이룩해내고 있었다. 사방에 만발한 꽃들과 풀과 나무들의 세상인 이 숲안골에서 나는 오늘 자비로운 부처의 미소와 조화로운 신의 얼굴을 보는 것 같았다. 벌과 나비가 모조리 꽃을 버리고 떠난 세상은 상상만 해도 끔찍하다. 꽃가루받이를 해줄 세상의 모든 벌이며 나비들이 실종된 상태에서 꽃들마저 자취를 싹 감춘 그 무참한 공백의 황량함을 어떻게 감당해낼 것인가. 하지만 다행히도 그런 종말 같은 상상은 한갓 기우였다. 바람에 날려서 퍼지는 씨앗들은 죽지 않고 땅속 어딘가에 숨어 있다가 때가 오면 기어코 보란 듯이 황홀한 생명의 부활을 실현한다.

이곳 숲안골의 무성한 나무들이 만든 그늘은 한제민의 존재를 추억하는 내 마음의 가장자리 한편에도 어두운 그림자를 드리웠다. 나는 그가 죽지 않고 어딘가 반드시 살아서 숨어 있을지도 모른다는, 약간은 엉뚱하고도 터무니없는 상상을 해보았다. 우선 그가 살아 있을 것이라는 나의 생각만으로도 그는 홀연히 내 마음 속에서 부활하는 존재였다.

나를 에워싼 주변의 나뭇잎들과 풀잎사귀들의 나지막하고 자잘한 숨소리를 느낄 때까지, 혹은 그것들이 속삭이는 존재의 비의(秘意)를 듣고 싶은 듯이, 나는 귀를 한껏 열고 황톳집 창틀에 턱을 괸 채 앉아 있었다. 그리고는 조용히 창 너머 마당에서 꽃 지는 소리 또한 마음에 새겨 담듯 고개를 숙이고, 떠나간 사람들을 생각해 보았다. 잘 가라, 친구야. 나는 속으로 희도에게 작별을 고했다. 세상의 모든 주변적인 것들이 실은 모두 중심이었다는 사실을, 산과 들, 길섶의 어디서나 흔하디흔하게 피어 있는 저 숱한 풀꽃들이 일깨워 주었다. 아무도 눈길을 주지 않아도 살아 있는 것들은 기어이 저 홀로 아름답게 생을 완성하며 제가끔 한 목숨을 살다 가는 것이었다. 하늘 아래 이 지상엔 쓸모없이 하찮은 너스래미 같은 존재는 하나도 없다는 생각을, 나는 저 이름조차 다 알지 못하는 풀꽃들을 보면서 곱씹고 있었다. 지나가며 모든 것을 다 드러내 보여주는 '시간'이 내 집 뜰에서는 존재의 비의를 소곤거리며 보여주는 듯하였다.

이제 두어 달 후면 허물 벗는 매미들은 이 숲안골 일대를 청정한 울음으로 뒤흔들어 놓을 참이고, 뒷개울엔 물소리도 한층 깊어갈 것이다. 그때쯤엔 우리 집 대울타리를 휘감고 오르는 저 능소화 가지마다 주황색 꽃들이 화사한 등불들을 켤 차례이다.

10. 지상의 오래된 풍경

때마침, 그 울타리 쪽 능소화의 휘어진 넝쿨줄기 위로 늦은 오후의 햇살이 내린다. 나는 창가 의자에 앉아 맑은 공기와 찬란한 빛이 흐르는 풍경의 잔상을 애써 기억에 담아두려고 고개를 치켜들고 오래 바라보았다. 어쩐지 빛이 마음에까지 스미는 풍경이었다. 세상이 어둡기에 나는 더더욱 저렇게 햇살 내리는 풍경에 경도되고 있는지도 모르겠다. 그래서 눈을 감고 가만히 망막에 어른거리는 그 빛의 잔상을 더듬고 있었다. 눈꺼풀 밑으로는 조금 전에 봤던, 기우는 해의 잔상이 환한 빛의 덩어리로 떠올랐다. 그 불그스름한 빛의 덩어리 때문에 노을 진 해거름녘인지 동트는 아침인지 도무지 분간 못할 주변의 어둠과 뒤엉킨 바다가 아득히 펼쳐졌다.

　나는 계속 눈을 감고 눈꺼풀 밑으로 펼쳐진 그 바다 앞에서 나만의 몽상에 오래 잠겨 있었다. 그 몽상 속에서, 해수관음을 만나려고 오늘도 하염없이 물가를 서성거리는 누군가의 실루엣을 그려보았다. 육지와 바다의 경계선을 시시각각 변경해 가며 찰싹거리는 파도가 시공(時空)을 허물고 지우듯 끊임없이 적시는 해안선을, 그가 천천히 걷고 있다. ……그것은, 원양을 건너는 법을 잊어버린 철새가 먹이에 홀린 종종걸음으로 끼니에 발목 잡혀 마냥 개펄 근처를 맴돌기만 할 뿐인, 쓸쓸한 이승의 먼 바닷가 풍경이었다.

오랜 '들숨' 끝에 내어쉬는 '날숨'

남녘 해안가에서 어린 시절을 보낸 나는 바다와 접한 일상 속에 매일같이 그 바다의 표정과 움직임을 보며 성장했다.

조수 간만(干滿)의 차이가 가장 큰 한사리 때는 썰물 뒤끝의 바다가 아득한 잦감으로 텅 빈 갯벌만 남긴 채 멀어져 갔다가, 오랜 시간 내공을 다스려 마침내 밀물로 바뀌어 힘찬 파도를 몰아오는 것이다. 그때, 그 반전(反轉)의 내공은 실로 놀랍다.

크고 긴 공백은 그만큼 '가득 채움'의 여지도 많다는 이치를 나는 이미 고향 바다의 움직임을 통해 터득하고 있었고, 만조 수위가 최고조에 이르는 사리 때면 어김없이 확인하곤 했던 것이다.

허준 선생의 『동의보감』에는, "옛사람〔先哲〕이 강과 바다의 조수를 논하되 천지의 호흡과 같으므로 강해(江海)는 주야로 단지 두 번씩 들고 날〔二升二降〕뿐이지만, 사람은 일주야(一晝夜)에 1만3천5백 번 숨을 쉰다. 그러므로 이것이 천지의 수명이 유구하고 사람의 목숨은 짧아서 백세를 채우지 못함"을 증명하는 것이라고 하였다.(內景篇 권1)

인구 7만 정도의 작은 해안도시에서 조부와 부친 2대에 걸쳐 한의원이었던 집안에서 커 온 나는 3대째 한의사를 배출하고 싶어 했던 조부의 영향으로 일찍부터 한문을 익혔고, 한방의학에도 남다른 관심을 갖게 되었다. 『동의보감』이며 『방약합편』, 『속효한방』, 『침구경혈』 따위의 책들을 접하면서 좀 더 커서는 틈틈이 뒤적거려 보기도 했다.

물론 지금에서야 바다의 조수 간만이 달의 인력으로 인한 자연 현상이라는 과학적 지식으로 인식하고 있지만, 인체를 우주의 형상에 견주어 신형장부론(身形臟腑論)을 펼치고 있는 『동의보감』의 해설이 내게는 훨씬 더 논리적이고 철학적으로 느껴졌었다.

조수 간만을 천지의 호흡으로 설명하는 것이야말로 얼마나 훌륭한 문학적 비유인가! 머리가 둥근 것은 하늘을, 발이 모난 것은 땅을 형상화한 것이며, 사계절은 인체의 4지(四肢)로, 12시(時)는 12경맥(經脈)으로 표현된다. 하늘에 일월(日月)이 있듯이 사람에겐 안목(眼目)이 있고, 낮과 밤이 있듯이 사람에겐 오매(寤寐)가 있고, 하늘에 음양이 있듯이 사람에겐 한열(寒熱)이 있고, 땅의 천수(泉水)는 인체의 혈맥이며 초목과 금석(金石)은 모발과 치아에 비유되는 등등……. 나는 이런 점이 도리어 우주질서의 운행체계 속에 인체의 신비를 이해하고 병리학의 원리를 접목시킨 『동의보감』만의 독특한 철학적 사유체계를 형성한 탁월성이라고 보았다.

내가 소설 속에서 그려 보고자 하는 것도 대개 이런 원리에 입각해 있다. 시류에 민감한 세태나 풍속보다는 일상 속에서 발견하는 인간 본연의 원형적이고 철학적 문제와 연결시키는 작업이, 일테면 내 소설 창작의 주요 모티프였다. 달리 말하면, 일상생활에서 우리가 마주치는 사람들의 아키타입(archetype:原型)을 드러내 보여주는 인물을, 그에 걸맞은 상징 공간 혹은 은유적 세계 속에 설정하는 이야기 구조가 되도록 곧잘 시도했다는 뜻이다.

예컨대, 「물목」의 상징공간과 등장인물들이 그러했고, 「등대곶」의 무대와 인물들이 또한 그러했다.

아무튼, 1987년과 1992년에 각각 두 권의 소설집을 문학과지성사에서 펴낸 뒤로 이번에 꼭 15년 만에 세 번째 작품집을 출간하게 되었다. 그동안의 긴 공백 기간만큼이나 내 나름으로 호흡을 가다듬고 내공을 쌓아 길고 오랜 '들숨' 끝에 내어쉬는 '날숨' 같은 행위라고 해도 좋다. 그리고 바라건대, 바닷물의 수위가 가장 높은 사리 때의 밀물 같은 반전이 이뤄지는 '날숨'이라면 더욱 좋겠다.

특히, 표제작인「비형랑의 낮과 밤」은 새로운 세기(世紀)를 맞아 처음 쓴 소설이다.『삼국유사』속 비형랑 설화에서 발견한 '인간의 한계와 허무'를 드러내 보여주는 인물의 원형 이야기인데, 이것은 소위 유럽의 '시시포스의 신화'에 견줄만한 한국적 아키타입이다. 신화 혹은 광의의 설화는 인간의 존재적 본질의 문제를 시사하는 원형 이야기에 해당한다. 그런 의미에서 보면, 이번에 쓴「비형랑의 낮과 밤」은 한국의 전통설화를 현대적 해석으로 새롭게 그린 작품이라고 말할 수 있겠다. 가급적 묘사된 풍경 속에 철학적 사유가 녹아든 문장을 쓰고 싶은 염원을 늘 품어왔지만 그것이 어느 정도 육화(肉化)되었는지는 잘 모르겠다.

문학세계사에서 책을 펴내게 도와주신 시인 김종해 선생님, 그리고 평소에 문학적 동반자로 늘 조언해주신 작가 임신행 형과 시인 강동주 형의 고마움을 마음에 새기며…….

김 인 배

김인배 소설의 에로스적 시공간

── 「물목」 「등대곶」을 중심으로

명 형 대

(문학평론가, 경남대 국어교육과 교수)

1. 물의 이미지와 관념의 표출

작가 김인배는 삼천포에서 태어났다. 1975년 「방울뱀」으로 《문학
과지성》을 통해 등단한 이래 『하늘궁전』, 『후박나무 밑의 사랑』 등 작
품집을 내었다. 과작인 그의 소설 중에서 많은 소설이 고향 바다의 물
의 이미지를 핵심적인 속성으로 하면서 그것을 소설의 배경으로 삼
고 있다. 「환상의 배」, 「등대곶」, 「내 친구 칼잽이」, 「달 병(病)」, 「섬에
서」 등이 그렇고, 강(江)이 직접적 배경이지만 바다를 배경으로 한 다
른 작품과 마찬가지로 물의 모티프로 충만한, 대표작 중 하나인 「물
목」이 그렇다. 그러나 소설의 구체적인 지리적 공간은 이미 현실의
그 공간이 아니라 기억 속에서 작가가 아이 적부터 마음에 길러온 강
과 섬과 바다와 등대로 자리잡아 있는 그런 공간이다. 지금 그의 소설
속에 퍼올리는 물의 상상력은 언제나 갈증과 미진한 물의 에로스의

욕망으로 채워진다. 그것은 운명적 시간과 공간으로서 억압되고 은폐된 채, 지금도 진행형으로 작가의 마음에 환상으로 자라나고 있는, 그의 소설을 만들어 가는 원형이다. 화자는 작가의 이차적 자아로 존재하지만, 김인배 소설의 화자는 작가의 욕망이 강하게 반영되어 화자가 작가의 곁에까지 아주 가까이 다가가 있다.

작가의 말처럼 그의 소설에 가득한 바다, 물의 이미지는 그가 공부보다는 선원을 꿈꾸며 아버지와 대립할 만큼 그의 "어린 영혼에 지울 수 없는 흔적을 남기고 영향을 끼친 그 바다"(「환상의 배」)가 전해주는 그리운 그 모든 것들 때문이었으며, 그것은 지금도 살아 작가를 이끄는 모티프이다. 그러나 그것은 이제 세월이 흘러 관념으로 남아 작가의 내부에 근원적이며 원초적인 삶의 에로스의 공간으로 자리하여 있음을 보여준다. 우리는 「물목」과 「등대곶」에서 이러한 에로스의 세계를 가장 잘 읽어낼 수 있다. 우리의 소설 읽기는 그의 소설 속에 물의 이미지가 만들어 내는 그 궁극의 의미가 무엇인지를 아는 데 있다.

「물목」을 자세히 읽기 전에 몇몇 다른 소설의 물의 이미지와는 어떤 공통적 특성이 있을까를 먼저 보기로 한다.

초기에 씌어진 「환상의 배」는 화자가 어른이 되어서 고향 삼천포를 찾으면서 과거의 흔적을 통하여 그것을 키우고 살찌우는 화자의 상상력의 세계이다. 아련하고 몽롱한 기억 속의 무언가 삐죽삐죽 얼굴을 내밀어 부풀어 오르면서도 확실한 윤곽이 잡히지 않는 그 슬픔과 같은 것이 하얀 돛을 달고 '바다로 출항하는 배'의 항해 공간으로 변용된다.

이것은 「등대곶」에서도 마찬가지로 하늘로 치솟아 오르는 등대 길의 언덕이며, 그 길의 끝에 거대한 '욕망으로 자리한 등대'가 무의식 속에서 점점 자라나서 어느덧 거대한 욕망이 되어 있다. 이들 환상은 무의식 속에서 이미 우리들의 삶을 포위하고 포박하고 있다.

「물목」의 '산협(山峽) 어느 지레목'은 마찬가지로 생에서 비켜나갈 수 없는, 도저한 힘으로 자신을 파괴시키면서 부딪쳐 지나야 하는 숙명의 에로스적 공간으로 기억 속에 도사리고 있다. 이것은 초점화자의 무의식이며 작가의 관념 속에서 저 혼자 자라온 바다이다. 기억 속의 과거, 그 흔적은 현실에서 환상과 무의식적 욕망이 된다. 그것은 무한의 바다를 향하여 나아가는 환상의 출항과 매저키즘적 자기 소모의 견딜 수 없는 욕망이다.

「등대곶」에서 주인공 지예의 앞에 놓인 삶의 모습은 끊임없는 파도 소리와 반복되는 무적(霧笛), 혼자만의 고요로 차 있다. 외따로 바다 곶의 끝에 하늘로 치솟아 있는 등대는 그녀의 시야를 채우고 그녀의 상상 속에 안개가 되고, 유령이 되고, 번쩍이는 검이 되고, 거대한 남근이 되고, 밤의 검은 욕망이 되어 그녀를 채운다. 바다는 치솟는 파도가 일으키는 파멸의 유혹과 심연을 알 수 없는 죽음에의 이끌림으로 우리를 몰아간다. 그것은 바다가 가지는 넘치는 파도와, 정적과 고요의 이중성으로 더욱더 검고 무겁고 거대한 욕망이 된다.

열여덟 살의 지예는 숲으로 난 길로 사내를 뒤밟아 등대로 향하는 이끌림을 견뎌낼 수가 없다. 등대를 향해 오르는 가풀막을 치달으며 가쁜 숨결은 피할 수 없는, 속수무책인 그녀를 이끌어 간다. 운명적 존재라고밖에는 더 말할 수 없는 무의지적인, 그것은 어쩔 수 없는 무의식의 이끌림에 의하여 허청대며 등대 길을 오르는 행위로 나타난다. 등대의 사내는 무엇이던가. 안개에 둘러싸인 신비와 수수께끼와 마법인가. 그것은 지예 내부에서 스스로가 만들어 내어 기어이 마주 보아야 하는 자신의 욕망일 뿐이다. 사내에게 사로잡혀 사내를 꿈꾸는 것은 자신의 욕망을 다시 만나는 것이며, 라캉이 말하는 저 실재계로의 보이지 않는 길 찾음의 성적 욕망이다. 그것은 "발붙이고 있는 곳과는 전혀 다른 곳에 있고 싶어 하는 욕구", 즉 무의식의 욕구이며, '환상적이고 비현실적이며 현실에서는 도저히 성취될 수 없다고 느껴지는 것'이다.

"그녀는 이 세상에는 실재하지 않는 그 무엇, 그러면서도 늘 그녀의 뇌리를 점령하고 있다는 그 의식 때문에 괴로워한 하나의 관념", 그런 비유로서의 등대를 지향하고 있었다. 그것이 현실적인 자기 파멸이나 죽음일 수가 있다고 하더라도, 그녀에게는 단지 "살려는 의지의 표현일 수만 있다면 그것으로 충분"한 것이다. 달리 말하면 그것은 곧 텍스트가 생성해내는 에로스와 죽음의 주제인 것이다.

2.「물목」읽기

우리는 김인배의 대표작의 하나인「물목」을 통하여 작가가 추구하는 궁극의 세계를 확인해 보기로 한다.「물목」은 풍부한 고유어의 문체적 특성, 시간과 공간, 은유와 환유가 직조된 텍스트의 이중적 구조, 주제적 관점에서 볼 수 있는 초점화된 인물과 화자와 작가의 지향 세계가 모두 물의 이미지로 넘치는 김인배의 소설 세계의 특성을 잘 드러내는 대표작으로 볼 수 있다.

(1) 은유적 구조

「물목」은 그 문체에서 뿐만 아니라 텍스트의 구조가 시적 체계로 이루어져 있다. 먼저, 시간 구조로 보아 텍스트를 대립적 관계로 이원화할 수 있는 것은 '일차적 이야기' 의 출발점이 되는 '오늘' 이다. 더 정확하게는 '오늘' 이전의 시간, 즉 묘련이 중심이 되는 과거의 시간과 항아가 중심이 되는 '오늘' 부터 시작되는 현재적 서술의 시간이 그것이다.

그런데 기억에 의하여 재구성되는 과거의 모티프들은 주인공 묘련의, 오늘 현재의 감각과 정서에서 기원한다. 따라서 묘련 중심으로 분편화된 과거의 모티프는 순차적인 질서나 인과의 논리가 아닌 유사 모티프들의 병치로써 계열체를 이루고 있다. 반면에 오늘 이후의 항아 중심의 모티프는 현재적 서술의 논리로 전개된다. 부분적으로 회상이 없지는 않지만, 이 후반부는 전체적으로 순차적이고 인과적인 통합체로 구조화되어 있다.

전반부의 '오늘', '이곳' 은 항아의 이야기가 시작되는 기점이기도 하지만, 묘련이 그 과거를 추억하는 순간으로서 과거의 끝자리이기도 하다. 전반부의 묘련의 과거는 과거이자 기억하는 오늘 현재의 모든 것이기도 하다. '오늘' 물목 객줏집 봉놋방에는 뜨내기 장사치들로 우꾼한 가운데 묘련은 밀려드는 추억에 젖는다.

전쟁판 같은 그 (장사치들) 고함소리와 함께 짓밟힌 잡초 덤불섶에서 우는 찌르레기 울음이 마치 사람이 하듯이 봉창문을 흔들고선 밀려드는 추억 같은 그 끝없는 회한을 간단없이 불어넣어준다.

회상하는 '오늘' 과 추억의 '그날' 은 과거와 현재의 두 시간으로 단절되는 것이 아니라 서로 삼투한다. 과거의 시간, 과거의 거푸집, 과거의 흔적을 이미지로 채우며 의미를 생성케 하는 것은 '오늘'이기 때문이다.

　과거는 '오늘'이라는 현재적 시간의 틀 속에서 회상되는 기억 속의 희미한 편린들로서, 그것은 명증한 의미로서, 이미 존재해 온, 결정적 의미로 채워진 과거의 것이 아니라, 비록 그것이 운명이라 할지라도, 현재의 감각과 이미지와 욕망이 과거로 역류하면서 기억에 의해서 생성, 채워지는 '그날'의 시공인, 그런 과거이다.

　오늘, 갈밭에 개개비가 날아와 우는 여름밤, 어둠 속에서 살아나기 시작한 풀벌레 울음, 시큼하고 역겨운 풀밭 냄새, 희미한 안개는 묘련을 '간단없이' 16년 전의 그 에로스의 공간으로 옮기고 그 시공간을 채색하기 시작한다. 그날 밤의 관능은 지금 그녀의 근지러운 온몸의 열기와 심장의 박동에 기인하기 때문이다. 뿐만 아니라 다른 한편으로는 과거, 기억 속의 그날, 그 흔적이 '오늘', '지금', 과거와는 어떤 관계도 없이 저 홀로 자라 있는 잡초의 덤불섶을 '짓밟힌 것'으로 만들고 있다.

　후반부는 묘련의 이야기에서 항아의 이야기로 옮아간다. 후반부의 대부분은 항아와 남사당 사내와의 밀회에 바쳐진다. 강가 갈밭은, 묘련의 '산협 지레목'이나 마찬가지로 에로스의 공간이다. 항아와 사내는 방죽에서 살을 섞고 둘이서 함께 달아날 길을 도모한다. 마침내는 천둥이 치고 번개가 번쩍이는 어둠 속에 항아는 사내를 찾아 떠나고, 묘련과 마을 사람들은 비를 무릅쓰고 항아를 찾아 나서지만 항아는 갈대밭 기슭에 기절한 모습으로 발견된다.

　이틀이 지나고 앓던 의식이 회복되면서 항아는 '그날 밤' 천둥과 번개 속에서 야쿠자를 찌르고 아버지의 원수를 갚던 사내를 보면서 혼절하였던 것을 기억한다. 항아를 염탐하였던 거꿀네의 이야기를 들은 묘련은 남사당 사내가 16년 전 그녀를 찾아왔던 한양의 낭인의 아들일지도 모른다는 운명의 장난에 아찔해 한다. 묘련은 남편의 자살과, 자신의 어떻게 할 수 없는 욕망을 회상하면서 항아와 남사당 사내와의 만남이 자신의 운명처럼 불행해질 것을 두려워한다. 묘련은 항아의 머리를 틀어 올리고 사내가 정표로 주었던 은비녀를 꽂아준다. 즉 묘련은 항아가 사내의 지어미가 되도록 그를 찾아 떠날 것을 허락한다. 후반부의 서사는 인과의 논리를 따른 통합체적 환유의 일차적 이야기가 지배적이다.

　그러나 「물목」은 총체적 구조로 보아 후반부 항아 중심의 통합체적 환유 관계보다 전반부 묘련 중심의 시적 계열체의 은유 관계가 지배적인 구조체이다. 유사한 에로스 모티프들의 비유와 반복은 그날, 그곳을 의미로 가득 채운다. 환유적 체계를 이루는 후반부까지도 독서를 마치는 마지막 순간에 전반부에 포개져 계열체를 이룬다. 따라서 은유적 관계에 의한 계열체 중심의 총체적인 텍스트 구조는 「물목」을 시적인 분위기 속에서 모든 것의 총화인 욕망의 의미를 생성케 한다. 즉 묘련을 중심으로 하는 과거의 서사와 항아를 중심으로 하는 현재의 서사, 전·후반부의 상이한 텍스트의 서술구조도 독서의 시간에서는 하나의 총체적 구조가 된다. 따라서 묘련과 항아가 함께 묘련의 과거와 현재와 미래가 되어 하나의 흐름이 되고, 마침내는 '에로스의 공간'을 생성한다. 과거는 현재의 시간에 나타나며, 현재는 과거를 구체화한다. 그리고 그 흔적은 욕망의 현재로 하여금 과거를 에로스의 이미지로 가득 차오르게 한다.

　이러한 텍스트의 의미 구조는 시공간을 살고 있는 인물들의 상호관계에서 더 분명해진다. 현재 남사당패 '사내'와 '항아'의 관계는 금

맥을 찾아 떠다니는 '낭인' 과 '묘련' 의 관계에서처럼 병치 관계로 대
칭되며, 낭인과 남사당패 사내와의 관계는 묘련과 항아와의 관계에
서처럼 혈육으로서 시간적 지속의 직렬적 관계, 곧 환유적 관계의 통
합을 이루면서 동시에 둘의 유사한 대칭관계는 병치의 계열체로 결
속케 된다.

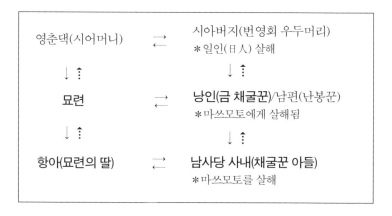

인물관계의 대칭, 대립 구조는 현재와 과거의 관계, 여성과 남정네
를 차별화하면서도 이를 무화시키며 동일화하여서 이들의 관계가 운
명의 에로스적 시공의 총체적 의미를 생성하는 데에 기여케 한다. 항
아로 하여금 묘련을 이어 대를 살아가게 하는 지속의 계기적인 시간
은 금 채굴꾼의 아들로 짐작되는 남사당 사내와의 지속의 시간, 즉 대
이음의 역사성을 형성케도 한다(대 이음의 반복과 변형은 시어머니
영춘댁과 시아버지도 포함된다). 그러나 이러한 계기성은 일인(日人)
과의 적대적 관계의 동일성과 그것의 반복, 그리고 남녀의 에로스적
관계의 동일성과 반복으로써, 이들 짝이 현재와 과거와 미래로 이어
지면서 마침내는 에로스적 시공간에 하나의 추상의 의미체로 자리하
게 한다. 곧 운명적 반복과 동시화는 이 모든 관계에 에로스를 최대공

약수로 초월적이게 한다.

　이러한 전후반부의 통합구조는 묘련과 항아의 에로스를 중심으로 하는 은유와 환유의 이중적 관계이다. 이 에로스는 첫 번째 묘련의 이야기에서 구체화된다. 화자는 이야기의 중심에 묘련을 초점화자로 둠으로써 소리와 냄새와 이미지로 가득한 현재의 상황을 그녀로 하여금 기억되는 '그날', '그곳'의 시공간에다 옮기어, 들끓는 달뜬 몸부림을 애욕으로 채운다.

　묘련의 에로스는 곧 그의 딸 항아로 이어지며 두 번째 이야기를 이룬다. 서술의 초점이 묘련에서 항아로, 항아에서 묘련으로 바뀌며 행위의 중심 자리에 어느덧 항아가 놓인다. 점진적으로 항아를 중심으로 수렴, 기술되는 서술의 체계는, 그러면서도 어머니 묘련의 행위와 반복, 동일시되는 관계로써, 결국은 두 이야기의 지배적인 핵심 모티프를 하나로 복합적 서술체계로 통합한다. 항아는 "문득 자기가 어머니와 흡사한 운명을 지닌 여자라는 것을 깨"닫는다. 그것은 묘련이나 딸 항아나 인간의 본능적인 성적 욕망의 에로스적 공간에 반복되면서 하나로 포개지는 은유(유사)의 구조가 이끌어 내는 의미론적 세계다(이 점은 시어머니 영춘댁도 마찬가지이다). 이어서 이 두 개의 연쇄체 즉, 묘련의 이야기는 항아의 이야기에 환유(인접)적 관계로 이어져 강의 흐름을 이루고 삶의 역사를 이룬다. 묘련의 과거와 현재는 오늘의 항아에 이어져 현재와 미래가 되고 '산협'과 '갈밭', 두 공간은 현기증 나는 성적 욕망을 인간의 삶의 근원적 문제로 띄워 올린다.

　기억은, 기억하는 현재의 묘련과 기억되는 과거의 묘련 사이를 무시로 상호 교차하면서 이분법적 시간의 경계를 오히려 무화시키며, 궁극적으로는 모든 인간에게 항존(恒存)하는, 초월적인 에로스의 공간을 생성한다. 따라서 이것이 '그날'이면서도 '오늘'의 에로스적 시공간이 된다. 「물목」은 과거의 욕망도 아니며, 현재의 욕망도 아니며, 더더구나 미래의 욕망만이 아니다. 그것은 인간이 지닌 영원한 욕망이며 무시간적인 초운명의 욕망이다.

(2) 에로스의 공간

이야기가 서술되는 현재의 시각은 '성적 욕망의 삶(흐름)' 속에 놓인 한 시간이다. 화자는 인물의 기억에 의해 과거의 시간을 불러내어 현재의 욕망으로 과거를 채색케 하고 과거는 다시 현재와 소통하며 현재를 사로잡는다. 오늘, 묘련의 욕망은 16년 전 능욕의 순간을 욕망한다. 현재의 그것은 소리와 냄새와 안개의 이미지로 과거와 소통한다. 소리와 냄새와 이미지의 상상력은 시간을 넘어서 추상의 공간을 에로스로 가득 채운다.

갈밭에 개개비가 날아와 우는 여름밤, 어둠 속에서 살아나기 시작한 풀벌레 울음과 시큼하고 역겨운 풀밭 냄새와 희미한 안개는 '간단 없이' 묘련을 16년 전 산협의 '어느 지레목' 그 욕망의 공간으로 옮아가게 한다. 그곳은 "영혼처럼 생동하는 '이 저녁', 안개를 운반하는 서늘한 공기"가, "지금 듣는 땅벌레 소리"가, "그녀의 뇌수를 저릿저릿하게 만들고", "피와 살밑을 달음질" 하는 살갗의 근지러움과, 께느른한 사지의 느꺼움이 욕망하는, 그러한 공간이다. 오늘, 묘련의 온몸을 욕망으로 달뜨게 하는 마음 한 자리에 은닉된 그날, 산협 지레목에서의 흔적으로 남아 있는 '희미한' 그 사건에서 기인하면서 역(逆)으로 그날, 그 공간을 다시 채운다.

「물목」의 에로스는 과거이며 현재이며 미래인 부정시제(不定時制)이다. 화자에게 묘사, 기술되는 「물목」 '말밭' 의 강과 산과 자연은 그것 자체가 과거와 현재와 미래의 에로스의 공간으로 읽히기 때문이다. 동강 어름의 '맡밭'은 이미 지리적 공간이 아니라 인문지리지의 대상이 되고, 애욕과 치정의 삶의 공간으로 바뀐다. 영월 읍내를 감돌아 흐르다가 곁줄기인 주천강(酒泉江)이 합류되고, 다시 옥동천과 몸째로 뒤섞이는 '맡밭'의 강은 합수지대(合水地帶)가 되고, 들끓는 저자포를 이루어 홍성거린다. 산협 정암사(淨岩寺) 계곡에서 가풀막을 내리고 가 닿는 '물목'의 강과 들판과 갈밭으로 강줄기가 합해지는 그곳, 우꾼거리는 객줏집, 이런 공간은 거간꾼과 꽁지갈보와 남사당과 묘련과 항아들로써 어우러져 들끓는 에로스의 공간을 만든다. 곁줄기가 합해지고 몸째로 뒤섞이며 사람들로 저자를 이루는 '물목'의 모든 공간은 물의 이미지에 젖어 있는 에로스에 바쳐져 있다. 강어귀를 에돌아가는 세찬 물의 흐름은 '물목'이 가히 교합의 에로스적 공간임을 나타내기에 모자람이 없다. 다음의 인용을 보자.

강물 위로 미끄러지듯 스치는 달빛, 달빛을 받고 "광물성 몸뚱이를 희멀겋게 드러낸 채 번들거리"며, "징그러운 비늘을 번득이며 길게 사행(蛇行)하는 강줄기", 거뭇거뭇한 숲, 그 사이로 가랑이를 벌리고 누운 골짜기, 느리고 느린 꿈틀거림, 이들이 마침내는 하나로 합수(合水)하는 강줄기처럼 교합하여 묘련으로 하여금 덴덕지근하고 께느른하고 저릿저릿하고 갱신할 수 없게 한다.

정체불명의 낭인(浪人)으로, 남사당 사내로, 묘연과 항아와 더불어 하나가 되는, '물목'은 어둠과 안개에 능욕당하는 에로스적 공간이다. "그날 밤 그녀를 능욕한 것은 '사내'가 아니라, 어둠과 안개였다."는 사실은 그것이 묘련의 무의식적 욕망임을 더욱 분명히 한다. 기억 속에서 어둠과 안개는 분명한 모든 형체를 지우면서 응어리지게 한다. 그것은 시간의 경계를 지워, '그날'을 '지금'의, 묘련의 애

욕으로 채운다. 물목의 어느 골짝 지레목, 강가 갈밭은 바로 지금 묘
련의 욕망으로 들끓어 부활하는 에로스의 시공간인 것이다.

⑶ 운명적 삶―추방된 자의 노래

텍스트의 지배적 구조가 '지금', '여기'가 핵을 이루고 있듯이, 묘
련의 삶의 자리에는 사내의 "산벼락"같이 "느닷없이", "도무지 형체
도 없이 안개 같고 어둠 같은 몸피가, 갱신 못하도록 그녀를 짓누르곤
사라져버린" 불가항력의 운명 같은 것이자 "밤의 발정한 땅벌레 소
리가 암컷을 부르는 수컷의 음파" 같은, 어찌할 수 없는 묘련과 사내
의 본능이며 욕망이다.

묘련은 말밭 나루에서 이틀을 머문 뒤 금광을 찾아 떠나간 마음속
의 '낭인'을 어둠 속 정체불명의 '사내'와 동일시하면서, "스스로 그
기억을 아름답게 채색"한다. 그것은 묘련의 마음을 "한결같이 어디
선가 산줄기나 동굴 속을 뒤적이며 금광의 원맥을 더듬는 그 사나이
에게 소속"시킨다. 이로써 '그날 밤'은 묘련의 갈증과 원망으로 채색
되며 기억의 작용 속에서 삼투(滲透)하며 모든 경계는 와해된다. 그것
은 묘련의 애끓는 욕망인가 하면 사나이로부터의 치욕과 능욕이기도
하다. 그렇기 때문에 묘련의 입을 틀어막고 하반신을 벗기고 덮어누
르며 간색대[覓甞]같이 예사롭게 그녀의 내부를 찌르고, 그녀의 내부
에다 취하는 술과 같이 뜨거운 입김을 불어넣고 달아나는 사내는 "그
녀로선 불가항력적인 이 안개와 어둠" 같은 존재이다. 그것은 「등대
곶」에서 열여덟의 지예가 등대의 사내에게 이끌리어, 가쁜 숨길로 허
청대며 등대길로 오르는 행위와 다름 아니다. 운명적 존재라고밖에
는 더 말할 수 없는, 그것은 이미 존재하였던 것이면서 지금도 묘련을

뒤척이게 하면서 갈증과 원망으로 현재를 죄는 에로스이다. 그것은 본능이면서 원죄이고 갈증과 원망과 구원이면서 가학적인 고통의 운명과 같은 것이다.

오늘, 우리는 김인배 소설에서 바다, 물의 이미지를 통하여, 지예와 묘련과 항아 들이 낙원 추방에서 잃어버린 결핍의 사랑을 찾아가는 끝나지 않는 운명적 삶의 노래를 듣는다.

□ 참고문헌

진형준,「의식과 논리 너머의 삶의 진정성 찾기」, 김인배『하늘궁전』, 문학과지성사(1987.8)

박혜경,「개인과 세계의 불화를 바라보는 존재론적 시각」, 김인배『후박나무 밑의 사랑』, 문학과지성사(1992.11)

김현진,「기억의 허구성과 서사적 진실」,최문규 외『기억과 망각』, 책세상(2003.11)

조르쥬 뿔레(조중권 역),『프루스트적 공간과 존재의 변증법』, 영한문화사(1994.12)

가스통 바슐라르(홍명희 역),『상상력과 가스통 바슐라르』, 살림(2005.6)